Tanzende Araber

Sayed Kashua

Tanzende Araber

ROMAN

Aus dem Hebräischen
von Mirjam Pressler

BERLIN VERLAG

Die Originalausgabe erschien 2002 unter dem Titel | *Arawim rokedim* | bei Modan Publishing House, Moshaw Ben-Shemen | Umschlaggestaltung: Nina Rothfos und Patrick Gabler, Hamburg | Typografie: Renate Stefan, Berlin | Gesetzt aus der Joanna MT durch psb, Berlin | Druck & Bindung: GGP Media, Pößneck | Printed in Germany 2002 | ISBN 3-8270-0491-8

I

Großmutters Todesausstattung

I

Immer habe ich nach den Schrankschlüsseln gesucht. Ich suchte sie jedes Mal, wenn Großmutter zum Haus irgendeiner anderen alten Frau im Dorf ging, die gestorben war. Der braune alte Schrank war wie eine verschlossene Truhe, in der sich ein Schatz verbarg, Edelsteine und Königskronen. Eines Morgens, nach einer weiteren Nacht, in der ich in Großmutters Bett gekrochen war, weil ich vor lauter Angst nicht einschlafen konnte, sah ich, wie sie den Schlüssel aus einer Geheimtasche zog, die sie in eines ihrer Kissen genäht hatte. Großmutter gab mir den Schlüssel und bat, ich solle ihr den Gebetsteppich aus dem Schrank holen. Sofort sprang ich aus dem Bett. Ich verstand nicht, was sie überkommen hatte. Sie erlaubte mir wirklich, den Schrank aufzumachen? Ich nahm den Schlüssel, und als ich ihn in das Schloss steckte, sagte Großmutter: »Dreh ihn vorsichtig um, es ist schon alles ganz rostig.«

Die weißen Kleider hingen auf Kleiderbügeln an einer Seite des Schranks, auf der anderen Seite, in den Fächern, lagen Handtücher, zusammengelegte Pumphosen und Strümpfe. Unterhosen lagen nicht da. Großmutter trägt keine Unterhosen, nur Pumphosen. Auf dem untersten Brett lag der Gebetsteppich aus Schaffell. Sie hatte ihn selbst hergestellt: Sie hatte das Schaf am Opferfest gekauft, ihm das Fell abgezogen, es mit Salz bestreut und in der Sonne getrocknet. Auf dem obersten Regalbrett stand ein riesiger blauer Koffer, der, den sie vor ein paar Jahren mitgenommen hatte zum Hadsch. Ich hätte gerne gewusst, was darin war. Vielleicht noch eine Polizistenuniform wie die, die sie uns aus Mekka mitgebracht hatte.

Ich zog den Teppich aus dem Fach und breitete ihn an der Stelle aus, an der Großmutter immer betet. Sie betet im Sitzen, denn es fällt ihr bereits schwer, so lange auf den Beinen zu stehen.

Großmutter wohnt bei uns. Eigentlich wohnen wir bei ihr. Sie hat ein eigenes Zimmer, daneben eine Toilette und einen Wasserhahn, um sich vor dem Beten zu waschen, und sie kommt fast nie unaufgefordert in unser Wohnzimmer oder in die Küche. Wenn jemand sie sehen will, muss er in ihr Zimmer kommen. Sie selbst würde nie in das Territorium meiner Mutter eindringen.

Und wenn meine Eltern nicht mit ihr reden wollen, sollen sie es eben bleiben lassen. Es liegt ihr nichts daran, ein Gespräch zu beginnen. Früher war es ihr Haus gewesen, bis mein Vater, ihr einziger Sohn, es bekam, ein paar Zimmer anbaute, heiratete und Kinder in die Welt setzte. Von Großmutters vier männlichen Enkeln war ich der Einzige, der regelmäßig zu ihr ins Bett kroch. Ich schlief fast nie mit meinen Brüdern im Zimmer. Immer wartete ich, bis meine Eltern eingeschlafen waren, und schlich mich leise, leise ins Zimmer meiner Großmutter, in ihr Bett. Sie wusste, dass ich Angst hatte, vor Dieben, vor der Dunkelheit, vor Ungeheuern. Sie wusste, dass ich mich bei ihr sicher fühlte, und sie schickte mich nie fort, obwohl sie nur ein schmales Bett hat, das über dreißig Jahre alt ist. Jeden Morgen wachte ich bei Sonnenaufgang auf, die Stunde, zu der Großmutter betet. Nie zuvor hatte ich den Schlüssel gesehen, nie zuvor hatte sie mich aufgefordert, ihr etwas aus dem Schrank zu holen.

Als sie an jenem Morgen ihr Gebet beendet hatte, wandte sie sich an mich. »Hast du gesehen, wo ich den Schlüssel versteckt habe? Ich sage es nur dir, und ich möchte, dass du mir versprichst, es niemandem zu verraten, bis zu meinem Tod. Dann mach den Schrank auf, und sage deinen Tanten, die alle herkommen werden, wenn ich sterbe, dass die ganze Ausstattung im blauen Koffer ist. Hast du verstanden? Sie sollen nur diese Ausstattung benutzen. Versprichst du mir das?«

Ich versprach es.

»Und hör schon auf, immer Angst zu haben. Ein kluger Junge wie du, wovor fürchtest du dich? Und nun lauf schnell in dein Zimmer, bevor deine Eltern aufwachen.«

Nun war ich also verantwortlich für Großmutters Beerdigung. Vermutlich wusste sie etwas, was ich nicht wusste, wozu brauchte sie sonst eine solche Ausstattung für den Tod? Und was war das überhaupt, eine Ausstattung für den Tod?

Als meine Großmutter mir verraten hatte, wo der Schlüssel war, beschloss ich sofort, in allen Schulpausen nach Hause zu laufen. Ich hatte nur fünf Minuten, um hin- und zurückzurennen, aber wir wohnten direkt neben der Schule. Wenn die Glocke zum Pausenschluss läutete, hörte ich sie in unserem Haus, und immer schaffte ich es, in der Klasse zu sein, bevor der Lehrer den Weg vom Lehrerzimmer zum Klassenzimmer zurückgelegt hatte. Nie kam ich zu spät. Ich war der beste Schüler der Klasse, der Beste von allen vierten Klassen. Jedes Mal, wenn ich nach Hause rannte, stellte ich mir vor, wie Großmutter auf ihrem schmalen Bett lag, um sie herum ihre vier weinenden Töchter, die genau dieselben Lieder sangen wie damals, als Onkel Baschir, der Mann von Tante Faten, gestorben war, oder beim Tod von Onkel Schaker, Tante Ibtisams Mann. Ich wusste, dass ich Großmutters Tod nicht verpassen durfte, und immer betete ich, dass ich rechtzeitig nach Hause kam, bevor man sie begrub. Ich musste mich beeilen und ihnen von der Ausstattung für den Tod erzählen. Niemand wusste, wo der Schlüssel war, sogar mein Vater nicht, Großmutters einziger männlicher Nachkomme.

Nacht für Nacht stieg ich in Großmutters Bett und schlief an ihrer Seite. Aber statt mich vor der Dunkelheit zu fürchten, vor Dieben und Hunden, begann ich, mich vor dem Tod der Frau neben mir zu fürchten.

Die Sicherheit, die ihr großer Körper mir immer gegeben hatte, löste sich auf. In gewisser Weise begann ich bei ihr zu schlafen, um sie vor dem Tod zu schützen. Immer wieder wachte ich auf, hielt die Luft an und schob meinen Handrücken vor ihren Mund. Solange ich noch ihren warmen Atem spürte, wusste ich, dass er noch nicht gekommen war, der Tod.

Großmutter sprach nicht mehr über die Ausstattung für den Tod, auch nicht über den Koffer, als habe sie die ganze Sache vergessen, als kümmere der Tod sie nicht mehr. Als ich in der fünften Klasse war, irgendwann zwischen den Winterferien und den Frühlingsferien, rannte ich, wie üblich, in einer der Pausen nach Hause, und Großmutter war nicht da. Es geschah sehr selten, dass Großmutter ihr Zimmer verließ. Nur wenn jemand starb, verließ sie das Haus, und dann dauerte es lange, bis sie zurückkam.

Ohne zweimal zu überlegen, ging ich zum Kissen, schob vorsichtig, um seine Lage nicht zu verändern, die Hand in die Geheimtasche und nahm den Schlüssel heraus. Ich erinnerte mich daran, dass sie gesagt hatte, das Schloss und der Schlüssel seien verrostet, deshalb drehte ich den Schlüssel langsam und vorsichtig im Schloss. Das hätte mir noch gefehlt, dass er ausgerechnet jetzt abbrach.

Im Schrank waren genau dieselben Dinge, in genau derselben Ordnung, als habe sich überhaupt nichts geändert. Der Teppich, die weißen Kleider, die Pumphosen, keine Unterhosen, nur Strümpfe. Ich kam nicht an das oberste Fach. Ich zog die Schuhe aus, stellte einen Fuß auf das Fach mit dem Gebetsteppich und stieg mit dem anderen Fuß auf das Fach mit den Pumphosen, und so gelang es mir, mit einer Hand die Metallschlösser des blauen Koffers aufzumachen.

Doch ich konnte nicht sehen, was sich darin befand. Meine Hand tastete über Handtücher. Was sollte das bedeuten, nur Handtücher? Das sollte die Ausstattung für den Tod sein, Handtücher? Unser Haus war schließlich voll mit Handtüchern. Seit wann gab es besondere Handtücher für den Tod?

Ich rannte in die Küche, holte einen Stuhl und stellte mich darauf. Genau in diesem Moment hörte ich die Schulglocke läuten. Die nächste Stunde fing an, aber diesmal wollte ich nicht aufgeben. Sollten sie mich doch als fehlend eintragen. Ich würde einfach sagen, ich hätte Bauchweh gehabt. Sie würden nicht schimpfen, weil ich ein guter Schüler war. Dann vergaß ich die Glocke und konzentrierte mich auf den Koffer. Nun, da ich auf dem Stuhl stand, kam ich viel leichter dran. Bevor ich den Koffer anhob, nahm ich meine ganze Kraft zusammen, aber der Koffer war viel leichter, als ich erwartet hatte. Aus irgendwelchen Gründen hatte ich angenommen, die Ausstattung für den Tod müsse schwer sein.

Ich legte den Koffer auf Großmutters Bett und prüfte seinen Inhalt. Die Handtücher obendrauf waren ordentlich zusammengelegt. Ich nahm ein Handtuch nach dem anderen heraus und merkte mir, wie sie gelegen hatten, um sie genauso zurücklegen zu können. Fünf waren es. Unter den Handtüchern lag ein großes weißes Tuch, auf dem stand »Mekka«. Bestimmt wollte Großmutter, dass ihre Leiche in dieses Tuch gehüllt würde. Unter dem Tuch lagen Dutzende von Seifen, alle stammten aus Mekka. Ich sah auch Parfüm und Handcreme, eine noch verpackte Pinzette, Scheren und eine neue Bürste. Die Ausstattung für den Tod war also Waschzeug, ich war sehr enttäuscht. Dafür versäumte ich also den Unterricht in Landwirtschaft, wegen Handtüchern und Seife?

Nun lag die ganze Ausstattung schon neben dem Koffer, und ich entdeckte ganz unten ausgebreitete Zeitungen. Ich war sicher, dass sie die Ausstattung vor Feuchtigkeit schützen sollten, aber bevor ich noch alles zurücklegen konnte, blieb mein Blick an einem Zeitungsfoto hängen. Die Zeitung war auf Hebräisch, und ich hatte noch nicht genügend Hebräisch gelernt, um eine Zeitung zu lesen, aber auf dem vergilbten Blatt sah ich einen jungen Mann, der mich aus einem kleinen verblassten Passbild anblickte.

Meine Hände erstarrten. Es war ein Foto meines Vaters. Er sah zwar sehr viel jünger aus, und ich hatte noch nie ein Foto meines Vaters in diesem Alter gesehen, aber ich wusste sofort, dass es mein Vater war. Ich hob die Zeitung hoch, darunter befanden sich weitere Zeitungen, alle mit diesem alten Passbild und alle auf Hebräisch. Wir waren im Unterricht noch nicht viel weiter als »Wer kommt? Papa kommt. Wer kommt? Mama kommt«. Ich beschloss, Hebräisch zu lernen. Ich musste diese hebräische Zeitung lesen.

Ich wühlte weiter und entdeckte, dass unter den Zeitungen ein paar Dutzend Postkarten lagen. Sie waren auf Arabisch geschrieben, ich erkannte sofort die Schrift meines Vaters. Immer habe ich so eine Schrift haben wollen wie er, zierlich, schön, rund, wie gemalt. Mein Vater war der beste Schüler von Tira gewesen, immer habe ich wie er sein wollen.

Ich zog eine Karte heraus und las:

»Schalom, Baschir. Wie geht es meiner Schwester Faten? Ich hoffe, dass bei Euch alles in Ordnung ist. Mir geht es gut, Gott sei Dank, sage meiner Mutter, sie soll aufhören zu weinen. Ich werde bald freigelassen. Küsse an Scharifa, Faten, Ibtisam, Schuruk und die Kinder.

PS Sag Mutter, sie soll bei ihrem nächsten Besuch ein Heft und zwei Bleistifte mitbringen, ein Paar Strümpfe und zwei Unterhosen.

Euer Bruder Darwisch.«

Auf der Karte waren viele Dreiecke, auf denen etwas auf Hebräisch stand, und auf der anderen Seite war ein Schwarzweißfoto von einer Soldatin, die Falafel aß. Wieder hörte ich die Schulglocke. Es war also Pause, bald würde die nächste Stunde beginnen.

Schnell legte ich die Postkarten und die Zeitungen in den Koffer zurück, dann packte ich die ganze Ausstattung wieder ein und hievte den Koffer in das oberste Fach. Nachdem ich den Schrank verschlossen hatte, legte ich den Schlüssel wieder in die Geheimtasche im Kissen, und zwei Minuten später hatte ich den Stuhl in die Küche zurückgebracht, meine Schuhe angezogen, die Haustür verschlossen und rannte in die Schule.

Auf dem Weg sah ich einen Leichenzug. Von weitem erkannte ich meine Großmutter. Es war Abu Siad, der gestorben war, unser Nachbar, der Großvater von Ibrahim aus meiner Klasse. Meine Großmutter konnte Abu Siad auf den Tod nicht leiden. Ich meinerseits konnte Ibrahim auf den Tod nicht leiden.

2

Eines Tages saß mein Vater auf dem Bett und hörte Radio.

»Ich weiß nicht, was er da gehört hat«, erzählt meine Großmutter, »aber auf einmal hat er ›Das ist es!‹ geschrien, aus aller Kraft, und ist an die Decke gesprungen. Woher hatte er diese Kraft? Er ist wirklich durch die Luft geflogen. Ich bin erschrocken und habe gesagt: ›Um Gottes, des Barmherzigen willen, was ist mit dir los, Yama?‹«

Mein Vater antwortete nicht. Großmutter erzählt, auf seinem Gesicht habe ein Lächeln gelegen, das sie noch nie an ihm gesehen habe, und er packte sofort eine Tasche, küsste sie und sagte, er kehre nach Jerusalem zurück.

Einige Stunden später kam »a-daula« – der Staat – zu uns. Vielleicht hundert Soldaten und Polizisten drangen ins Haus. Großmutter war allein. Die vier Tanten waren bereits verheiratet. »Sie haben jede Ecke im Haus durchsucht. Sie hatten pfeifende Geräte. Die haben sie an jeden Stein gehalten. Sie räumten die Schränke aus und drehten die Betten um. Ich habe zu ihnen gesagt: ›Sagt mir, was ihr sucht, vielleicht kann ich euch helfen‹, aber sie haben mir keine Antwort gegeben. Sie haben all seine Bücher durchgeblättert, einen Teil nahmen sie mit, einen Teil ließen sie hier. Sie haben all seine Papiere durchgeschaut. Dann machten sie sich daran, den Garten umzugraben, jeden Zentimeter.« Sie suchten natürlich nach Waffen, aber das verstand Großmutter erst, nachdem sie gegangen waren. »Ich wusste, dass ihm etwas passiert war, ich flehte sie an, mir zu sagen, ob es meinem Sohn gut gehe, sie sollten mir sagen, was passiert war, aber sie antworteten mir nicht.«

Großmutter sagt, dass mein Vater ihr nie einen Tag Ruhe geschenkt habe. Niemals. Großmutter liebt ihn sehr. Sie sagt, sie liebe ihn mehr, als sie sich selbst liebe. Sie wollte so sehr, dass er an der Universität lernte, und tat alles, damit er Geld für die Studiengebühren hatte, für Miete und Taschengeld. Alles, was sie bei der Arbeit verdiente, war für ihn. Es fehlte ihm an nichts. Sie arbeitete wie zwei Männer, und niemand hätte sagen können, er sei ein armes Waisenkind. Er war der sauberste Junge in der Klasse, der schönste in der ganzen Schule. Seine Kleider waren immer hübsch und gebügelt.

Meine Großmutter sagt, er ging wie ein Prinz in die Schule. Alle beneideten ihn. Viele Jungen verprügelten ihn, und Großmutter lief dann zu ihnen nach Hause und beschimpfte sie und ihre Eltern. Wer sich mit meinem Vater anlegte, wusste, dass meine Großmutter bei ihm auftauchen würde. Er war der beste Schüler der Schule, er lernte viel. In den Nächten saß er neben einer Kerze und lernte. Und wenn unsere Nachbarin anfing zu singen – sie tat es manchmal auch mitten in der Nacht –, nahm er den Primuskocher in Betrieb, damit der Lärm ihrer Stimme überdeckt wurde. Er ging auch mit Büchern auf den Feldern spazieren. Immer bekam er die besten Noten.

Am Tag, wenn die Zeugnisse verteilt wurden, wartete Onkel Baschir selig an der Schultür auf ihn, und sobald die Zeremonie vorbei war, hob er meinen Vater hoch, setzte ihn auf seine Schultern und tanzte mit ihm den ganzen Weg nach Hause. Onkel Baschir war ein Held. Er hatte einen Körper, so groß wie ein Kamel. Er passte kaum durch die Haustür.

Es war nicht zu merken, dass mein Vater keine Brüder hatte, dass er keinen Vater hatte, der sich um ihn kümmerte. Auch wenn sie kein Geld mehr für Essen hatte, kaufte ihm Großmutter das Buch, das er haben wollte. Sie kaufte ihm auch ein teures Fahrrad. Sie wollte nicht, dass jemand glauben könnte, sie sei arm. Sie erzählt immer, wie sie Plastiktüten zwischen die Deckenbezüge schob, damit die Nachbarn, die zu Besuch kamen, dachten, das sei das Rascheln von Geld. Niemand verstand, woher eine Witwe, die bei der Obsternte arbeitete, Geld hatte, aber sie sagte immer, Gott gibt.

Und dann ging alles in die Brüche. Ihr Sohn, die Investition, das Studium. Großmutter wusste noch nicht einmal, wo er war. Man sagte ihr, er sei beim Militär. Zwei Wochen lang konnte sie nicht schlafen, bis sie ihn gesehen hatte. Onkel Baschir und Onkel Schaker, Tante Ibtisams Mann, suchten zusammen mit meiner Großmutter in allen Gefängnissen des Landes. Sie hatten kein Auto, sie waren gezwungen, mit Bussen zu fahren. Einmal sagte man ihnen, er sei in Maskubia, dann wieder in Ramallah, einmal in Schata, ein andermal in Damon oder in Beer-Schewa.

Erst nach zwei Wochen sah sie ihn, als er ins Gefängnis gebracht worden war. Sie erzählt, dass sie weinte und schrie und dass er ihr kleiner vorgekommen sei als sonst, dass er hungrig ausgesehen habe. Sie wiederholt immer wieder die gleichen Sätze, wenn sie beschreibt, was dort passierte, und immer wieder greift sie mit beiden Händen an ihr weißes Kopftuch, reißt es ab und bindet es wieder um, im Rhythmus einer Trauernden, als habe sie die Hände voll Sand und streue ihn sich auf den Kopf. »Sie haben dich umgebracht, Yama, haben sie dich geschlagen? Was haben sie mit dir getan, Yama, mein Schatz?«

Großmutter sagt, das sei nur der Anfang gewesen. Sie hatte kein Geld für die Fahrten, deshalb fing sie an, sich Geld von den Tanten zu leihen, um ihn jede Woche besuchen zu können. Jeden Freitag. Sie versäumte keine Besuchszeit, und sie kam zu jedem Haftprüfungstermin. Sie verstand nicht, was dort gesagt wurde, sie wollte nur sehen, ob er in Ordnung war, sie wollte ihn sehen. Sie wusste, dass sie es sich nicht verzeihen würde, wenn sie auch nur eine Möglichkeit verpassen würde, ihn zu sehen. Und sie besuchte ihn nie mit leeren Händen. Immer brachte sie ihm etwas zum Essen oder zum Anziehen mit. Er sollte nicht glauben, dass es ihr an etwas fehle.

Damals wurden ihre Beine schwächer. Ihre Gelenke wurden weich und verloren an Kraft, und sie begann einen Stock zu Hilfe zu nehmen. Mein Vater bekam eine weitere Haftverlängerung und noch eine, ohne dass eine Anklageschrift erschien. Die Haftverlängerungen wurden auf Verlangen der Spionageabwehr ausgesprochen, und die Akte war geheim. Man sagte nur »gefährlich, gefährlich«. Das nennt man Sicherheitsverwahrung. Er wurde immer wieder in ein anderes Gefängnis gebracht, und nie machte sich jemand die Mühe, Großmutter zu informieren. Sie musste sich erkundigen, um herauszufinden, dass man ihn von dem Gefängnis Schata in das Gefängnis Damon gebracht hatte.

Sehr bald wusste sie, was sie tun musste. Sie hatte schon Verbindung mit den arabischen Knesset-Abgeordneten aufgenommen, mit jenen, die man als »geschätzte Drusen« und »geschätzte Araber« bezeichnete. Sie wandte sich an die Redaktionen aller Zeitungen. Jede Woche schickte sie Briefe, die Leute aus dem Dorf, die eine schöne Handschrift hatten, für sie schrieben. Sie diktierte ihnen: »Geben Sie mir meinen Sohn zurück, ich habe nichts auf der Welt außer ihm, Sie bringen mich um.« Manchmal wurde einer der Briefe, die sie schickte, abgedruckt. Sie hob sie alle in ihrem blauen Koffer auf. Sie fuhr in die Dörfer in Galiläa und traf sich mit jedem, von dem sie gehört hatte, er könne helfen, mit Bürgermeistern, mit Muchtars, mit Angehörigen der drusischen Religion. Sie suchte sie ein ums andere Mal auf, sie überredete sie, Briefe an die Richter zu schreiben, an die Polizei, an die Regierung. »Schließlich hat er doch nur studiert«, erklärte sie ihnen. »Das ist alles nur aus Neid passiert. Sie haben ihn angezeigt, irgendwelche Hurensöhne. Nur weil er der Schönste und Klügste ist.«

Meinem Vater war das egal, er wusste, dass Gamal Abd el-Nasser kommen würde, um ihn zu befreien. Er hatte keine Angst und regte sich auch nicht über die Schläge auf, die er bei den Verhören bekam. Manchmal, wenn mein Vater fernschaut, erkennt er jemanden, der ihn geschlagen hat, alle möglichen bekannten Leute, von denen er sagen kann: »Der hat mir einmal eine Ohrfeige gegeben.« Bis heute berührt er sich die Wange, wenn er das sagt.

Mein Vater tat alles, um aus dem Gefängnis freizukommen. Einmal jammerte er den Wärtern stundenlang vor, er hätte Zahnschmerzen, nur damit sie ihn ins Krankenhaus brachten. Mein Vater sagt, der Hurensohn von einem Arzt habe gewusst, dass er nichts hatte, trotzdem zog er ihm einen Zahn, ohne Betäubung. »Aber es war den Ausflug wert«, sagt er immer.

Im Album gibt es ein Bild, da sitzt mein Vater mit noch jemandem auf einem hohen Balkon. Sie tragen schwere Mäntel und haben die Hände hineingeschoben. Sie frieren, und sie wollen sich wärmen. Vater sagte, auf dieser Terrasse hätten sie am Tag des Kampfes von Karame gesessen und die Krankenwagen gezählt, die verwundete Soldaten zum Krankenhaus »Hadassa« brachten, er und sein Freund Chalil aus Tur'an. Sie waren aus demselben Grund inhaftiert, aber mein Vater sagt nie, welcher es war. In den Zeitungen stand, sie hätten die Cafeteria der Universität in die Luft gesprengt, aber mein Vater sagt, die Zeitungen lügen immer. Tatsache ist, dass er am Tag seiner Freilassung die Zeitung »Ha'aretz« kaufte, und darin stand, Mosche Dayan habe gesagt, dass der Student, der wegen Gefährdung des Staates eingesperrt sei, keine Aussicht habe, bald freigelassen zu werden. Mein Vater wurde ziemlich schnell freigelassen. Bei Chalil dauerte es siebzehn Jahre. Er war zu lebenslanger Haft verurteilt worden, aber der Gefangenenaustausch von Ahmed Gibril rettete ihn.

Ein paar Tage nach Chalils Freilassung setzte mein Vater uns vier hinten ins Auto, und wir fuhren weit, bis zum Dorf Tur'an. Vater fragte, wo das Haus von Chalil sei. Einige sagten, sie wüssten es nicht, denn Kahane hatte gesagt, er würde die freigelassenen Gefangenen wieder ins Gefängnis bringen, und die Menschen hatten Angst, etwas zu sagen. Die Leute von Tur'an haben einen seltsamen Akzent, wir lachten hinten im Auto, weil sie das K so stark betonten. Mein Vater und Chalil umarmten sich lange und küssten sich überallhin. Noch nie hatte ich solche Küsse gesehen.

Chalil hatte nicht gewusst, dass wir kommen, und seine Mutter erschrak ziemlich, als wir auf einmal auftauchten. Aber dann sagten sie, wir seien eine Familie, Chalil und mein Vater seien wie richtige Brüder, und sie luden uns ein, bei ihnen über Nacht zu bleiben. Sowohl Chalil als auch seine Familie sprachen mit diesem seltsamen Akzent von Tur'an. Wir konnten sie kaum verstehen.

Als wir dort waren, erzählte mein Vater, dass er und Chalil und ein weiterer Student aus Qalqilya einmal eine Wohnung von Gandis Mutter in Romema gemietet hatten. Gandi war damals Oberbefehlshaber der Mitte, und als seine Mutter ihnen die Tür aufmachte, sagte sie: »Ich bin die Mutter von Gandi, ihr kennt ihn doch bestimmt?« Und der aus Qalqilya sagte: »Natürlich kennen wir ihn, Gandi aus Indien«, und Chalil und mein Vater bogen sich vor Lachen. Gandi war schon verheiratet, und mein Vater bekam sein Zimmer. Er sagt, er habe eine große und beeindruckende Bibliothek gehabt und er habe sich ein paar Bücher von Jabotinsky genommen. Es gab dort viele Bücher über den Krieg. Seine Mutter war nett. Sie bat nur, ihre Nachbarn sollten nicht erfahren, dass sie Araber waren. Mein Vater sagt, sie sei inzwischen gestorben. Schon damals sei sie sehr alt gewesen, und den ganzen Tag habe sie freiwillig Gazetupfer für das Krankenhaus »Scha'arei-Zedek« geschnitten.

Nach dem Sechs-Tage-Krieg verließen sie das Haus von Gandis Mutter, und als die Armee die Altstadt öffnete, waren mein Vater und Chalil unter den Ersten, die den Felsendom besuchten. Mein Vater sagt, sie seien sehr enttäuscht gewesen, denn sie hätten erwartet, dass ein heiliger Felsen über der Moschee schwebe. Dann wurde mein Vater Kommunist und begann Parteizeitungen im Dorf zu verteilen, wenn er am Wochenende nach Hause kam.

Mein Vater glaubte an Trotzki, Lenin, an die Russen, an Juri Gagarin und dessen Frau Valentina. Er weiß noch immer ganze Reden Nassers auswendig, obwohl es damals nur ein einziges Radio im Dorf gab, um das sich alle drängten, um etwas zu hören. »Im Namen der Nation, im Namen des Volkes« ist bis heute einer der häufigsten Ausdrücke meines Vaters. Auch meine Mutter liebte Nasser. Sie war im Gymnasium, als er starb, und sie erzählt immer, wie sie im Dorf zu Ehren Nassers eine Attrappe hochgehoben und einen symbolischen Leichenzug abgehalten hatten. Meine Großmutter sagt, die Juden hätten ihm Gift in die Zigarette geschmuggelt. Er sei nicht einfach so gestorben, wie man behauptete, sondern alles wäre geplant gewesen.

Mein Vater sagt, man könne Nasser und Sadat nicht miteinander vergleichen. An dem Tag, als Sadat ermordet wurde, waren wir auf dem Heimweg von Tulkarem. Sein Tod wurde im Radio durchgegeben, und mein Vater lachte. Er sagte, es sei auch Zeit gewesen. Er verstehe nicht, warum die Ägypter 1973 aufgehört hätten zu kämpfen. Er hatte meinen ältesten Bruder Sam genannt, nach den russischen Sam-Raketen. Mein

Vater sagt, dass Golda schon erwogen hatte, sich zu ergeben. An allem war König Hussein schuld, der Hurensohn, schade, dass Nasser ihn nicht erledigt hat, sagt mein Vater, und dann erzählt er mit ägyptischem Akzent, wie Nasser einmal von Hussein gesagt hatte, er sei ein Hund: Man tritt ihm in London auf den Schwanz, damit er in Amman bellt.

Mein Vater versteht nicht, wieso meine Brüder und ich so geworden sind. Wir können noch nicht einmal eine Fahne zeichnen. Er sagt, kleinere Kinder als wir gehen auf die Straße und singen »PLO – Israel no«, und dann schreit er uns an, wir wüssten noch nicht mal, was das ist, PLO.

3

Meine Eltern standen immer früh am Morgen auf, um zur Arbeit zu gehen. Meine Mutter stand als Erste auf. Weil ich immer vor meinen Brüdern aufwachte, musste ich den morgendlichen Einkauf im Lebensmittelladen erledigen – einen Laib Brot und ein Kilo gelben Käse. Der Laden ist nicht weit von unserem Haus, fast gegenüber, aber ich zog es vor, so früh wie möglich zu gehen, denn ich wollte es vermeiden, die Leute aus Gaza zu treffen, die jeden Morgen hinkamen. Fast immer traf ich auf sie, nur ganz selten gelang es mir, ihnen zuvorzukommen. Und auch dann sah ich sie aus ihren Bussen steigen, wenn ich den Lebensmittelladen verließ. Ihre Busse blieben direkt vor dem Haus stehen, mit laufenden Motoren. Dutzende von Gazaern drängten sich in den kleinen Laden, und draußen bildete sich eine lange Schlange. Ich hasste die Gazaer, weil alle sie hassten, und ich hatte Angst, sie würden mich entführen. Sie sahen wie normale Leute aus, diese Gazaer, und sie haben nie irgendjemandem etwas getan, aber meine Großmutter und ihre Geschichten von all den bösen Kindern, die von ihren Eltern an die Gazaer verkauft worden waren, hatten mir große Angst eingejagt. Immer sah ich mich selbst, wie ich in einen ihrer roten Busse stieg oder mit ihnen in der Schlange vor dem Lebensmittelladen wartete. Man sieht die Gazaer nur früh am Morgen, wenn es noch dunkel ist, denn tagsüber ist es ihnen verboten, draußen herumzulaufen. Sie kommen, um Essen einzukaufen, und dann verschwinden sie, als wären sie nie da gewesen, als gäbe es keine Gazaer auf der Welt.

Wenn ich nach Hause zurückkam, war mein Vater immer auf der Toilette. Er rauchte dort seine Morgenzigarette und drückte sie in einer leer getrunkenen Kaffeetasse aus. Ich ging immer nach ihm auf die Toilette und holte die Tasse mit dem Stummel. Mein Vater hat einen besonderen Geruch. Ich kenne seinen Morgengeruch in der Toilette, ich kenne ihn sehr gut. Es ist kein schlechter Geruch. Ich habe ihn immer gemocht. Ich sah meinen Vater morgens kaum, denn sofort nach der Zigarette und dem Kaffee auf der Toilette nahm er seine Plastikdose mit den belegten Broten, die meine Mutter ihm hergerichtet hatte, und ging zur Arbeit.

Ich wusste, dass mein Vater an einem Ort arbeitete, den er manchmal »Packhaus« nannte oder »Kalmania«. Ich wusste nicht, was das bedeutete, aber ich nahm an, dass mein Vater bei der Ernte half.

Gamal, unser Hebräischlehrer in der Grundschule, hörte nicht auf, mit uns über Erntearbeiter zu sprechen. Wir erfuhren von ihm mehr über Ernten als über Hebräisch. Er schrie uns die ganze Zeit an, wir würden am Schluss doch nur Erntearbeiter werden.

»Wie Esel«, sagte er dann. »Ihr werdet morgens um sechs das Haus verlassen und spät am Abend erst zurückkommen.«

Mich mochte er sogar, Gamal, der Lehrer. Ich war der beste Schüler der Klasse und tat alles, um kein Erntearbeiter zu werden. Aber ich war überzeugt davon, dass ich nichts daran ändern konnte. Meine Großmutter war Erntearbeiterin, mein Vater war Erntearbeiter, und vermutlich würde ich auch nichts anderes werden. Mir tat mein Vater Leid, und ich hoffte, der Lehrer Gamal wisse nicht, dass er ebenfalls Erntearbeiter war, morgens um sechs das Haus verließ und spätabends nach Hause kam. Auch mein Vater war der beste Schüler der Klasse gewesen. Er hatte die schönste Handschrift.

Im Gegensatz zu meinem Vater sprach meine Großmutter viel über ihre Arbeit bei der Ernte. Sie erzählte von Abu Siad, dem Nachbarn, der mit seinem Lieferwagen die Witwen des Viertels einsammelte und sie zu den Zitrusplantagen des Mehadrin-Konzerns brachte, zum Pflücken. Manchmal pflückten sie Orangen, ein andermal Erdnüsse. Großmutter arbeitete barfuß und zeigte als Beweis gern ihre harten, rissigen Fußsohlen. »Von morgens bis abends«, sagte sie immer, »bei Sonne, bei Regen, jeden Tag, für einen Schilling am Tag.« Das alles tat Großmutter für ihre Kinder, vor allem für meinen Vater, ihren einzigen Sohn, damit er etwas lernen konnte. Aber er hatte alles zerstört, er hatte ihr das Herz gebrochen. »Nicht das Pflücken hat mir die Beine und den Rücken kaputtgemacht, sondern der Kummer, den mir dein Vater gemacht hat, er soll gesund sein, ich habe niemanden auf der Welt außer ihm.«

Meine Großmutter fing an, als Pflückerin zu arbeiten, nachdem ihr Mann im Krieg umgekommen war. Sie war allein zurückgeblieben, mit vier Töchtern und einem Sohn, der gerade zwei Monate alt war, als er seinen Vater verlor. Großmutter erzählt immer, wie sehr ihr Mann auf einen Sohn gewartet hatte, und wenn sie das sagt, nimmt sie immer einen Zipfel ihres Kopftuchs mit der rechten Hand und wischt sich eine Träne aus dem linken Auge. Damals war sie eine Heldin: Als die Juden Tira sprengten, legte sie ihren Säugling in den Weizen und warf sich über ihn. »Ich habe mir gesagt, es ist besser, wenn die Granate mich trifft und nicht meinen Sohn. Als hätte das wirklich geholfen, die Granate hätte uns bestimmt beide getötet.«

Ich versuchte mir meine Großmutter als junge Frau vorzustellen, aber es gelang mir nicht. Ich sah sie immer so alt, wie ich sie kannte, mit schwachen Beinen und einem weißen Kleid, wie sie über einem Säugling kauerte, der weinte und wusste, dass er keinen Vater hatte, und ich sah, wie die Granaten neben ihr in den Getreidefeldern von Tira einschlugen und sie nur wie durch ein Wunder nicht getroffen wurde. Sie stand auf, schnappte sich den Säugling, rannte ein Stück, bis das Flugzeug zurückkam, und warf sich wieder auf die Erde. Meine Großmutter sagt immer, wenn ein Krieg ausbricht, dürfen wir nicht im Haus bleiben, denn es kann über uns zusammenbrechen; man darf kein Licht anmachen; und es ist besser, sich unter Bäumen zu verstecken.

Ich liebte es, mir die Getreidefelder vorzustellen, von denen Großmutter erzählte. Ich stellte mir auch gern den »baidar« vor, die Scheune, und die Einwohner, die sich dort zusammenfanden wie zu einem großen Fest, wie sie das Getreide mit ihren Heugabeln in die Luft warfen, damit die Körner auf einen Haufen fielen und die Spreu im Wind wegflog, auf einen anderen Haufen.

Früher waren sie einmal reich. Drei schwer beladene Kamele hatten das Getreide und das Gemüse aus ihren Feldern in Al-Basa nach Hause getragen. Für jedes Kamel hatten sie einen Schilling bezahlt. Großvater und Großmutter hatten Kühe, Pferde und einen dressierten Hund, der immer auf der Terrasse saß und die Küken vor den Katzen schützte und der nie versuchte, ins Haus zu kommen.

Mein Großvater war ein sehr kluger Mann gewesen, er konnte lesen und schreiben, und er hatte eine angenehme Schrift. Aber damals gab es keine Schulen wie heute, sonst hätte mein Großvater Medizin studiert und wäre Arzt geworden. Großmutter sagt, auch sie hätte Ingenieurin werden können, wenn man sie zum Studium geschickt hätte, aber damals studierten Frauen noch nicht. Wir glaubten ihr immer aufs Wort, wenn sie das sagte. Wir dachten, sie wäre eine gute

Ingenieurin geworden. Tatsache war, dass sie nie etwas gelernt hatte, trotzdem konnte sie Karten spielen, sie konnte rechnen, abziehen und zusammenzählen, und sie wusste von jedem Feld, wo es aufhörte und wo das andere anfing.

Mein Großvater, mit dem kleinen Bart wie auf dem einzigen Foto von ihm in Großmutters Zimmer, war ein Held, ein starker Mann, der gegen die Juden kämpfte, aber er starb vor dem Haus, gerade als er sich bückte, um Trauben zu pflücken. Er sagte nur »Allah« und fiel zu Boden. Eine Kugel hatte ihn getroffen. Großmutter verstand nicht, warum er hingefallen war. »Ich sagte zu ihm: ›Steh doch auf, Salame, wach auf, Mann, was hast du?‹« Sie glaubte, er würde sich verstellen.

Großmutter sagt, dass Großvater ein »schahid« sei, ein Märtyrer. Dass an der Stelle, wo sein Blut vergossen wurde, Anemonen wüchsen. Sie sagt, Abu Siad hätten die Würmer gegessen, als er starb, aber meinem Großvater hätten sie sich nicht mal genähert. So ist das. Die Leiche eines »schahid« verwest nicht, sie bleibt auf immer gleich.

4

Mein Vater kaufte das erste Videogerät in unserer Nachbarschaft. Es war aus Metall, groß und schwer. Damals gab es andere Kassetten, sie waren kurz und dick. In den ersten Tagen besuchten uns alle Verwandten. Sie kamen, um uns zu begrüßen, und brachten Säcke mit Reis und große Pakete Kaffee mit, und mein Vater spielte ihnen »Der schwarze Samurai« vor, und den indischen Film »Omar Akhbar Anthony«, mit Amitav Baz'an, einen Film, der von drei Brüdern handelt, die in ihrer Kindheit getrennt werden, nachdem ein böser Mann ihre Eltern umgebracht hat. Am Schluss kommen sie zusammen und rächen sich an den Bösewichten.

Einmal brachte mein Vater ein Videoband mit, das »Chaflat Aden« hieß. Wir konnten gar nicht aufhören, diesen Film anzuschauen. Die ganze Familie saß vor dem Fernseher, Großmutter so nah vor dem Gerät wie nur möglich, weil ihre Augen nicht mehr so waren wie früher. Im Film gab es Kinder mit palästinensischen Kopftüchern und Gewehren, Musikanten, Sänger, Geschichtenerzähler. Bald kannten wir die Lieder auswendig. Ein Mädchen sang ihrem Vater ein Lied, bevor er in den Krieg zog, und Großmutter wischte sich dann immer eine Träne ab. Alle machten das Victory-Zeichen mit den Fingern, wenn sie auf die Bühne traten.

Freunde meines Vaters kamen, um das Video anzuschauen. Sie knackten Sonnenblumenkerne und starrten auf den Bildschirm. Mein Vater lachte immer über sie, wenn sie jemanden nicht erkannten. »Was ist los mit dir, das ist doch Abu Dschihad«, oder: »Du weißt nicht, wer Machmud Darwisch ist?« Einmal warf er jemanden aus dem Haus, der Al-Faqahani für einen Gemüsehändler in Beirut hielt.

Nachts gab er Großmutter die Kassette, und sie versteckte sie in ihrem Hühnerstall. Meine Mutter konnte die Hühner meiner Großmutter nicht leiden, sie machten zu viel Dreck und zu viel Lärm. Wegen der Hühner gab es einen großen Streit zwischen ihnen, und sie haben lange nicht miteinander geredet. Ich war für Großmutters Hühner. Eines Tages verbrannte meine Mutter den kleinen Hühnerstall mit der Kassette von »Chaflat Aden«. Mein Vater regte sich auf und ging zum Kartenspielen.

Am nächsten Tag kam mein Vater nicht von der Arbeit nach Hause. Damals gab es noch kein Telefon, und meine Mutter fuhr mit Onkel Baschir im Jeep von »AGREXCO« los, um ihn zu suchen. Alle Tanten kamen zu uns und begannen zu weinen. Ich hörte, wie sie von Aufrufen sprachen, vom »Tag der Erde« und von Gefängnis.

Großmutter saß die ganze Nacht auf der Strohmatte

unter den Eukalyptusbäumen vor dem Haus, weinte und wartete. Auch meine Mutter kam nicht zurück, und Großmutter sagte, sie sei bei Vater. Aber sie sagte nicht, wo. Am nächsten Tag gingen meine Brüder und ich nicht zur Schule. Ich saß mit Großmutter auf der Matte unter dem Baum. Sie schaukelte den ganzen Tag vor und zurück. Ihre Augen waren rot und geschwollen, ihr Blick war ständig auf den am weitesten entfernten Punkt der Straße gerichtet. Wenn ein Auto auftauchte, hörte Großmutter auf, sich zu wiegen, und reckte den Hals. Sie begleitete jedes Auto mit den Augen, bis es hinter der Kurve verschwand, dann fing sie wieder an zu schaukeln und in die Ferne zu schauen.

Meine Mutter wollte die Eukalyptusbäume neben dem Haus fällen. Sie sagte, sie machten nur Dreck und den Eingang hässlich. Großmutter sagte, das bringe Unglück, in den Eukalyptusbäumen gebe es einen Wali, einen Heiligen, der über das Haus und das ganze Dorf wache. Sie erzählte, wie der Vater meines Großvaters, Scheich Achmed, unter den Eukalyptusbäumen gestanden und mit den Aufständischen aus Jaffo und aus den Bergen gesprochen habe. Er warnte sie vor den Juden, sagte ihnen, wo sie lauerten und welchen Weg sie am besten nehmen sollten.

Nach zwei Tagen kam mein Vater aus dem Gefängnis zurück. Sie hatten ihn auf dem Weg zur Demonstration in Taiyiba festgenommen. Sie hatten Autos durchsucht und Plakate gefunden. Ihm waren Bartstoppeln gewachsen, und er sah ganz anders aus. Großmutter umarmte ihn und hörte nicht auf zu weinen und zu sagen: »Wann lernst du es endlich, Yama, mein Schatz.«

5

Mir war immer klar, dass ein Krieg ausbrechen würde. Als ich klein war, grub ich mit meinen Brüdern Löcher in das Feld hinter unserem Haus. Wir gruben die Löcher mit den Händen, und die waren klein. Wir schafften es nicht, tief zu graben, denn ziemlich bald stießen wir auf Erde, die zu hart war, und unsere Versuche, sie mit Wasser aufzuweichen, halfen nichts. Wir wollten große Löcher um das ganze Haus herum graben, damit wir uns in ihnen verstecken konnten, wenn die Schießereien beginnen würden. Löcher, in denen man aufrecht gehen konnte, in denen sich nur unsere Eltern und die Großmutter bücken müssten. Wir füllten auch Plastiktüten mit Sand und stapelten sie wie eine Mauer, genau wie Großmutter gesagt hatte, dass man es im Krieg tun müsse. Aber die Plastiktüten hielten nicht, sie zerrissen innerhalb weniger Tage.

Einmal nahm Vater uns mit in das Dorf Yabad, um Arbeitskollegen aus dem Packhaus zu besuchen. Sie hatten Autos mit einer grünen Nummer, und Vater sagte, so würden die Juden sie kennzeichnen. In Yabad gab es richtig Krieg, nicht wie in Großmutters Geschichten. In den Wänden der Häuser, in denen Vaters

Kollegen wohnten, sah man Einschusslöcher von Kugeln. Das ängstigte mich sehr, denn bis dahin war ich nicht auf die Idee gekommen, dass Kugeln bis in ein Haus dringen könnten. Die Häuser hatten grüne Metalltüren mit Löchern, durch die man bis ins Wohnzimmer schauen konnte.

Vater sagte, uns würde das nicht passieren, denn wir seien anders. Wir glaubten ihm, denn die Menschen im Dorf Yabad sprachen anders als wir, und außerdem waren unsere Türen aus Holz.

Manchmal packten Vater und Mutter uns vier auf den Rücksitz des Autos und fuhren mit uns fast den ganzen Weg nach Yabad, doch dann kehrten wir nach Hause zurück, ohne die Freunde gesehen zu haben. Mitten auf dem Weg wendete Vater das Auto, fluchte und sagte, heute sei es unmöglich hinzukommen, es gebe eine Straßensperre. Er sagte immer, die Menschen in Yabad und ihre Kinder seien Helden, keine kompletten Nieten wie wir.

Meine Brüder und ich trainierten die ganze Zeit für den Krieg. Jeden Tag spielten wir, anfangs mit Schwertern, das heißt mit Stöcken, wie in den Filmen über die Kriege des Propheten Mohammed. Ich war Hamsa, der Onkel des Propheten. In den Filmen war er sehr stark, und er hatte ein Schwert mit einer Doppelschneide. Er kämpfte gegen zehn Ungläubige auf einmal und tötete sie alle. Mein ältester Bruder war Ali, der Neffe des Propheten, und meine zwei kleineren Brüder waren die Kalifen Omar und Utman, die

Stellvertreter des Propheten. Niemand durfte den Propheten selbst spielen. Großmutter sagte, wenn man das tue, würde uns Gott in die Hölle schicken. Auch in den Filmen sah man den Propheten Mohammed nie. Man sah nur sein Pferd und darüber einen Lichtschein.

Dann fingen wir an, mit Gewehren zu spielen, wie in dem Film über Omar Al Muchtar in Libyen und wie in dem Film über Gamila Buchird in Algier. Am »id-ul-fitr«, dem Fest zur Unterbrechung des Ramadan-Fastens, und am »id-al-adcha«, einem der mohammedanischen Opferfeste, nahm uns unser Vater immer mit nach Tulkarem und kaufte uns Gewehre. Kein Junge aus unserem Dorf besaß so schöne Gewehre, aus Metall, die fast echt aussahen. Vor den Feiertagen, wenn im Lebensmittelgeschäft auch Zündplättchen verkauft wurden, spielten wir mit echtem Krach. Wenn die Munition zu Ende war, schrien wir »Bumm, bumm«, aber wer schoss, musste auch auf den Hahn drücken, sonst galt der andere nicht als tot.

Als wir älter wurden, brachte uns unser Vater Filme von »Rambo« und Filme über Kommandoeinheiten, wir gingen zu schwerem Gerät über, und unsere Kriegsspiele dehnten sich über das Haus und die Obstplantage aus, wir verteilten uns über die ganze Nachbarschaft. Mein großer Bruder war der Kommandeur der einen Gruppe, ich kommandierte die Gegner. Er siegte nie, nur wenn er betrog oder wenn einer meiner Krieger meine Einheit verließ, um pinkeln zu gehen.

Als wir groß waren, hatten wir schon automatische Waffen. Große Gewehre aus Holz mit Magazin und Abzug, und mit einem Riemen, um sie über der Schulter zu tragen. Wir hatten sie uns selbst gebastelt. Erst nannten wir alle Gewehre »Bren«, nach der bekannten britischen Maschinenpistole, ein Wort, das wir aus Großmutters Geschichten kannten, aber dann sahen wir den Film »Asit, die Fallschirmspringerhündin« und nannten unsere Waffen fortan »Uzi«. Da gab es einen, der mit einem Schuss sieben Araber tötete, und mein Vater regte sich auf und sagte, das sei eine M16, die sechzig Schüsse in der Sekunde abgebe. Von da an nannten wir unsere Waffen M16, obwohl es niemand schaffte, sechzigmal in der Sekunde »Bumm« zu rufen. Deshalb änderten wir das »Bumm« in »Brrr«. Ich nannte meine Gruppe »fedajin«, und auch mein großer Bruder nannte seine Gruppe »fedajin«, weil mein Vater immer sagte, die »fedajin« seien die Allerbesten.

Eines Tages schrie mein Vater uns an, wir sollten heimgehen. Wir waren mitten im Spiel, und ich stand kurz davor, meinen großen Bruder zu töten, aber Vater schrie so laut, dass wir keine Wahl hatten. Wir holten unsere beiden kleinen Brüder von ihren Posten und rannten nach Hause, denn wenn Vater böse wurde, konnte er auch schlagen. Als wir ankamen, stellte er den Fernseher lauter, fast so laut wie möglich. Mutter weinte, und Großmutter, die nie weinte, hatte eine erstickte Stimme.

Mein Vater deutete auf den Fernseher, »schaut hin«, und die ganze Zeit sagte er: »Verflucht sei Allah, verflucht sei Rabhum, verflucht sei Allah, der ihn erschaffen hat.« Großmutter zerriss sich die Kleider und jammerte. Wir, mein großer Bruder und ich, freuten uns, dass wir keine Prügel bekamen, und verstanden, dass mein Vater einen neuen Film gebracht hatte und wollte, dass wir ihn anschauten. Am nächsten Tag spielten wir wieder Krieg. Mein Bruder nannte seine Gruppe »Sabra« und ich meine »Schatila«*.

* Palästinensische Flüchtlingslager im Südlibanon, in denen 1982 christliche Milizen Massaker verübten.

6

Ich trat einmal mit einem Palästinensertuch, einer Kefija, auf einer Bühne auf. Ich war damals vielleicht in der dritten Klasse. Ein Mann mit einem fremden Akzent erschien mit meinem Vater in der Schule. Mein Vater ging weg, und der Mann mit dem fremden Akzent brachte mich mit dem Auto zu einem Haus, das ich nicht kannte. Ein schönes, großes Haus mit riesigen Sofas und vielen Blumentöpfen und Plastikblumen. Er nahm ein Stück Papier, auf dem auf Arabisch Sätze standen, die ich nicht verstand, und sagte, ich würde am Abend das Festival »Jafra« eröffnen. Er forderte mich auf, die Sätze auswendig zu lernen, und zeigte mir, wie man mit zwei Fingern das Victory-Zeichen machte.

Am Abend banden sie mir eine Kefija um und stellten mich auf eine Bühne, auf der Musiker saßen. Ich sagte meine Sätze, in denen das Wort »watan« (Heimat) besonders oft vorkam, starr und mit zitternder Stimme. Noch nie hatte ich vor so vielen Menschen gestanden, die mich anschauten und mir zuhörten. Als ich fertig war und von der Bühne stieg, machte ich das V-Zeichen, und alle klatschten. Hinter den Kulissen wartete mein Vater auf mich. Er lächelte, als ich zu ihm lief und mich versteckte. Der Mann mit dem fremden Akzent lächelte auch und sagte ein Wort, das ich nicht verstand. Vater sagte, ich sei gut gewesen.

Vater schickte mich zu den Pfadfindern und sagte, wenn ich groß wäre, würde ich Pilot werden, wenn ich mit dem Gymnasium fertig wäre, hätten wir schon einen eigenen Staat, dann könne ich fliegen lernen. Großmutter sagte, ich würde bestimmt Minister oder Richter. Bei den Pfadfindern spielten wir die ganze Zeit Fußball, und als ein Lehrer unserer Schule starb, mussten wir uns an seinem Grab aufstellen. Nur wer eine Uniform besaß, durfte dabei mitmachen, deshalb fuhr mein Vater mit mir nach Tulkarem, um eine Khakihose, ein grünes Hemd und Stoff für Krawatten zu kaufen.

Gerade als wir im Bekleidungsgeschäft waren, hörten wir von draußen Geschrei. Der Ladenbesitzer bat uns hinauszugehen und ließ die Eisentür vor dem Eingang herunter. Auf der Straße gegenüber liefen große Jungen mit Fahnen herum, sie versperrten die Straße mit Autoreifen. Vater ließ mich neben dem Auto stehen und rannte mit einem Feuerzeug zu ihnen hinüber. Ich fing an zu weinen, sicher, dass dies das Ende der Welt bedeutete, von dem wir im Koranunterricht gelernt hatten. Mein Vater sagte, er habe nicht geglaubt, dass ich so ein Angsthase sei, und was dann mein ganzes Gejammer Ich-will-aber-einen-Revolver wert sei.

Mein Großvater hatte einen Revolver gehabt. Großmutter sagt, er sei ein tapferer Kämpfer gewesen, er habe Tira verteidigt. Die Juden, sagt sie, hätten es nicht geschafft, in Tira einzudringen, erst als die Araber uns ausgeliefert hätten, sei es ihnen gelungen. Mein Vater sagt, es sei ein Glück gewesen, dass König Abdullah das Dorf noch rechtzeitig den Juden übergeben habe, sonst hätten sie uns einen nach dem anderen umgebracht.

Als Großvaters Sohn von seiner ersten Frau umkam, wollte Großvater ihn rächen. Akab war wirklich ein Held gewesen, einer der »Widerstandskämpfer«. Er hatte ein Pferd, ein Gewehr und einen Gürtel voller Handgranaten. An einem Freitag wurde er von einer Kugel erwischt. Die Kugel traf den Gürtel, und alle Handgranaten explodierten auf einmal. Sein zerfetzter Körper flog nach allen Seiten. Großmutter sagt, die ganze Familie habe bis zum Abend gebraucht, um den Kopf, die Schultern zu finden, damit es etwas zu beerdigen gab. Er hatte ein Gesicht, so rund wie der Vollmond.

Großmutter erzählt, in der Nacht sei mein Großvater auf das Dach der Schule gestiegen. Dort war eine Stellung der irakischen Soldaten, sie wechselten sich am Bren Gun ab, das hinter Sandsäcken versteckt war. Großvater hörte, dass die Juden näher kamen. »Er hörte, wie ihr Kommandeur ›Vorwärts, vorwärts‹ sagte«, flüstert Großmutter auf Hebräisch. Die erste Kugel traf den Kommandeur, den, der »Vorwärts, vorwärts« gesagt hatte, dann sah Großvater, dass die Juden zu fliehen versuchten und panisch durcheinander liefen. Großvater setzte das Bren Gun in Gang und mähte sie nieder, das klang »wie eine Singer-Nähmaschine«. »Sie sind Angsthasen, die Juden, nur die Hunde von Engländern haben sie hier haben wollen«, sagt meine Großmutter immer.

Die Engländer kamen einmal in das Haus von Großvater und Großmutter. Mein Vater war da noch nicht geboren. Sie stellten alles auf den Kopf, kippten das Salz in den Zucker, zerbrachen Schüsseln, pinkelten vor ihren Augen. Großmutter sagt, einer habe auf dem großen Krug mit den Oliven gesessen und hineingeschissen. Dann haben sie alles umgekippt, und man konnte die großen Scheißebrocken des Engländers sehen.

7

Früher waren die Menschen von Tira mutiger. Sie ließen keinen Juden ins Dorf herein. Die Menschen von Tira haben sich nicht ergeben, sie wurden ausgeliefert. Die Juden versuchten einmal, als Araber verkleidet ins Dorf zu kommen. Sie hatten sich palästinensische Kopftücher umgebunden, aber Abu Al Abed wusste, dass sie Juden waren. Er arbeitete mit seiner Familie in den Getreidefeldern und sah sie kommen. Er sagte den Leuten um sich herum, dass es Juden seien, und sie hielten ihn für verrückt. »Was hast du, das sind bestimmt irakische Soldaten«, sagten die anderen.

Aber Abu Al Abed war sicher, dass er Recht hatte. Er wusste, was für einen Gang Juden hatten. Er sagte zu seinen Freunden: »Ein Schuss in die Luft, und wir werden es wissen. Wenn sie Araber sind, werden sie uns anschreien; wenn sie Juden sind, werden sie sich auf den Boden werfen.«

Als er schoss, warfen sich alle in den Staub. Jetzt war klar, dass sie Juden waren. Abu Al Abed und die Helden blieben dort, sie schossen und erschreckten die Juden, und die Frauen und Kinder rannten schnell nach Hause und schrien in den Straßen: »Ah'l al-balad, aljahud ach'djuna!« (»Leute, die Juden sind gekommen, um uns zu erobern!«)

Da zogen alle Männer hinaus. Schön furchtlos, als gingen sie zu einer Hochzeit. Die Frauen sangen für sie »sa'ruta« (Juden nennen das Freudenschreie). Die Männer besaßen kaum Gewehre, sie gingen mit Stöcken, Messern, Steinen, Spitzhacken los und ließen keinen einzigen Juden näher kommen. An jenem Tag gelang es ihnen, die Leichen von drei jüdischen Soldaten zu erbeuten.

Abu Al Abed und einige der Kämpfer von Tira banden sie an Pferden fest und schleiften sie zum irakischen Militärkommando in Tulkarem. Sie wollten ihnen zeigen, dass man Juden umbringen konnte, sie wollten die Soldaten ermutigen und sie davon überzeugen zu kämpfen. Aber die Iraker sagten: »Maku awamer, maku sela'ch.« (»Es gibt keine Befehle, keine Waffen.«)

Früher waren die Menschen von Tira mutiger und ließen Kahane nicht herein. In den Nachrichten wurde gesagt, dass er nach Tira kommen wolle. Über die Lautsprecher der Minarette verkündeten sie: »›Ja ah'l al-balad.‹ Kahane kommt morgen, um die befreiten Gefangenen zurückzubringen. Eine Schande, wenn wir ihn hereinlassen.«

Am nächsten Tag, um fünf Uhr morgens, ging ich mit meinem Vater zum Dorfeingang, aus der Richtung Kfar Saba und Ramat-Hakowesch. Es waren schon einige Leute da, die die Straße mit Autoreifen versperrten. Mein Vater sagte, man dürfe die Arbeiter nicht hinauslassen, sie müssten dableiben, um das Dorf zu verteidigen, und wenn die Juden einen Arbeitstag verlören, würden sie kochen vor Zorn. »Weißt du, welchen Verlust wir ihnen zufügen, wenn wir nicht zur Arbeit kommen?«

Polizeiautos näherten sich, und mein Vater und noch ein paar Leute setzten sich mitten auf die Straße. Ich hatte keine Angst und setzte mich zu ihnen. Der Bürgermeister sprach mit den Polizisten, und sie entfernten sich. Kurze Zeit später beteiligte sich das ganze Dorf. Tausende versperrten den Zugang. Ein Hubschrauber flog über uns hinweg, und Vater sagte, wir würden jetzt aus der Luft fotografiert, und er verdeckte sein Gesicht mit dem Hemd, genau wie die Jungen, die man im Fernsehen sah.

An jenem Tag kam Vater erst spät nach Hause. Mutter und Großmutter waren schon sehr besorgt. Sie warteten unter den Eukalyptusbäumen vor dem Haus auf das Auto. Ich fühlte mich wie ein Mann, ich hatte keine Angst, aber sie wollten nur wissen, ob alles mit Vater in Ordnung sei, sie fragten mich noch nicht einmal, was vorgefallen war.

Eigentlich war gar nichts vorgefallen. Kahane war nicht gekommen. Am nächsten Tag, in der Schule, erzählten Kinder, wie sie die Scheiben von Polizeiautos mit Steinen eingeworfen hätten, und sie sagten, Kahane sei nachts ins Dorf gekommen. Er habe sich als Frau verkleidet und sei durch die Zitrusplantagen von Tel-Mond gekommen.

8

Mein Vater schrieb, das Fest habe keine Bedeutung für ihn. Es wecke keine Gefühle in ihm. Sein wirkliches Fest sei noch nicht gekommen, und wenn es käme, würde nicht nur er, alle würden glücklich sein. Er schrieb auch, es gebe einen Besuchstag zu Ehren des Festes, und es sei ausnahmsweise erlaubt, ein Kilo Süßigkeiten mitzubringen.

Die Karte kam aus dem Gefängnis Damon, Post Haifa, im März 1970. Damals saß er bereits ein Jahr im Gefängnis. Ich weiß das, weil in dem Koffer eine Ausgabe der »Ha'aretz« vom März 1969 liegt, in der man über die Verhaftung meines Vaters berichtet und ihn mit der Explosion in der Cafeteria der Hebräischen Universität in Verbindung bringt.

Den Zeitungsberichten und den Briefen zufolge war mein Vater über zwei Jahre lang im Gefängnis. Eine dicke Staubschicht bedeckt die Papiere. In den Abiturzeugnissen meines Vaters finde ich eine trockene Spinne. Er hatte keine besonders guten Noten, aber er sagt immer, dass die Noten von damals ganz anders waren als die heutigen, dass jemand, der damals siebzig Punkte bekommen habe, klüger sei als einer, der heute hundert bekomme. Meine Großmutter hob alle

Zeugnisse auf. Sie kann nicht lesen, aber sie weiß, dass Zeugnisse wichtig sind. Bis zur neunten Klasse hatte er nur die besten Noten. In den Bemerkungen unter den Zeugnissen wurde ihm geraten, sich zu mäßigen und zu versuchen, ein ruhiger, guter Junge zu sein. In seinem Versetzungszeugnis von der elften in die zwölfte Klasse steht: »Er wird unter der Bedingung versetzt, dass er Ordnung zu halten lernt.«

Manchmal kommt es mir vor, als wisse niemand außer mir und Großmutter von der Existenz dieser Briefe, der Zeitungen und der Zeugnisse. Der Staub beweist, dass nur ich darin herumwühle. Ich blättere in den Papieren, ordne sie nach Datum, nach Orten und Einrichtungen und lege sie vor meine Großmutter hin.

Sie bemerkt mich überhaupt nicht. Ich muss mich vor ihr aufbauen und ihr ins Ohr schreien, wer ich bin, um sie zu überzeugen, dass mir eine Umarmung und ein Kuss gebühren. Sie sitzt vor dem Ofen und schaukelt hin und her und spielt mit ihrer Kette und lauscht der »Stimme Amman« und wartet auf den nächsten Ruf des Muezzin.

In allen Briefen aus dem Gefängnis wendet sich mein Vater auch an Großmutter und lässt »meiner teuren Mutter« oder »meiner lieben Mutter« oder »der Teuersten von allen« etwas ausrichten. Die Briefe schickte er im Allgemeinen an seine Schwager, die Ehemänner meiner Tanten. In allen Briefen klingt es, als sei er in Ordnung, oder jedenfalls bemühte er sich, dass es so klang. Auf der ältesten Karte, die ich fand, vom Oktober 1969, erzählt er, er habe die Eingewöhnungsschwierigkeiten im Gefängnis hinter sich. Im Gefängnis seien Menschen, die man sonst nirgends treffe, und er komme gut mit ihnen zurecht. In einem Brief berichtet er Onkel Baschir, wie er langsam zu »Abu Ali« werde.

In einem späteren Brief, als Folge einer weiteren Haftverlängerung von sechs Monaten, erzählt er von der wunderbaren Bücherei und berichtet, er sitze den ganzen Tag dort und lerne. »Sagt meiner teuren Mutter, dass ich sehr froh bin, dass sie mir noch ein halbes Jahr gegeben haben. Sagt ihr, dass ich darum gebeten habe, weil es noch Bücher gibt, die ich nicht gelesen habe. Es gibt hier so viele Bücher, und ich verlasse die Bücherei nur, wenn jemand mit mir Schach spielen will. Bittet Mutter, sie soll mir von zu Hause ein englisch-hebräisches Wörterbuch mitbringen.«

Bei der nächsten Haftverlängerung schreibt er, auch fünf Jahre würden ihm nicht reichen, all die Bücher zu lesen, die er sich ausgesucht habe. Er spricht von der großen Gelegenheit, den Körper und die Seele zu reinigen und seine Ausdauer und seine Willenskraft zu prüfen. Jetzt verstehe er, dass er dazu geboren sei, Gefangener zu sein. Er schaffe es nicht, sich selbst ohne Gitter und ohne Stacheldraht zu sehen. »Wäre da nicht das Wissen, dass du und meine Schwestern sich nach mir sehnen, würde ich für immer hier bleiben. Es geht mir gut hier. Das Einzige, was mich bedrückt, ist, dass ihr alles getan habt, damit ich es besser habe als die anderen. Mir tut es um jeden Tropfen Schweiß Leid, den ihr für mich vergossen habt. Ich weiß, dass ich euch enttäuscht habe. Jetzt möchte ich es nur noch gutmachen. Ich weiß nicht, wie.«

In einer völlig vergilbten Zeitung ist ein sehr verschwommenes Foto meines Vaters, ich erkenne ihn kaum. Es steht nichts Interessantes drin, nur sein Foto, darunter der Name mit dem Hinweis »Student im dritten Jahr«. An den Noten aus dem ersten und zweiten Jahr kann man erkennen, dass er kein besonders glänzender und fleißiger Student war. Er hatte nicht viele Kurse belegt. Einer der Kurse war »Nationale Bewegungen der Neuzeit«, bei Professor J. Talmon. Ich habe nicht den Eindruck, dass er sich an der Universität besonders angestrengt hat, genau wie ich. Als ich mit dem Studium aufhörte, traute ich mich nicht nach Hause vor lauter Scham. Aber ich kam nicht auf die Idee, die Cafeteria in die Luft zu sprengen.

Mein Vater war zweiundzwanzig, als er verhaftet wurde. Er dachte damals, er sei dreiundzwanzig. Großmutter hob einen Brief auf, den sie an die Redaktion der Zeitung »Al Kuds« geschickt hatte, er war unter der Überschrift »Lasst meinen Sohn frei« abgedruckt worden. Sie schrieb dort, sie sei Witwe, ihr Mann sei vor dreiundzwanzig Jahren gestorben und habe sie mit vier Töchtern und einem Sohn zurückgelassen. Sie habe alles für die Kinder getan und ihr Sohn sei für sie alles im Leben, und sie bitte den Polizeiminister, den Sicherheitsminister und den Premierminister, ihn freizulassen. In der Schlagzeile des Artikels über dem Brief steht, das Dorf Arraba solle im Laufe des Jahres 1970 an die Stromversorgung angeschlossen werden.

Danach fing Großmutter einen Hungerstreik an, und Vater schickte wieder eine Karte an Onkel Baschir und beschwor ihn, sie zum Aufhören zu bewegen. Wenn er wirklich leiden würde, wäre das ja in Ordnung, aber es gehe ihm gut im Gefängnis. Wirklich gut. Er sei der Schachmeister der Abteilung.

Mein Vater spricht nicht über jene Zeit. Alles, was ich weiß, stammt von dem, was die Zeitungen gedruckt haben oder was er in seinen Briefen schrieb, aus denen man aber auch nicht viel erfährt. 1971 verbreitete der Verband Arabischer Studenten einen Aufruf, der die Gefangenenpolitik verurteilte und verlangte, dass die Polizei meinen Vater vor ein Gericht stellen oder ihn freilassen solle. Sie schrieben, die Polizei habe angegeben, der Fall der gesprengten Cafeteria sei abgeschlossen und alle Beteiligten seien vor Gericht gestellt worden.

9

Ich fuhr einmal mit meiner Großmutter zum Toten Meer. Das hilft bei Rheuma in den Beinen. Sie bat Amne, ihre Freundin, mich ebenfalls für diese Fahrt einzutragen. Amne organisierte Fahrten für Frauen, besonders für solche, die in ihrem Alter waren. Mal fuhren sie nach Hamat-Gader, dann nach Jerusalem, zu den Freitagsgebeten. Sie organisierte Reisen zu allen Orten, die für die Knochen gut waren.

Großmutter und Amne waren Freundinnen noch aus der Zeit der Engländer. Amnes Mann besaß damals ein Gewehr, das er von den Engländern bekommen hatte, um das Dorf zu bewachen. Eines Tages, als Amnes Mann nach Hause kam, um zu schlafen, und das Gewehr neben sich legte, schlich sich Abu Siad, der Bösewicht, ins Zimmer und stahl das Gewehr. Die Engländer dachten, Amnes Mann habe es verkauft. Zwei Soldaten banden ihn an einen Stock und hielten ihn, mit dem Kopf nach unten, hoch, und der Offizier schlug ihm mit einer Peitsche auf die Fußsohlen. Sie glaubten ihm nicht, dass das Gewehr gestohlen worden war. Sie zogen ihn aus und peitschten ihm den Rücken. Seine Schreie drangen bis auf die Felder, und das ganze Dorf kam angerannt, um zu sehen, was passiert war. Erst als die Engländer Amnes Mann erschießen wollten, mischte sich Abu Siad ein und sagte, er habe das Gewehr im Feld gefunden und weggeworfen. Dieser Lügner.

Amne sah aus wie meine Großmutter. Die gleiche weiße Ausgehkleidung, das gleiche weiße Tuch, das ihren Kopf bedeckte. Sie waren die Ältesten bei der Fahrt zum Toten Meer. Die anderen Frauen waren etwas jünger. Von Zeit zu Zeit deutete meine Großmutter vorsichtig auf eine von ihnen und fragte Amne: »Wessen Tochter ist das? Sie ist nett. Warum ist sie nicht verheiratet?« Auf dem ganzen Weg schlugen die Frauen im Autobus die »darabuka«, kleine arabische Keramiktrommeln, und sangen und tanzten. Eine von ihnen hielt das Mikrofon und sang ein indisches Lied aus dem Film »Kurbani«, das damals ein Hit war. Alle kannten den Text und sangen mit.

Ich gehe in der Mitte. Großmutter hält mich an der rechten Hand und Amne an der linken. Sie bedauern, dass sie ihre Krückstöcke nicht mitgenommen haben. Die Fahrt im Autobus hat sie ermüdet, und es ist schrecklich heiß. Alle Frauen sind schon im Wasser, und wir sind die Letzten, die zum Ufer kommen. Einige Frauen lachen über uns, aber Großmutter und Amne sehen es nicht und hören auf diese Entfernung auch nichts.

Mir ist es egal, dass sie lachen. Ich bleibe dicht bei den beiden, ich höre so gerne ihren Geschichten zu. Dinge, die niemand weiß. Sie wiederholen immer wieder dieselben Geschichten. Wie sich Männer selbst in die Hand geschossen haben, damit die Türken sie nicht zum Kriegsdienst einziehen konnten. Die Türken brachten sie weit weg, in die Berge, wo es Schnee gibt, und sie starben vor Unterkühlung. Niemand ist zurückgekommen.

Großmutter und Amne ziehen ihre weißen Kleider aus. Darunter tragen sie weniger prächtige weiße Kleider, solche, mit denen man ins Wasser gehen kann. Und darunter die Pumphosen. Ganz langsam schreiten sie ins Wasser. Sie haben Angst auszurutschen, deshalb beschließen sie, sich sitzend über die Steine zu schieben. Ich setze mich zwischen sie, halte sie an den Händen und rutsche mit ihnen bis zum Wasser.

Großmutter ruft mich hinein, und ich bleibe draußen, ich beobachte sie, damit sie nicht verloren geht. Ich werde von weitem auf sie aufpassen, und wenn sie aus dem Wasser kommt, werde ich hineingehen. Die weißen Kleider der beiden Frauen blähen sich auf der Wasseroberfläche und sehen aus wie zwei Fallschirme. Alle lachen. Auch ich. Es ist das erste Mal, dass ich meine Großmutter im Wasser sehe. Jetzt kann ich sie mir jung und stark vorstellen. Jetzt kann ich mir vorstellen, wie sie auf den Feldern gearbeitet hat.

Früher haben sich die Leute vom Dorf auf den Feldern verliebt. Manchmal erzählte mir meine Großmutter, wie der und die sich auf den Getreidefeldern getroffen hatten und wie die beiden Blicke wechselten, wenn sie sich am Dorfrand am Brunnen trafen. Sie selbst hatte solche Dinge nie getan. Als sie jung war, war sie mit einem Pferd von Qalqilya nach Tira galoppiert. Sie liebte das Reiten, sie verkleidete sich als Mann, band sich eine Kefija um den Kopf und galoppierte los. Zwei Reiter ritten ihr lange hinterher und schafften es nicht, sie einzuholen. Als sie entdeckten, dass sie ein Mädchen war, wollten sie es nicht glauben, aber sie jagte sie weg und schrie, das ginge sie nichts an, und kehrte nach Hause zurück.

Großmutter war eine Waise. Ihre Mutter war bei ihrer Geburt gestorben, ihr Vater kurze Zeit danach. Sie und ihre beiden älteren Brüder wuchsen beim Onkel auf, dem ältesten Bruder ihres Vaters. Der Onkel und die Tante waren gute Menschen. Erst gaben sie den Waisen zu essen, dann aßen sie selbst. Sie bewahrten für sie den Boden und gaben ihnen alles, was ihnen gebührte. Großmutter und ihre Brüder hatten ein gutes Leben, besser als andere Kinder im Dorf, die einen Vater hatten.

Meine Großmutter kannte Großvater, ihren Mann, gar nicht. Sie traf ihn nicht auf den Feldern. Sie verflucht ihn manchmal, wenn sie sich daran erinnert, wie er sie genommen hat. »Al-scha'iw« (»Grauhaariger«) nennt sie ihn. »Er war damals verheiratet und hatte große Kinder.« Zwei seiner großen Töchter waren schon verheiratet. Großmutters Bruder wollte die dritte Tochter heiraten, und als Preis dafür verlangte

Großvater sie. Man nennt das »badal« – »Tauschhochzeit«. Du gibst mir die eine, ich gebe dir die andere; achte auf meine Ehre – und ich achte auf deine Ehre. Und sie war eine böse Frau, Großvaters dritte Tochter. Sie wollte Großmutter unglücklich machen, weil sie ihren Vater geheiratet hatte, so als wolle sie ihn für sich selbst behalten.

Einmal schlug Großvater meine Großmutter sogar wegen ihr. Die dritte Tochter war weinend zu ihm nach Hause gekommen. »Vater, Vater, mein Mann hat mich geschlagen, er hat mich aus dem Haus gejagt.« Das war alles gelogen, wie sich später herausstellte – aber erst, nachdem Großvater Großmutter heftig verprügelt hatte. Denn so war es bei einem »badal«, du schlägst die eine, ich schlage die andere; du jagst deine aus dem Haus, ich die meine. So bewacht man Frauen, als Bürgschaft.

»Aber er war gut zu dir«, sagt Amne und gibt ihr einen Klaps aufs Knie. »Warum erzählst du nicht, wie er dich auf den Schultern getragen hat, wie mein Mann, Allah möge sich seiner erbarmen? Warum erzählst du nicht, wie er einmal mit dir nach Jaffo gefahren ist, ins Theater, um Sänger zu hören?« Amne wendet sich zu mir und sagt: »Dein Großvater hat ihr einen Turban aufgesetzt, er hat ihr Männerkleider gegeben und sie mitgenommen zum Theater. Welche Frau aus dem Dorf hat zu unserer Zeit einen Sänger gesehen? Das vergisst du, nicht wahr? Du verbrauchte alte Frau. Er hat dich mit dem Pferd überallhin mitgenommen.« Amne gibt Großmutter noch einen Klaps, Großmutter lächelt und murmelt etwas, und Amne fährt fort: »Ohne ihn hätten wir überhaupt nicht gewusst, dass es das Tote Meer gibt.«

10

Außer dem Foto mit dem Kopf und den Schultern eines Mannes von ungefähr vierzig, mit einem kleinen Bart und einem blauen Jackett über einem weißen Hemd, ist von meinem Großvater nichts geblieben. Manchmal erzählt meine Großmutter, dass er ein Held war, und manchmal sagt sie, er war ein geiler alter Bock, der sie aus dem Haus ihres Onkels entführt habe, als sie noch ein Mädchen gewesen sei.

Als wir noch klein waren, nahm Großmutter uns an den Feiertagen zum Friedhof neben unserem Haus mit. Fast das ganze Dorf hatte sich dort versammelt, denn so ist das: Am Morgen eines Feiertags besucht man den Friedhof. Mein Vater kam niemals mit uns, um seinen Vater zu besuchen. Großvaters Grab war klein und einfach, weniger prächtig als die anderen Gräber. Der Friedhof war voller Menschen, und alle saßen da und weinten neben weißen, großen und schönen Gräbern. Auf allen Gräbern waren Blumen. Es gab Gräber mit kleinen Minaretten wie bei Moscheen. Andere hatten drei oder vier Stockwerke. Mein großer Bruder sagte, vier Stockwerke seien für die Leute, die ganz bestimmt ins Paradies kommen, direkt, ohne Gericht, wie wir es im Religionsunterricht lernten. Mit jedem Fest wurden die Gräber größer. Man begann, sie aus Marmor und Keramik zu bauen. Mein großer Bruder lief zwischen den Gräbern herum, suchte die neuen und prüfte, ob es Tote gab, die wirklich aus ihren Gräbern auferstehen. Ich hatte Angst, mich von Großmutter zu entfernen. Sie sagte, es sei verboten, auf Steinen zu sitzen, denn alle seien einmal von Gräbern gewesen, und ich war vorsichtig und schaute eine Million Mal hin, bevor ich einen Schritt machte. Ich hielt mich an Großmutters großem weißem Kleid fest, damit ich zwischen all den Menschen nicht verloren ging. Ich trat auch nicht auf die kleinsten Steine, denn ich dachte, vielleicht waren das Grabsteine von Kindern. Meine Großmutter sagte, kleine Kinder sterben nicht. Gott wählt sie nur aus und nimmt sie zu sich, weil er sie zu Engeln machen möchte.

Fünf kleine Bausteine sind von Gras überwachsen. Im Winter ist das Gras hoch und grün, im Sommer gelb und trocken. Meine Großmutter beugt sich über die Halme, sucht die bewachsenen Steine, die mit einer Schicht Sand bedeckt sind, setzt sich neben die Steine und beginnt, Abschnitte aus dem Koran aufzusagen. Sie sagt, sie weiß genug Suren, obwohl sie nicht studiert hat. Dann, wenn die Alten in der Moschee beginnen, die Suren zu Ehren des Fests durch den Lautsprecher vorzulesen, fangen alle Leute an, sich gegenseitig die Hände zu drücken und Geld und Süßigkeiten an die Kinder zu verteilen. In meiner Klasse gab es Kinder, die genug Geld sammelten, um sich zehn Revolver zu kaufen. Alles, was sie sagen mussten, war »Allah möge sich erbarmen«. Nur Jungen kamen auf den Friedhof, um Geld für das Fest zu sammeln. Mädchen kamen nie.

Großmutter hat eine Tüte mit Münzen dabei, die sie im Lebensmittelladen eingewechselt hat, und verteilt alles an die Kinder. Sie verteilt viel Geld, und ich bin böse auf sie, weil sie mir nichts von ihrem Geld abgibt. Ich kenne diese Kinder, sage ich zu ihr, sie haben es nicht verdient.

Großmutter erlaubte uns nie, Geld von anderen Menschen anzunehmen, obwohl sie uns manchmal eine Münze hinhielten, auch ohne dass wir »Allah möge sich erbarmen« sagten. Großmutter erlaubte uns auch nicht, Gebäck anzunehmen, obwohl die alten Frauen, die genau wie sie aussahen, sie anflehten, ein kleines Stück Kuchen zu Ehren des Propheten Mohammed anzunehmen. Großmutter benahm sich ihnen gegenüber immer höflich und freundlich, küsste ihre Hände, wünschte der Seele ihres teuren Verstorbenen Ruhe im Paradies, nahm aber nichts an.

Auch ich weigerte mich, etwas anzunehmen, ich glaubte meiner Großmutter, die sagte, es sei verboten, auf dem Friedhof etwas anzunehmen. Sie sagte, wir brauchten nichts, und nur schlimme Kinder würden Geld annehmen. Sie liebte es, uns mitzunehmen, sagte die ganze Zeit, so wüssten wir wenigstens, wo unser Großvater begraben liege, nicht wie mein Vater, der sich verhalte, als wäre er überhaupt nicht sein Vater.

11

Auch mein Vater erzählte uns manchmal von Großvater, besonders auf der Fahrt zum Meer. Mein Vater hatte ganz bestimmte Geschichten für Autofahrten. Wenn wir an Ramat-Hakowesch vorbeikamen, lachte er immer und erzählte uns von Onkel Machmud und wie er seinen neuen Dodge zu Schrott gefahren hätte. In Kfar-Saba deutete er jedes Mal auf ein kleines Gebäude und erzählte, dort, unter der Erde, sitze der Schabach, der israelische Inlandsgeheimdienst, er sei dort schon ein paar Mal verhört worden. Die Untersuchungsbeamten hätten ihn angefleht, er solle ihnen doch sagen, was die Leute in den Kaffeehäusern sagten. Nur das solle er ihnen verraten, doch mein Vater ließ sich nicht darauf ein. Und wenn wir zum Meer fuhren und am Friedhof von Tel-Mond vorbeikamen, erzählte er immer, dort stehe auf allen Grabsteinen die Aufschrift: »1948, beim Kampf um Tira.« Er sagte, wir müssten ihm glauben, denn er sei wirklich dort gewesen und habe die Aufschriften auf den Grabsteinen mit eigenen Augen gesehen.

Vater wiederholte immer dieselben Sätze, wenn wir dort vorbeifuhren: dass bis zum heutigen Tag die Einwohner von Tel-Mond und von Ramat-Hakowesch nicht mit uns sprechen würden, weil wir viele ihrer Leute umgebracht hätten. Er wisse nicht, wie viele Großvater umgebracht habe, aber er glaube, ziemlich viele. Und dass Großvater ein Kämpfer gewesen sei, auch wenn er nicht im Kampf gefallen war. Diese Geschichte beendete er immer mit dem Versprechen, einmal anzuhalten und mit uns über den Friedhof von Tel-Mond zu gehen. Wir fuhren fast jede Woche zum Meer, und nie haben wir dort angehalten.

Großmutter wollte nicht, dass wir zum Meer fuhren. Sie warnte Vater die ganze Zeit und schlug vor, wir sollten doch auf irgendeinen Berg fahren statt ans Meer. Für dasselbe Geld, sagte sie, könne Vater irgendwo ein Feuer machen und für seine Kinder ein paar Hähnchen braten. Sie wartete immer in ihrem Zimmer auf uns und beruhigte sich erst, wenn wir zurückkamen. Sobald wir in die Straße einbogen, reckte sie den Kopf und versuchte, noch bevor wir anhielten, zu zählen, wie viele Menschen im Auto saßen.

Großmutter sagte immer, das Meer sei gefährlich, sie traue ihm nicht, und auch nahe am Strand könnten sich plötzlich tiefe Löcher auftun und uns verschlucken. Ihr zweiter Stiefsohn war im Meer ertrunken.

Aber sie erzählte uns auch, dass sie in ihrer Kindheit ständig ans Meer gegangen seien. Sie sagte, ganz Tira sei zum Meer gegangen, die Felder des Dorfes hätten sich bis zum Strand erstreckt. Sie ging aber nicht weit hinein, nur mit den Füßen. Es kamen Leute mit Kamelen zum Strand, voll beladen mit Wassermelonen, die sehr groß waren und sehr gut schmeckten, solche gebe es heute gar nicht mehr. Alle paar Meter habe jemand mit einem Berg Wassermelonen gesessen. Fremde, die eine Sprache sprachen, die nur die erwachsenen Männer verstanden, hätten Wassermelonen gekauft. Sie hatten viele Arbeiter, die für sie die Wassermelonen auf den Schultern schleppten und auf ein Schiff luden.

Großmutter war immer mit ihren Onkeln und deren Kindern auf Eseln zum Strand geritten. Mit dem Geld von den Wassermelonen ritten sie dann nach Qalqilya und kauften Kleidung. Für alle das Gleiche, die gleiche Menge, in der gleichen Farbe. Damit niemand sagen konnte: »Du hast mehr bekommen.« Damals war alles anders. Es gab keine Betrüger, und die Menschen hatten keine Angst. Sie fürchteten sich nur vor Hyänen und Wölfen.

An Festtagen gingen sie zur Moschee Sidna Ali. Die Männer opferten Schafe, und die Frauen machten ein Feuer an und brieten sie. Großmutter sagt, nur die Frauen aus der Stadt, die anders sprachen und sich wie Dirnen kleideten, badeten damals im Meer. Sie schämten sich nicht, so wie meine Mutter, die immer noch denke, sie sei jung, und mit unbedeckten Haaren herumlaufe. Die städtischen Frauen kochten nicht, und die Fellachenfrauen gaben ihnen zu essen und lachten insgeheim über sie. Verrückte.

12

Als mein Großvater starb, verließ Großmutter das Haus. Ihre Stiefkinder, die älter waren als sie selbst, wollten das Haus haben, und sie überließ es ihnen gegen ein Stück Erde. Erde gab es damals genug, es war für ihre Stiefkinder kein Problem, auf zwei Dunam* Getreide zu verzichten, wenn sie dafür ein Haus bekamen. Meine Großmutter sagt: »Sie haben mich und meine kleinen Kinder auf die Straße gejagt, vier Töchter und einen Säugling, der in ein Tuch gewickelt war. Jetzt wollen sie die Erde zurück. Das können sie vergessen.«

Heute streiten alle über zehn Quadratzentimeter Boden. Großmutters Stiefenkel behaupten, der Tausch sei nicht rechtens gewesen, sie verlangen von ihr einen halben Dunam. Aber Großmutter gibt nicht nach. Sie erhebt sich, zeigt ihre Krallen und kämpft um ihre Erde. Ihr reicht schon, was ihr die Juden genommen haben. Sie holt die in Nylon gewickelten Papiere aus ihrem blauen Koffer und murmelt: »Das ist der Grundbucheintrag für die Erde hier und das da für die Felder. Alles ist aufgeschrieben, alles mit Landkarten und

* 1 Dunam = 1000 qm.

Unterschrift von einem Rechtsanwalt. Sie haben gedacht, ich bin dumm, und sie haben gesagt, ich kann mich auf sie verlassen. Ich habe damals alle unterschreiben lassen.«

Großmutter geht zum Bürgermeisteramt und bittet, man solle ihr zehn Fotokopien von diesen Dokumenten machen. Sie sammelt alles, was mit ihren Rechten an ihrem Grundbesitz zu tun hat, und wirft ihren Stiefenkeln vor, was passierte, als sie gezwungen war, in einem Zelt zu leben. Sie schreit sie an, das Land sei ihr nicht aus gutem Herzen oder aus Liebe gegeben worden, und wirft ihnen die Dokumente mit den Karten und den Unterschriften und die roten Bänder vom Grundbuchamt hin. »Bringt einen Ingenieur, wir teilen uns die Ausgaben, und wenn ich euch etwas schulde, sollt ihr es bekommen.«

Am Schluss geben sie immer nach und verschwinden. Großmutter bleibt siegreich und blutend zurück. Sie haben sie beleidigt, sie haben sie an Dinge erinnert, die sie vergessen möchte. Die Stieftochter, die andere Frau des »badal«, hat sie ins Herz getroffen. Großmutter weint nie, aber manchmal bekommt sie eine erstickte Trauerstimme. »Habe ich ihre Brüder hungern lassen? Gott soll ihr das nicht verzeihen, nicht in dieser Welt und nicht in der anderen.«

Großmutter schreit Vater an, dass er sich gegen diese Nieten nicht durchzusetzen verstehe. Er fürchte sich vor ein paar aufgeblasenen Rowdys. Er könne die Erde nicht bewachen, er verstehe nichts von ihrem Wert.

Manchmal träumt Großmutter von einem Ort, der Al-Basa heißt, dort haben ihre Eltern die heiße Jahreszeit verbracht. Dort wuchsen die Wassermelonen, ohne dass man sie spritzen musste, nur auf Hühnermist. Sie träumt von den Kamelen, die sie gegen drei Grusch pro Kopf abgeholt haben. Nach dem Krieg ging sie einmal mit einem Strohsack auf dem Kopf hin. Die Kinder waren hungrig, und sie wollte sehen, ob es dort auf den Feldern etwas gab. »Verschwinde«, sagte man zu ihr, »es gibt nichts zu holen, geh, geh.« Sie versuchte, an dem Soldaten vorbeizukommen, aber er richtete den Revolver auf ihre Brust.

Als die Sowjetunion eine Großmacht war, sagte mein Vater, dass diese Grundstücke zurückgegeben würden. Er sprach von russischen Flugzeugen, russischen Panzern, von Flugabwehrraketen, Schiffen und U-Booten. »Die Russen sind nicht wie diese verwöhnten Amerikaner, die sich in Filmen nackt ausziehen. Sie sind ein Volk mit Disziplin. Die Soldaten sind gut ausgebildet. Nie im Leben würden sie ihre Stellung verlassen.« Er erzählte uns von einem Russen, der mit einem Schuh auf den Tisch der UNO geschlagen und die Vereinigten Staaten und Israel bedroht habe.

Vater zwang uns, die Olympiade zu verfolgen und für die Russen zu sein. Eine Olympiade ist wie Krieg, sagte mein Vater immer. Wer im Sport siegt – siegt auch mit seinen Flugzeugen. Die Russen standen immer ganz oben, und wir hatten keinen Zweifel daran, wer siegen würde. In jenen Tagen hatten die Leute

Hoffnung. In unserem Dorf gab es zwei Mädchen, die Valentina hießen. In Qallansawah nannte damals jemand seinen ältesten Sohn Castro. Bis heute heißt er Abu Castro.

Inzwischen hat sich Vaters Traum in einen Irrglauben verwandelt. Noch immer unterstützt er Fußballclubs in Rot, hat aber aufgehört, die Olympischen Spiele zu verfolgen. Die Hoffnung ist zu Verzweiflung geworden, und die Bücher von Marx und Lenin sind auf das oberste Regalbrett gewandert, und an ihrer Stelle stehen jetzt die »Gelben Seiten« in Hebräisch und Arabisch.

Mein Vater sagt: »Al ard sai al-ard« – »die Erde ist wie die Ehre«. Wer die Erde verkauft – verkauft seine Ehre. Aber für jeden Dunam Boden bezahlt man fünftausend Dollar. Wenn Großmutter dreißig Dunam hat, macht das einhundertfünfzigtausend Dollar. Eine hübsche Summe, aber man darf nicht verkaufen. Außerdem sind fünftausend Dollar nichts für einen Dunam. Es gibt schon ein ganzes Heer von Rechtsanwälten, die sich um Bodenbesitz kümmern. Alle Leute im Dorf verkaufen. »Ich verstehe nicht, wie sie verkaufen können. Nicht nur, dass das nie zurückkommt. Nun ja, vielleicht doch, wer weiß. Aber es handelt sich um etwas Grundsätzliches.«

Mein Vater versteht etwas von Politik, er schaut sich die Nachrichten an, er liest sorgfältig die Zeitungen. Das Radio läuft neben ihm, auch wenn er schläft. Er sieht vollkommen niedergeschlagen aus. Jetzt versteht er, dass es nie gut sein wird, und so, wie die Dinge laufen, könnte man uns auch noch den letzten Boden nehmen, der uns geblieben ist. Er wendet sich an uns, seine vier Söhne, und sagt: »Ihr werdet sicher fliehen. Keiner von euch wird hier bleiben und unsere Erde verteidigen. Flüchtlinge, wollt ihr Flüchtlinge werden? Schaut euch doch an, was aus jenen geworden ist, die geflohen sind. Es ist besser zu sterben, als zu fliehen. Aber ihr, was versteht ihr schon vom Wert der Erde?«

II

Schlag auf den Kopf

I

Meine Eltern sagen, dass ich, bis ich vom Dach sprang und mir den Schädel brach, der wildeste Junge vom Dorf gewesen sei. Sie hätten sich Sorgen um meine Zukunft gemacht und alles getan, um mich zu erziehen, aber nichts hätte geholfen. Meine Eltern waren daran fast zerbrochen. Ich brachte sie zur Verzweiflung. Und nicht nur sie, auch alle Nachbarn und alle Verwandten.

Mein Vater sagt, alle hätten mich gehasst, sie hätten mich nicht mehr sehen wollen. Kleinere Kinder wagten nicht, allein an unserem Haus vorbeizugehen. Er sagt, manche Nachbarn hätten sich sogar bei der Polizei über mich beschwert. Man habe überlegt, mich in eine Anstalt zu stecken oder in ein Heim für schwer erziehbare Kinder. Ich war sehr klein, ich ging noch nicht mal in den Kindergarten.

Meine Eltern erinnern sich manchmal daran, lachen, wenn sie erzählen, wie ich vor allen anderen aufwachte, durch das Fenster hinaussprang und zur Schule neben unserem Haus lief, um Flaschen und »chaschaschin«, Rohre, zu sammeln. Danach lief ich über die Felder und suchte Autos, die nachts von Dieben verbrannt worden waren, und wenn ich nach

Hause kam, brachte ich verrußte Nummernschilder mit.

Mein Vater erzählt, ich sei noch nicht mal vier gewesen, da waren sie sicher, ich würde später Autos klauen und Drogen nehmen. Er erzählt, ich sei an den Festtagen, wenn die Kriminellen von Tira die schönsten Autos stahlen, von zu Hause weggelaufen, hätte heimlich mit den schlimmsten Jungen am Eingang zum Dorf auf sie gewartet, mit den ganzen »chaschaschin«, und hätte ihnen für ihre wilde Raserei Beifall geklatscht. Mein Vater sagt, an Festtagen sei es immer am schlimmsten gewesen, da habe er mir die ganze Zeit nachlaufen müssen.

Meine Mutter erzählt, wie sie mich an jedem Wochenende, wenn sie ihre Eltern besuchte, mit einem Seil am Bein festband, damit ich ihr nicht weglaufen konnte. Sie sagt, ich wäre sonst sofort abgehauen, hätte Katzen verfolgt, Mülleimer umgeworfen, an die Türen geklopft und an allen Häusern geklingelt, an denen wir vorbeikamen. Sie sagt, nur meinetwegen habe Vater einen halben Dunam Boden verkauft und sich ein Auto angeschafft. Damals waren Autos sehr teuer, aber sie hätten keine Wahl gehabt, sie mussten einen normalen Weg finden, um mich zu dem Kinderarzt nach Kfar Saba zu bringen. Meine Mutter sagt, eine einzige Fahrt im Autobus habe ihr gereicht. Sie weinte, als der Fahrer den Autobus wegen dem, was ich getan hatte, anhielt und sie aufforderte auszusteigen.

Der Körper meines älteren Bruders ist voller Narben. Meine Eltern deuten auf einen Schnitt am Bauch und sagen: »Da hast du versucht, ihn zu operieren.« Sie deuten auf große Narben an seinen Beinen und sagen, da hätte ich versucht, ihm das rechte Bein mit dem linken zu tauschen.

Meine Eltern sagen, ich hätte drei neue Fernsehgeräte kaputtgemacht, und fast jede Woche hätten sie einen neuen Satz Teller kaufen müssen. Ich brach die Schlösser der Küchenschränke auf, verstopfte den Abfluss mit Sand, ich schlachtete die Hühner der Nachbarn. Ich setzte meinen Cousins Ameisen in die Augen und brannte einen halben Mangohain ab. Ich besaß einen halben Schuppen voller Schleudern, aber statt mit Steinen schoss ich mit Nägeln nach Autos oder einfach nach Leuten, die auf der Straße vorbeikamen.

Meinetwegen gingen meine Eltern auch nicht zu Hochzeitsfesten von Verwandten. Sie haben damals auch kaum geschlafen, sie konnten kein Auge zumachen vor Angst, was ich nachts anstellen könnte. Alle hatten Mitleid mit ihnen. Allen war klar, dass irgendetwas mit mir nicht in Ordnung war.

Ich hatte vor niemandem Angst, nicht vor den Kleinen und nicht vor den Großen, ich fürchtete mich nicht vor Gürteln und nicht vor Schlangen. Wenn man mich schlug, tat ich, als würde ich weinen, ich bat um Verzeihung und versprach, es sei das letzte Mal gewesen, und zwei Minuten später zerbrach wieder etwas, passierte ein weiteres Unglück. Das war das größte Problem mit mir, ich konnte den Armen, Unglücklichen spielen. Ich wand mich vor Schmerzen und tat, als würde ich fast sterben, damit alle Mitleid mit mir bekamen und nachgaben.

Meine Eltern versuchten alles: Sie waren lieb, sie waren hart, sie schlugen mich mit dem Gürtel, mit dem Stock, mit den Händen, auf den Po, auf den Rücken, auf die Beine. Sie versuchten es mit Ärzten, mit Tabletten, mit Scheichs, mit »ara'fim«, Wunderheilern, aber schließlich halfen nur Schläge. Ich könne mich aber an nichts mehr erinnern, sagen sie.

Es geschah, als Aischa, unsere Nachbarin, von ihrem Mann Abu Ibrahim geschieden wurde. Am selben Tag brachte sie all ihre Sachen von ihrem Haus in unseren Hof, die Matratze und die Decken, das Kopfkissen und die Kleider, und wartete auf den Lastwagen. Viele weiche Gegenstände lagen übereinander. Als ich den Haufen sah, kletterte ich auf Bausteine, die ich von einer Baustelle geholt hatte, hielt mich an den Wasserrohren fest und kletterte daran hinauf aufs Dach. Von dort wollte ich auf den Haufen von Aischas Bettzeug und Kleidern springen. Ich sprang daneben und schlug mir den Kopf auf. Sie dachten, ich sei tot. Vaters Hemd saugte sich voll Blut, und er und Abu Yakan vom Lebensmittelgeschäft brachten mich schnell ins Krankenhaus. Wer gesehen hatte, wie ich auf den Steinen lag, wer das viele Blut gesehen hatte, glaubte, ich würde nie mehr aufwachen. Aber ich, ein Affe, Sohn von Affen, war zwei Tage später schon wieder auf den Beinen.

Meine Eltern sagen, dass ich mich nicht mehr an den Aufschlag erinnern könne, auch an gar nichts aus der Zeit davor. Sie sagen, der Aufprall habe aus mir einen Menschen gemacht. Ich hatte einen Schädelbruch, aber mein Gehirn war nicht verletzt. Zu meinem Glück war mein Kopf so hart wie Stein. Zwei Tage war ich bewusstlos, aber als ich aufstand, war ich ein anderer Mensch. Ein wunderbarer Junge, höflich und ruhig, ein kluger Junge. Schon am Abend meiner Rückkehr aus dem Krankenhaus zog ich meinen Pyjama an, putzte mir die Zähne, und um sechs gab ich meinen Eltern einen Kuss. Gute Nacht.

2

Am Tag, als ich zum ersten Mal Juden aus der Nähe sah, pinkelte ich mir in die Hose. Mutter war sehr wütend, denn sie hatte uns gebeten, auf unsere Kleidung aufzupassen, damit sie sauber blieb. Sie hatte uns schon am Morgen schön angezogen, bevor sie uns in den Kindergarten schickte. Sie wusste ja, dass sie am Abend, wenn sie von der Arbeit zurückkam, kaum genug Zeit haben würde zu kochen, bevor die Gäste kamen.

An jenem Tag beschlossen die Kindergärtnerinnen, mit uns zum Fußballplatz zu gehen. Sie nahmen Sonnenblumenkerne mit, setzten sich auf die Bänke und plauderten. Die Buben rannten über den Platz und kickten mit Bällen. Die Mädchen spielten im Sand und bewarfen sich mit Tüten voller Sand und kleiner Steine. Die Kindergärtnerinnen knackten gemütlich Sonnenblumenkerne, und ab und zu stürzte sich eine mit wütendem Geschrei auf einen der Jungen.

Mir war klar, dass ich nicht mitspielen konnte. Ich durfte meine Kleidung nicht schmutzig machen, nicht an diesem Tag. Ich trug eine blaue Latzhose, darunter ein weißes Hemd. Und Weiß wird sehr schnell schmutzig. Ich wusste, dass dies meine schönsten Anziehsachen waren, die allerneuesten. Wenn ich sie schmutzig machte, würde ich die Juden von Vaters Arbeit nicht sehen dürfen.

Ich musste dringend pinkeln, aber nie im Leben hätte ich meine Hose vor den Kindergärtnerinnen und den anderen Kindern runtergezogen. Ich sah zwar, dass manche Jungen das taten, aber ich brachte es nicht über mich. Eine ganze Weile lang beherrschte ich mich. Dann fing es an, mir wehzutun. Noch nie hatte ich so geweint. Ich pinkelte in die Hose. Und alle sahen es, ich konnte es nicht verbergen.

Einer der Jungen lachte, rannte zu unserer Kindergärtnerin und verpetzte mich. Aus lauter Mitleid schlug sie mich nicht. Ich weinte laut, ich schrie und rieb mir mit den Fäusten die Augen. Bis heute kann ich fühlen, wie mir die Tränen herunterliefen, wie meine Augen brannten und wie die nasse Stelle der Latzhose an meinen Beinen klebte und mich beim Gehen störte.

Eine Kindergärtnerin, eigentlich nur eine Helferin, zog mich an der Hand zur Schule. Sie hatte den Arm gestreckt, um mich so weit wie möglich von sich fern zu halten, ihr Gesicht zeigte einen angeekelten Ausdruck. »Schäm dich«, sagte sie zu mir. »Du bist doch schon ein großer Junge.« Mein Arm tat weh. Sie brachte mich in die Schule, zu meinem Bruder, der in die erste Klasse ging. Als wir ankamen, rief sie ihn heraus. Alle Kinder hörten, dass er mich nach Hause bringen müsse, weil ich in die Hose gemacht hätte.

Mein Gebrüll wurde lauter, mein Bruder nahm mich an der Hand und zog mich hinter sich her. Er war froh, dass er früher aus der Schule gehen konnte. Er lachte, er freute sich, dass ich in Schwierigkeiten war. »Die Juden von Vaters Arbeit werden dich sehen«, sagte er grinsend. »Und Mutter bringt dich um.« Als hätte ich das nicht selbst gewusst.

Ich erinnere mich nicht, ob ich die Juden an diesem Tag sah oder nicht, aber ich glaube nicht, dass Mutter mich geschlagen hat. Ich glaube, sie beherrschte sich. Ich erinnere mich nur noch, dass sie, als die Juden gegangen waren, das Geschenk auspackte, das sie mitgebracht hatten, eine Tafel Schokolade. Und ich erinnere mich auch, dass sie sagte: »Das ist alles, was sie mitgebracht haben, und wir haben uns eine ganze Woche lang auf ihren Besuch vorbereitet.«

Fünf Jahre später, als ich in der vierten Klasse war, kam unser Hebräischlehrer mit einem »ağnabi« herein, einem Fremden, der groß und schön und blond war, ganz anders als wir. Der Lehrer übersetzte uns das Hebräisch des Fremden, sagte, er sei von »Nizanej schalom«, und ab jetzt würden wir zu »Nizanej schalom« gehören und uns mit Juden treffen. Sie würden uns besuchen und wir sie.

Wir freuten uns. Juden, das bedeutete, dass ein paar Stunden Unterricht ausfielen, und die Lehrer benahmen sich ganz anders, sie schlugen uns nicht und lächelten die ganze Zeit. Die Juden hatten mehr weibliche Lehrer, wir hatten gerade mal eine Lehrerin, eine alte. Die Juden kamen aus Kfar Saba.

Der Hebräischlehrer sagte zu jedem Einzelnen, wer sein jüdischer Freund sein würde. Unsere Klasse war größer als die Klasse der Juden, deshalb bekamen manche von uns zu zweit einen jüdischen Freund. Ich bekam Nadaw Epstein. Wir mussten unsere Freunde mit nach Hause nehmen.

Das ganze Dorf wusste, dass die Juden kamen. Eine Woche vor dem Besuch erhielten alle Kinder einen Brief, in dem die Eltern aufgefordert wurden, sich vorzubereiten, um uns keine Schande zu machen und um einen guten Eindruck zu hinterlassen. Meine Mutter nahm sich frei, damit sie Zeit hatte, das Haus aufzuräumen und zu kochen. Sie hatte an diesem Tag sowieso nur zwei Unterrichtsstunden, und sie hatte im Voraus für eine Lehrerin gesorgt, die sie vertrat. Frauen und Kinder, die noch nicht zur Schule gingen, liefen schon früh am Morgen hinaus, um auf die Juden zu warten. Meine Mutter bereitete »sinia« aus Fleisch mit »tchina« vor, »makluba« und »meluchiya« mit Huhn und Salat. Sie deckte den Tisch, kaufte einen Blumentopf mit Plastikblumen und zog sich schön an.

Nadaw war in Ordnung. Ich konnte nicht viel Hebräisch, aber er war in Ordnung, er war nett. Was ich nicht verstand, war, warum er unser Fladenbrot »Pita« nannte. In Tira sagt man »Pita«, wenn man ein Brötchen meint. Das Brot, das die Juden »Pita« nennen, heißt bei uns einfach »Brot«.

Zwei Wochen später fuhren wir zu ihnen nach Kfar Saba. Ihre Schule sah vollkommen anders aus. Sie hatten Lautsprecher im Hof und hörten in den Pausen Musik. Ich sah einen Jungen, der Arm in Arm mit einem Mädchen herumging, und wartete darauf, dass jemand kommen und sie schlagen würde. Ich suchte vergeblich nach Nadaw und verstand, dass ein Fehler passiert war. Sie waren mit den Klassen durcheinander gekommen und hatten die Klasse nach Tira geschickt, die schon einmal bei uns gewesen war.

Sie teilten uns zu zweit ein, ein Jude und ein Araber. Es gab Juden, die zwei Araber bekamen. Ich wurde mit einem neuen Jungen zusammengebracht. Ich fragte ihn noch nicht einmal, wie er hieß. Mir war schnell klar, dass die Juden uns nicht mit nach Hause nehmen würden. Wir aßen in der Schule. Ein Tisch war mit »jüdischem« Brot, Schokoladentafeln und Marmelade gedeckt.

Ich aß nichts. Ich war gekränkt. Wie konnten sie es wagen, mir einen neuen Freund zu geben? Dabei hatte es so lange gedauert, bis mein Vater mir beigebracht hatte, »Epstein« so zu sagen, wie es sich gehörte. Die arabischen Kinder saßen zusammen, getrennt von den jüdischen, und ich war dem Weinen nahe, aber ich beherrschte mich. Ich war wütend auf mich selbst, weil es mir nicht egal war, welchen Juden sie mir zuteilten. Als hätte ich überhaupt verstanden, was dieser Nadaw gesagt hatte. Es war ihnen sowieso alles egal. Bestimmt fiel es Nadaw nicht einmal auf, dass sie die

Klassen verwechselt hatten. Unsere Lehrer hörten nicht auf, über das Essen zu tuscheln. Sie waren sicher gewesen, die Juden würden uns mit nach Hause nehmen, und jetzt verstanden sie, dass sie sich umsonst schön angezogen hatten.

Plötzlich kam unser Rektor angerannt, aufgeregt und schwitzend, und versuchte, die Reste seiner Haare auf dem Kopf zu ordnen. Er lief sofort auf mich zu. »Komm«, sagte er, »sie haben die Klassen vertauscht. Ich nehme dich mit.« Er war gereizt, aber er schlug mich nicht. Er war extra aus unserem Dorf hergefahren, um mich zu holen. Ich hatte nie erwartet, einmal im Auto des Rektors zu fahren. Er sagte, Nadaw habe ununterbrochen geweint, weil sie die Klassen vertauscht hätten. Er wollte mit keinem anderen gehen, nur mit mir. Der Rektor sagte, er habe gebrüllt wie ein kleines Kind, dieser Junge habe wirklich ein ernsthaftes Problem. Du musst ihn beruhigen, bat er mich. Er hatte ihn nach Kfar Saba bringen wollen, nach Hause, aber der stellvertretende Rektor sagte, das mache keinen guten Eindruck, einen weinenden jüdischen Jungen nach Hause zurückzubringen.

Wie ich mich freute. Nadaw hatte das Gleiche gefühlt wie ich, dieser Jude mochte mich wirklich.

3

Der Geographielehrer war derjenige, der uns am meisten Angst einjagte, er war stärker als alle anderen. Einmal packte er Jakub an den Ohren und schwenkte ihn herum. Jakub war der größte Junge der Klasse. Seine Beine schwebten durch die Luft und zappelten, und dann warf der Lehrer ihn gegen die Tafel. Bumm.

Wir schwiegen. Wir waren wie erstarrt. Dann fingen ein paar Jungen an, über Jakub zu lachen.

Die Arabischlehrerin kam immer wieder in die Klasse, lief zwischen den Tischen herum und kontrollierte, wer seine Aufgaben gemacht hatte. Die Hälfte der Klasse hatte das regelmäßig nicht getan. Sie konnten überhaupt nicht lesen und schreiben, wie hätten sie da ihre Hausaufgaben machen sollen? Die Lehrerin hatte ein Metalllineal in der Hand, und wer seine Aufgaben nicht gemacht hatte, bekam mit diesem Lineal einen Schlag auf den Kopf, er musste aufstehen und sich mit dem Gesicht zur Tafel hinstellen.

Wenn die Kontrolle vorbei war, standen sie, gut eingeübt, in einer geraden Reihe vor ihr, ohne sich zu mucksen. Sie versuchten weder zu fliehen noch auszuweichen, denn sie wussten, wer seine Hand vor dem Lineal zurückzog, bekam die doppelte Anzahl Schläge.

Mit gesenkten Köpfen standen sie da, die Augen geschlossen, die Zähne zusammengepresst, die Hand so weit wie möglich vorgestreckt. Sie durften die Hände nicht dicht vor den Körper halten, weil die Lehrerin den Läusen und den stinkenden Kleidern eines Jungen, der seine Aufgaben nicht gemacht hatte, nicht zu nahe kommen wollte. Sie schlug auf die Handrücken, mit aller Kraft, die sie hatte, und sie hatte viel Kraft.

Fast alle Lehrer schlugen die Schüler. Es gab welche, die mit einem Wasserschlauch in die Klasse kamen. Andere hatten lange, spitze Bambusstöcke. Im Lehrerzimmer hing eine Peitsche, und die Aufsicht habenden Lehrer spazierten in der Pause mit der Peitsche im Hof herum. Einmal bekam ich vom Naturkundelehrer einen Schlag mit der Peitsche auf den Rücken, als ich pinkelte. Er betrat die Toilette, die wie immer schmutzig war, und schlug alle, die gerade da waren. »Tiere! Schweine!«, schrie er. Der Hieb brannte, aber es war nicht schlimm.

Ich bekam weniger Schläge als alle anderen. Sogar weniger als die Mädchen. Ich hatte meine Hausaufgaben immer gemacht. Nie war ich laut in der Klasse. Ich sprach mit keinem. In den Pausen saß ich mit gefalteten Händen am Tisch. Es gab Lehrer, die den sozialen Druck als Methode wählten. Wenn es während der Pausen in der Klasse zu laut war, bekamen alle, die sich dort befanden, Schläge. Alle außer den Kindern der Lehrer, die ebenfalls unsere Schule besuchten. Sie blieben straffrei.

Der Taftisch, die Sauberkeitskontrolle, war am schlimmsten. Die Krankenschwester kam mitten im Unterricht in die Klasse und wir, gut geübt, zogen unsere Stofftaschentücher heraus, breiteten sie auf dem Tisch aus und legten unsere Hände darauf. Wenn man kein Taschentuch hatte, gab es Schläge. Wenn man das Taschentuch benutzt hatte und es schmutzig war, gab es ebenfalls Schläge. Wer schmutzige Hände oder lange Fingernägel hatte, wurde nach Hause geschickt. Ich hatte immer ein Taschentuch. Eigentlich hatte ich zwei, ein sauberes, für den Taftisch, und eines zum Benutzen.

Die Krankenschwester wählte willkürlich ein paar Schüler aus und kontrollierte mit Hilfe von zwei dünnen Stöckchen, ob sie Läuse hatten. Sie fand immer welche, schrie die Kinder an und schlug sie, und der Lehrer, der zu diesem Zeitpunkt gerade Unterricht hielt, half ihr. Beide zusammen schrieben auf Zettel »Ich habe Läuse« und klebten die Zettel den betreffenden Kindern auf die Stirn und schickten sie heim. »Damit deine Mutter sieht, was sie aus dem Haus gehen lässt«, war der regelmäßige Satz der Krankenschwester. Bei mir fanden sie nie Läuse.

Alle in der Schule schlugen gern. Auch der Schuldiener. Er kam in die Klasse und rief drei Schüler heraus. Zwei mussten den schwarzen Plastikeimer tragen, der Dritte sammelte im Hof die Überreste der Schulbrote, herumliegendes Papier und Dosen. Wenn der Hof nach Ansicht des Schuldieners nicht sauber aussah, gab es Schläge. Einmal passierte mir das auch.

Einer von denen, die den Plastikeimer trugen, sagte zu dem Schuldiener, ich hätte den Müll nicht aufgehoben. Ich bekam eine Ohrfeige. Aber nur eine, der Schuldiener war unser Nachbar und kannte meinen Vater.

Vom Musiklehrer bekam ich einmal zwei Schläge mit dem Lineal auf den Handrücken, weil ich ein Lied nicht erkannte, das er auf der »oud«, einer Art Laute, gespielt hatte. Ein andermal wurde ich geschlagen, weil der Papierkorb in der Klasse schmutzig war und ich an diesem Tag Ordnungsdienst hatte. Und der stellvertretende Rektor schlug mich mit der Peitsche auf den Rücken, weil ich am Unabhängigkeitstag Angst hatte, auf das Dach zu klettern und die Fahne in den Sandeimer über dem Lehrerzimmer zu stecken.

Nur der Landwirtschaftslehrer schlug uns nicht. Er war in Ordnung, kürzlich ist er an einem Herzanfall gestorben. Der einzige Lehrer, der mit Anzug und Krawatte in die Schule kam. Der einzige Lehrer, der ein Auto hatte, einen blauen Subaru. Das Auto stand immer weit von den Traktoren der anderen Lehrer entfernt, die gleich nach Schulschluss zu ihren Erdbeerfeldern fuhren. Im Landwirtschaftsunterricht wuschen wir das Auto des Lehrers. Wir liebten sein Auto, und er war immer zufrieden. Wenn wir fertig waren, warf er uns einen Ball in den Hof. Wir spielten sehr gerne Fußball.

4

Der einzige Freund, den ich in Tira hatte, kam ins Krankenhaus. Das war in der achten Klasse. Er war der einzige Junge in der Klasse, der bereit war, im Unterricht neben mir zu sitzen, ohne dass der Lehrer ihn dazu zwingen musste.

Eines Tages erschien er nicht zum Unterricht. Auf dem Heimweg klopfte ich bei ihm an die Tür, und keiner machte auf. Sein Onkel im benachbarten Lebensmittelgeschäft sagte, er sei krank, er habe Kopfschmerzen, und man habe ihn ins Krankenhaus nach Ramatajim gebracht. Meine Eltern zogen sich schön an. Mutter kaufte einen Schokoladenriegel mit Haselnüssen, wickelte es ein, wie man ein Geschenk einwickelt, und wir fuhren zu ihm.

Es war mein erster Besuch in Ramatajim, und es war auch das erste Mal, dass ich ein Krankenhaus sah, mit einem riesigen Eingang und zwei dicken Türen, die sich mit einem Code öffnen ließen, den nur die Ärzte wussten. Seine Eltern sahen trauriger aus als sonst. Ihr einziger Sohn. Mein Vater sagte immer, die Mutter meines Freundes habe einen so großen Hintern, dass er nicht verstehe, warum sie nicht noch ein Kind machten.

Nur ich durfte hinein. Mein Freund sah aus wie immer. Er sagte, manchmal tue ihm der Kopf weh und er höre seltsame Dinge. Ich beachtete es nicht. Für mich sah er in Ordnung aus, er hatte noch nicht mal Fieber. Neben dem zweiten Bett im Zimmer stand ein Junge mit einem Besen in der Hand und tat, als würde er schießen. Er war ein bisschen älter als wir, und er liebte Kriegsspiele. Mein Freund erzählte mir, er würde manchmal mit ihm spielen, und sagte die ganze Zeit: »Er ist ein Iraker, er ist ein Iraker.«

Mein Freund hatte von den Eltern ein Computerspiel mit Autos bekommen, und er ließ mich damit spielen. Meine Eltern hätten mir nie im Leben ein so teures Spiel gekauft. Ich war immer neidisch auf ihn. Er aß auch nie einfaches Zitroneneis, nur »Lux« und »Cassata«. Er besaß ein Fahrrad, schöne Anziehsachen, eine Uhr mit einem Taschenrechner und einen »Atari«. Meine Mutter sagte, das habe er nur, weil er der einzige Sohn sei, und sie könne einfach nicht vier »Lux« für uns kaufen.

Er war der einzige Freund, der meine Mutter nicht nervte, wenn er mich besuchte. Sie behauptete immer, die anderen Eltern würden ihre Kinder nur zu uns schicken, um sie los zu sein, und bat mich, sie nicht ins Haus zu bringen, aber zu ihm war sie immer sehr nett, sie lud ihn sogar ein, mit uns zu essen. Im Allgemeinen lehnte er es ab.

Mein Vater wiederholte immer wieder, er verstehe nicht, warum sie nicht noch ein Kind machten. Sie hätten doch viel Geld. Und was wäre, wenn diesem Kind etwas passierte? Der Vater meines Freundes besaß einen riesigen Traktor mit Glas und einer Klimaanlage in der Fahrerkabine, und mein Vater sagte, er pflüge alle Felder von Tel Mond. Er arbeite von morgens bis in die Nacht und verzichte auf keinen Auftrag. Sie besaßen ein neues Auto, das immer, mit einem weißen Tuch abgedeckt, vor dem Haus stand. Sie benutzten es fast nie. Es ist nur eine Verzierung, sagte mein Vater, sein Vater fährt ohnehin nur mit dem Traktor, und er geht nie aus, denn freitags und samstags, wenn er nicht bei den Juden arbeitet, pflügt er die Felder von Tira.

Plötzlich, mitten im Spiel, drehte mein Freund durch. Er fing laut an zu schreien, »Neiiiin! Neiiiin!«, und sofort tauchten viele Pfleger auf, sie zogen mich aus dem Zimmer und banden meinen Freund am Bett fest. Das war schrecklich. Noch nie hatte ich so etwas gesehen. Ich fragte meine Eltern, was passiert sei, und sie sagten, wir müssten nach Hause.

Den ganzen Weg bis Tira sprachen wir nicht miteinander. Mein Vater fuhr schweigend, meine Mutter saß neben ihm und ich wie immer hinten. Damals erlaubten meine Eltern mir schon nicht mehr, bei Großmutter zu schlafen, aber an jenem Abend stellten sie sich blind, als ich mich in ihr Bett schlich. Sie hatten ihr schon erzählt, was im Krankenhaus passiert war. »Sie hätten dich nicht mitnehmen sollen«, sagte Großmutter und nahm mich fest in den Arm. »Du sollst nicht weinen, Gott wird ihn gesund machen, er wird in die Schule zurückkommen, du wirst schon sehen. Schlaf jetzt, hab keine Angst, mein kleiner Yama.«

5

Das waren die Tage der Blüte: In meinem letzten Jahr in der Grundschule wurde die Straße nach Tira gebaut, das Dorf bekam Telefonanschluss, unsere Fußballmannschaft stieg in die Liga auf, ein Schwimmbad wurde eröffnet, und eine Firma aus Taiyiba schloss die Häuser an das TV-Kabelsystem an.

Es gab im ganzen Dorf kein Haus mehr, das nicht angeschlossen war, und die Leute schauten sich nichts anderes mehr im Fernsehen an als das kommunale Programm. Die Leute liebten es einfach, im Fernsehen Menschen zu sehen, die sie kannten. Sie sahen sie bei der Werbung für die Lebensmittelgeschäfte, die zwischen den indischen und ägyptischen Filmen eingeblendet wurden.

Am Ramadan jenes Jahres, der damals im Sommer gefeiert wurde, beschlossen die Leute vom Lokalsender, ein großes Preisrätsel zu veranstalten, an dem alle Leute des Dorfs teilnehmen konnten. Innerhalb von zwei Tagen war aus dem Preisrätsel ein Wettstreit um die Ehre geworden, an dem sich alle Familien mit großem Eifer beteiligten. Manche Familien hielten Tag für Tag einen Rat ab, zählten, wie viele ihrer Mitglieder es geschafft hatten, die Fragen zu beantworten, und bereiteten sich auf die nächste Runde vor. Der Tag der Ausscheidung kam näher, und die Konkurrenz zwischen den Familien hatte ihren Höhepunkt erreicht. Jede Familie hoffte, durch dieses Preisrätsel die eigene Stellung im Dorf zu festigen. Unsere Familie war eine der ältesten von Tira, aber sie war sehr klein, und mein Vater wusste genau, dass wir bei der Ausscheidung keine Chance hatten. Als das Preisrätsel sich dem Ende näherte, wusste Vater bereits, für wen er stimmen würde.

Vater verpasste keine einzige Sendung. Erst wurden sehr leichte Fragen gestellt, zum Beispiel, wann der Prophet Mohammed geboren wurde, und mein Vater antwortete sofort. Seine Lippen bewegten sich mit, wenn der Moderator etwas sagte. Natürlich hatte er nicht die Absicht, selbst anzurufen und an dem Spiel der Dummköpfe teilzunehmen; aber die Wahrheit ist, dass er sich seiner selbst nicht hundertprozentig sicher war und immer erst abwartete, ob seine Antwort vom Showmaster bestätigt wurde, wenn ein anderer schon in der Leitung war.

Eines Tages beschloss der Sender, eine schwere Rätselaufgabe zu stellen, nach dem Beispiel von Dan Hamizer, also bestehend aus lauter verschlüsselten Hinweisen. Das war schon mitten im Monat Ramadan, und der Wettkampf um das Preisrätsel des Lokalsenders beherrschte bereits das ganze Dorf. Überall wurde darüber gesprochen. Manche Leute behaupteten, der Showmaster würde nur Anrufe von seiner eigenen Familie annehmen, und sie verlangten, dass ein Kontrollrat gebildet würde, der sich aus allen Familien des Dorfs zusammensetzen und die Livesendungen beaufsichtigen solle.

Und dann wurde das schwerste Rätsel angekündigt. Es war vom Rektor unserer Schule ausgeklügelt worden, dem Vater des Showmasters. Die großen Familien ergriffen die Initiative und schickten ihre Vertreter zum Lokalsender, riesige Rowdys, die einen zusammenschlagen konnten, um die Sache aus der Nähe zu beobachten. Diese Machtdemonstrationen nahmen so zu, die Zahl der Vertreter der verschiedenen Familien wuchs dermaßen, dass man den Showmaster, der die Fragen stellte, kaum mehr sehen und verstehen konnte.

Es kam während der Livesendung zum Streit, zu Rempeleien, und ein paar Mal hörte man das Fluchen bis in die Häuser. Die Veranstalter sahen ein, dass es so nicht ging, und beschlossen, die Sendung vom Fußballplatz aus auszustrahlen. Nur die intellektuellen Vertreter der jeweiligen Familien und die dazugehörigen Anrufer beobachteten die Sendung von zu Hause aus, alle anderen Dorfbewohner eroberten sich sofort nach Ende des Fastens einen Platz auf dem Fußballplatz. Kaum dass sie die erlaubte Mahlzeit runtergeschlungen hatten, rannten sie auch schon zum Platz.

Bis dahin hatte mein Vater sich nicht an diesem Spiel beteiligt. Der Rektor war mit ihm in dieselbe Klasse gegangen, und mein Vater sprach immer davon, dass er beim Lernen eine Niete gewesen sei, er habe an irgendeinem armseligen Pädagogischen Seminar studiert, während seine Noten – das heißt die meines Vaters – die besten der Klasse gewesen waren, und wenn er genug Geld gehabt hätte, sein Studium an der Universität zu beenden, wäre er heute längst Arzt geworden.

Das große Rätsel wurde an dem Tag verkündet, als die Ausstrahlung auf den Fußballplatz verlegt worden war. Als mein Vater hörte, dass der Rektor, sein ehemaliger Klassenkamerad, das schwere Rätsel zusammengestellt hatte, richtete er sich auf und ging mit schweren Schritten zum Fernsehapparat. »Bringt mir einen Stift«, befahl er. »Und jetzt seid ganz leise.« Als der Showmaster das Rätsel verkündete, schrieb mein Vater es sich auf seine Handfläche: »Aus den Ländern von Onkel Sam. Blau wie der Himmel. Bringt nur Unheil. Kann mit zwei Buchstaben anfangen, und in ihm wohnt Abd al-Wahab.« Dies war nun sein Kampf. Unsere Familie war zwar klein, stand aber im Ruf der Klugheit. Mein Vater schrieb die Wörter von seiner Hand in ein Heft und kontrollierte jedes Wort. »Hat schon einer das Rätsel gelöst?«, fragte er.

»Nein, noch nicht, Vater.«

Die Zeit verging, und keine Antwort zeigte sich am Horizont. Mein Vater wurde nervös und sagte, das Rätsel sei eigentlich schrecklich schlicht und er könne einfach nicht so denken wie diese Schwachsinnigen. Die Rätselsendung zog sich bis zu der Mahlzeit vor dem Beginn des Fastens hin, ungefähr bis fünf Uhr morgens. Mein Vater blieb wach und dachte über das Rätsel nach. Niemand hatte es an diesem Tag gelöst, und am nächsten Tag fingen die Leute schon an, darüber zu reden, dass sich der Rektor eine Rätselfrage ausgedacht habe, die niemand lösen könne, und das habe er mit Absicht getan. Schließlich vertrete er seine Familie bei den Wahlen zum Gemeinderat und würde alles tun, die anderen Familien scheitern zu lassen.

Am Morgen rief Vater in seinem Packhaus in Kalamaniya an und bat um Urlaub bis »id-ul-fitr«, das heißt bis zum Ende des Wettkampfs. Dann setzte er sich mit allen Enzyklopädien hin, die wir im Haus hatten, und begann zu suchen. Er kontrollierte die abwegigsten Verbindungen von jedem einzelnen Wort des Rätsels. Im Dorf verbreiteten sich Gerüchte über Leute, die das Rätsel herausbekommen hätten. Es gab Dutzende von Telefonanrufen und Dutzende von Lösungen, aber bisher war keine Antwort richtig gewesen. Dann begann mein Vater nach eventuellen religiösen Bedeutungen des Rätsels zu suchen. Von Zeit zu Zeit schien es ihm, als habe er etwas gefunden, dann schrie er uns die Antwort zu, damit wir sie als seinen Sieg verbuchten, falls jemand mit derselben Lösung beim Sender anrufen würde.

Einige Tage vergingen, und mein Vater strich alle Antworten aus, über die er nachgedacht hatte und die von anderen Leuten bereits gegeben worden waren. Und dann beschloss er, die übrig gebliebenen Lösungsmöglichkeiten auszuprobieren. Er hätte nie im Leben angerufen, er war sich seiner selbst zu unsicher, doch er beschloss, zum Direktor des Senders zu gehen und ihn zu fragen, ob eine seiner Antworten richtig sei, und wenn sich herausstellen würde, dass es so war, würde er auf den Preis verzichten und bis zum Ende des Wettbewerbs nicht anrufen. Als Vater von diesem Besuch beim Direktor des Senders zurückkam, war uns klar, dass er es nicht geschafft hatte.

Es blieben nur noch zwei Tage bis zum Fest, und die Antwort war noch immer nicht gefunden. Die Oberhäupter der Familien fingen an, Vorschläge für den großen Preis zu machen, den der Gewinner am Abend von »id-ul-fitr« bei der feierlichen Zeremonie auf dem Fußballplatz bekommen sollte.

An jenem Abend verließ mein Vater sein Zimmer nicht. Kurz vor Beginn der Sendung kam er heraus, zu dem Sofa, auf dem ich saß, und sagte mit zitternder Stimme und mit Tränen in den Augen zu mir: »Ich habe keine Zigaretten mehr, geh und hol mir welche.«

Auf dem Rückweg warf ich einen Blick auf die Schachtel in meiner Hand. »Parlament«, die Lieblingszigaretten meines Vaters. Auf der Packung stand auf Englisch: »American blue«, und es gab ein Bild des Himmels. Plötzlich war alles klar. »Vater, es ist ›Parlament‹«, sagte ich zu ihm. »Ich glaube, die Antwort heißt ›Parlament‹.«

Mein Vater schaute mich an, drückte mich auf das Sofa und setzte sich neben mich. Er wusste, dass dies die richtige Antwort war. Er und der Schulrektor rauchten beide schon lange »Parlament«. »›Parlament‹ ist eine amerikanische Zigarette«, sagte ich. »Die Schachtel ist blau wie der Himmel, Zigaretten bringen nur Unheil, man kann Parlament auf Arabisch mit einem P und mit B schreiben, und Abd al-Wahab Darausche ist ein Knesset-Mitglied, das heißt ein Parlamentsmitglied.«

Ohne ein Wort zu sagen, machte mein Vater einen Satz zum Telefon und wählte die Nummer. Im Fernseher sah man den Rektor auf einem blauen Sofa mitten auf der Bühne sitzen. Neben ihm saß der Showmaster, und im Hintergrund standen die Rowdys, die den Eingang der Anrufe kontrollierten. Die Leitung war besetzt. Vater wurde nervös und wählte wieder und wieder. Dann stürzte er aus dem Haus und rannte zum Fußballplatz. Er musste unbedingt rechtzeitig da sein, um die Antwort zu sagen, bevor der Rektor das Rätsel löste.

Eine Viertelstunde später sah ich meinen Vater im Fernsehen. Er versuchte, die Mauer der Rowdys zu durchbrechen, die den Zugang zur Bühne versperrten. Dann kam der Kameramann auf ihn zu, und ich hörte seine Stimme. »Ich habe die Lösung«, sagte er. Auch der Rektor hörte es. Ich sah, wie er sich von seinem Ehrenplatz erhob, zu seinem Sohn ging und ihn bat, meinen Vater in die Sendung zu nehmen. »Ich möchte, dass das ganze Dorf erfährt, dass er es nicht herausbekommen hat«, sagte er. Vermutlich hatte ihm der Direktor des Senders von den vergeblichen Versuchen meines Vaters, das Rätsel zu lösen, erzählt. Mein Vater trat auf die Bühne und war jetzt in voller Größe zu sehen, er ergriff das Mikrofon, ging zum Sitz des Rektors, schaute ihm in die Augen und sagte: »Parlament.«

»Richtig«, rief der Sohn des Rektors sofort, aber der Rektor stand auf, nahm meinem Vater das Mikrofon aus der Hand und sagte: »Es gibt keine Lösung ohne Erklärung.«

Wieder griff mein Vater nach dem Mikrofon. Nun wusste er schon, dass er gewonnen hatte. Er drehte sich zum Kameramann. »Die Zigaretten der Marke ›Parlament‹ kommen aus den Ländern von Onkel Sam, Zigaretten bringen nur Unheil, der Aufdruck ist blau wie der Himmel, man kann den Namen auf Arabisch mit P und mit B schreiben, und Abd al-Wahab Darausche ist Parlamentsmitglied.« Das Publikum war ganz still geworden, als es die Erklärung der Lösung hörte, niemand brauchte eine weitere Bestätigung. Nun klatschten alle aus Leibeskräften. Sogar der Sohn, der Showmaster, sah erfreut aus, als er die Antwort hörte, die nur sein Vater und er gewusst hatten, und er feuerte das Publikum an. »Sie haben fünf Kilo Hackfleisch von der Metzgerei ›Ha-meschulasch‹ gewonnen«, sagte er. Aber mein Vater und der Rektor starrten sich weiter in die Augen und atmeten schwer. Inzwischen klatschte das ganze Publikum und freute sich, dass der Sohn einer kleinen Familie das Rätsel gelöst hatte. Mein Vater stand noch immer da, das Mikrofon in der Hand, und schaute den besiegten Rektor an. Die Kamera zeigte ihn in Großaufnahme, als er das Mikrofon hochhob und mit einem triumphierenden Lächeln sagte: »Es war mein Sohn. Mein Sohn hat dieses Rätsel gelöst.«

6

Es waren meine letzten Tage in der neunten Klasse. Jeden Morgen ging ich stolz zur Schule. Ich wusste, dass die Leute mich anschauten, aber ich erwiderte ihre Blicke nicht, ich wandte den Kopf nicht zur Seite. Ich versuchte, mich auf mich selbst zu konzentrieren und auszusehen wie einer, der über etwas Tiefgründiges nachdenkt, vielleicht über ein physikalisches Problem.

Auch in der Schule hatte sich das Verhalten mir gegenüber verändert. Bis dahin hatte ich die schwächste Klasse des Jahrgangs besucht, weil mein Vater keine Beziehungen hatte. Ich war der Beste in der Klasse, aber es war eine Klasse, in der die Hälfte der Schüler nicht lesen konnte.

Einige Tage nach »id-ul-fitr« kam der Rektor höchstpersönlich zu uns nach Hause. Er drückte mir die Hand und bat meinen Vater um ein Gespräch. Er erzählte ihm, dass die Juden eine neue Schule für begabte Schüler eröffnen würden, für die sie auch arabische Schüler prüfen wollten. Der Rektor sagte, die Liste der Schüler aus Tira sei schon eingereicht, aber nachdem ich dieses Rätsel gelöst hätte, sei es ihm gelungen, die Juden zu überreden, dass sie mich noch zu den Prüfungen zuließen.

Mein Lehrer sagte, sie würden nur einen von tausend Prüflingen aufnehmen, ich hätte eine gute Chance, aber ich dürfe nicht enttäuscht sein, wenn sie mich nicht nähmen. »Die Prüfungen sind schwer«, sagte er.

Der Prüfungssaal in Giv'at Ram in Jerusalem war voller arabischer Kinder aus allen Teilen des Landes. Allein aus Tira war ein voll besetzter Autobus gekommen. Reichere Eltern brachten ihre Kinder mit dem Auto. Alle sahen intelligent aus, und ich begriff sofort, dass ich keine Chancen hatte.

Innerhalb einer Woche hatten die anderen Kinder unserer Schule schon Briefe bekommen, in denen man ihnen mit Bedauern mitteilte, dass sie den Test nicht bestanden hatten. Nur mir hatten sie noch nicht geschrieben. Mir war klar, dass ich so schlecht gewesen war, dass sie sich noch nicht einmal die Mühe machten, mir einen Brief zu schicken. Bestimmt dachten sie, ich würde schon selbst begreifen, dass ich es nicht geschafft hatte.

Als mein Vater hörte, dass alle bereits Ablehnungsbriefe bekommen hatten, nur ich noch nicht, versuchte er wie verrückt, die Telefonnummer der Schule herauszubekommen. Er sprach mit dem Schulrektor, er rief den Bezirksinspektor an, aber niemand wusste, wie man mit dieser Schule Verbindung aufnehmen konnte. Mein Vater sagte, sie hätten uns reingelegt, es gebe keine solche Schule, es gebe gar nichts, der Staat Israel habe nur wissen wollen, wie der Stand der arabischen Erziehung sei.

Einige Tage später, es war an einem Freitag, arbeitete ich mit meinem Vater und meinen drei Brüdern im Olivenhain hinter unserem Haus. Da rief meine Mutter aus dem Küchenfenster, jemand sei am Telefon, der Hebräisch spreche. Mein Vater stellte den Eimer mit Oliven, den er in der Hand hielt, auf den Boden und begann zu rennen. Er rannte schnell, mein Vater, und ich rannte ihm hinterher. Er zog noch nicht einmal seine Schuhe aus, und der Teppich war mit Schlamm bedeckt. Als ich hineinkam, legte er gerade den Hörer auf, ballte beide Hände zu Fäusten, hob sie nach oben und schrie: »Geschafft!«

Er schaute mich an. »Du bist angenommen«, sagte er und umarmte mich, strahlend vor Glück.

Am Tag darauf, als alle zu den morgendlichen Turnübungen in einer Reihe standen, beglückwünschte mich der Rektor und forderte alle auf, mir Beifall zu klatschen. Nun wissen alle, dass ich angenommen bin. Jetzt besteht eine Möglichkeit, dass Rim mich so liebt, wie ich sie liebe. Jetzt weiß sie bestimmt, wer ich bin. Ich habe noch nie mit ihr gesprochen, ich habe sie immer nur mit den Augen gesucht, bin ihr mit den Blicken gefolgt, weiß, wann sie Pause hat, wann ihr Unterricht zu Ende ist und wie viel Zeit sie braucht, um von der Klasse zum Tor zu gehen. Und immer habe ich entsprechend getrödelt. Zwei Jahre lang habe ich versucht, sie von weitem auf ihrem Heimweg zu begleiten, weit genug von ihr entfernt, dass keiner misstrauisch werden kann, aber nahe genug, dass sie es sieht. Jetzt hat sie es bestimmt gehört. Alle sprechen darüber. Vielleicht wird sie sogar mit ihren Eltern zu dem Fest kommen, das mein Vater zu Ehren meiner bestandenen Prüfung organisiert. Sie haben mir schon Kleidung gekauft. Rim wird beeindruckt sein. Ich habe sogar schon überlegt, ob ich mir den Bartflaum abrasiere, aber ich habe Angst, dass die Haare dann ganz schwarz nachwachsen. Außerdem: Nur schlechte Schüler rasieren sich früh.

Meine Eltern und ihre Eltern hatten sich bei einer Busfahrt nach Ägypten getroffen. Sie waren in der gleichen Gruppe und freundeten sich an, sie ließen sich gemeinsam fotografieren und besuchten sich manchmal gegenseitig. Ich fing an, mich nach Rim umzuschauen, nachdem ich ein Foto von ihr gesehen hatte, auf dem sie vor den Pyramiden stand. Schön, den Kopf zur Seite geneigt, mit langen schwarzen Haaren und glühenden Augen. Ich habe nur ihren Namen gekannt und gewusst, dass sie in die achte Klasse ging. Ihre Eltern habe ich einige Male getroffen, wenn sie uns besuchten. Nun ist die Zeit gekommen. Jetzt kann ich mit ihr sprechen, ich bin der Gescheite, der von hier weggeht.

Wenn sie kommt, werde ich sie bitten, auf mich zu warten. Sie weiß, dass ich sie liebe, sie hat gesehen, wie ich ihr nachgelaufen bin. Ich werde ihr versprechen, dass ich immer an sie denken werde und zu ihr zurückkomme, wenn ich mit dem Studium fertig bin, dass wir dann heiraten und glücklich sein werden.

Wenn sie erst weiß, was ich in den letzten beiden Jahren ihretwegen unternommen habe, wenn sie ihr Foto vor den Pyramiden sieht, das ich in meiner Tasche trage, wenn sie versteht, dass ich ihren Stundenplan auswendig kenne, wird sie bestimmt bereit sein, auf mich zu warten.

Ich gehe hinter ihr her, voller Stolz, in dem Bewusstsein, dass man mich gewählt hat und dass alle mich achten. Wenn es heute einer wagen würde, über mich zu lachen, über meinen Schnurrbart, über meine Tasche – dann würden alle wissen, dass er es nur aus Neid tut, wie ein Besiegter, der seine Niederlage nicht zugeben kann. Rims weite geblümte Hose wird vom Wind aufgeblasen und schmiegt sich dann an ihre Beine, ich senke den Blick. Es ist mein letzter Unterrichtstag, und sie wird es wissen.

7

»Heute bist du der ›aris‹, der Bräutigam«, sagt mein Vater und geht hinaus, um die Gäste zu begrüßen. In meiner gebügelten Stoffhose und mit dem weißen bis zum Hals zugeknöpften Hemd, mit den Haaren, die immer noch nicht getrocknet sind, und mit dem kleinen Schnurrbart stelle ich mich neben ihn. Mit uns zusammen stehen alle Tanten bereit, samt ihren Kindern und deren Familien.

Die Arbeitskollegen meines Vaters kommen als Erste. Sie drücken mir die Hand, sagen »mabruk« und »alle Achtung«. Sie bringen Geschenke, die meisten einfache »Parker«-Kugelschreiber. Sie wünschen mir, ein großer Weltraumforscher zu werden. Sie sagen, ich würde die erste arabische Atombombe bauen. Jetzt erscheinen auch Rims Eltern mit einem eingewickelten Geschenk und drücken mir die Hand. Sie kommt bestimmt nach, denke ich. Sie muss heute unbedingt kommen.

Die Erwachsenen trinken Kaffee, essen süßen klebrigen »knafe« und Mangos und lachen von Zeit zu Zeit. Meine Brüder spielen im Hof mit meinen Cousins. Sie spielen Versteck und fordern mich auf mitzuspielen, aber ich sage, ich hätte keine Lust, meine

Kleider schmutzig zu machen. Ich setze mich auf den Zaun zwischen unserem Haus und der Straße.

Ich möchte schlafen gehen. Die Gäste verabschieden sich, und meine Mutter fängt an, den Hof sauber zu machen. Meine Brüder sind schon ins Haus gegangen. Vater kommt heraus und bittet mich, den Wasserhahn im Mangofeld hinter unserem Haus abzudrehen.

Dort ist es dunkel, ich habe Angst.

Aber mein Vater beharrt darauf, er versteht nicht, warum ich Angst habe. Er ist gereizt und gibt mir eine Ohrfeige, und ich weine und gehe los, um den Wasserhahn abzudrehen.

Als ich ins Haus komme, schreit Großmutter meinen Vater an. Mutter spült das Geschirr und sagt, ich müsse mich entschuldigen. Ich gehe ins Zimmer. Mein kleinster Bruder schläft schon im Bett neben meinem. Ich lege mich in meinen Kleidern hin, ziehe die Decke über mich und lasse meinen Tränen freien Lauf.

Großmutter kommt herein und murmelt etwas, was ich nicht verstehe. Sie versucht, meine Decke hochzuheben, aber ich lasse es nicht zu. Sie wird lauter und beschimpft meinen Vater. »Du bringst ihn noch um, den Jungen. Komm und schau nur, wie er zittert. Aber das traust du dich ja nicht.«

Großmutter legt ihre Hand auf die Decke und sagt, ich solle mich beruhigen. Sie weint. »Gut, dass du weggehst«, sagt sie. »Ich danke Gott, dass dies ein Ende hat.«

III

Ich wollte ein Jude sein

I

Ich sehe israelischer aus als ein durchschnittlicher Israeli. Ich freue mich immer, wenn Juden das sagen. »Du siehst überhaupt nicht arabisch aus«, sagen sie. Einige behaupten, das sei rassistisch, aber ich fasse es immer als Kompliment auf. Als Erfolg. Denn das war es, was ich immer sein wollte: ein Jude. Ich habe hart dafür gearbeitet, und am Schluss ist es mir gelungen.

Früher sah man mir an, dass ich ein Araber bin. Man erkannte mich sofort, und daraufhin wurde ich zu einem Experten der Identitätsfälschung. Die Entscheidung dazu fiel nach meiner ersten Schulwoche in Jerusalem. Auf dem Weg vom Internat nach Tira stieg ein Soldat in den Autobus und forderte mich zum Aussteigen auf. Wie habe ich geweint, nie hatte ich mich so erniedrigt gefühlt.

Manchmal, vor dem Einschlafen, erinnere ich mich an den Geruch des Internats, dann werden meine Muskeln am ganzen Körper steif. Dieser Geruch, der mir so bekannt ist und der nur dorthin gehört, schlägt mir entgegen. Der Geruch einer anderen Welt, von Häusern und Möbeln, Teppichen und unbekannten Menschen. Ein Geruch, der mich immer wieder in Bedrängnis brachte. Drei Jahre wohnte ich dort, und nie habe ich mich daran gewöhnt. Der Geruch blieb mir immer fremd.

Die erste Woche im Internat war die schwerste meines Lebens. Jeder Tag lieferte mir einen neuen guten Grund für bittere Tränen. Ich weinte, als ich mich von Großmutter verabschiedete. »Nicht über Politik sprechen«, sagte sie und küsste mich.

Und dann fuhr Vater mich zu den Binjanej ha-Uma. Die gewundene Straße nach Jerusalem hinauf machte mir Angst. Vater sollte bloß heil wieder nach Hause kommen. Ein starker Regen fiel, und eine lange Schlange von Autos kroch den Berg hinauf. Insgeheim betete ich, ich würde zu spät zum Internat kommen und wieder nach Hause geschickt werden.

Erwachsene Menschen saßen an Tischen. Sie gaben jedem ein Stück Karton, auf dem sein Name stand, und wir hängten uns die Schilder an die Brust. Meinen Namen hatten sie nicht richtig geschrieben. In einem Umschlag war ein Zettel, auf dem die Zimmernummer und die Farbe des Gebäudes standen. Ich brauchte eine Weile, den richtigen Ort zu finden. Meine drei Zimmerkameraden hatten es eher geschafft und für mich das am weitesten vom Fenster entfernte Bett übrig gelassen, das neben der Tür. Alle sagten »Schalom«, und einer von ihnen gab mir die Hand und las meinen Namen von dem Schild ab. Ich korrigierte ihn nicht.

In der ersten Woche wusste ich nicht, was ich mit dem Tablett im Speisesaal machen sollte, ich wusste nicht, wie man Messer und Gabel benutzte, ich wusste nicht, dass die Juden die Soße über den Reis gießen, statt sie in eine besondere Schale zu füllen. Ich weinte, als meine Zimmerkameraden über mich lachten, als sie merkten, dass ich keine Ahnung hatte, wer die Beatles waren. Sie lachten, als ich »Chubuschiot« sagte statt »Chipuschiot«, das hebräische Wort für Käfer. Sie lachten über mich, als ich drohte, sie bei Bini, dem Direktor, zu melden. Sie fragten mich, wie er heiße, und ich wiederholte wie ein Rindvieh »Bini«. Sie lachten über die rosafarbenen Laken, die meine Mutter extra für mich gekauft hatte. Sie lachten über meine Hosen. Anfangs glaubte ich noch, sie wollten wirklich wissen, wo man solche Hosen kaufte. »Gibt es extra Hosen für Araber?«, fragten sie.

Nach dem Englischunterricht sagte einer der Schüler, ich hätte einen Akzent wie Arafat. Das verdankte ich dem Videofilm »Chaflat Aden«. Ein anderer Junge sagte, ich sähe dem blinden Kanunspieler aus dem Fernsehen ähnlich. In der ersten Woche sagten alle »Abu Gamil, al anse« zu mir, wie im Schulfernsehen.

In der ersten Woche lernte ich auch A'del kennen, einen Jungen aus der Klasse über mir. Ich sah ihn im Speisesaal und erkannte sofort, dass er Araber war. Er saß an einem Tisch, an dem nur Mädchen saßen, und aß das Huhn mit den Händen. Ich wusste, dass ich nicht aussehen wollte wie er, aber dass ich ihn erkannt hatte, stärkte mich. Nach zwei Tagen zogen wir zusammen. Ich hatte kein Problem, einen seiner Zimmerkameraden zu überreden, dass er mit mir tauschte.

A'del fand meine Laken schön. Er stammte aus einem Dorf aus dem oberen Galiläa. Vier Stunden Fahrt. Man hatte einmal einen Film über ihn gedreht, für das israelische Fernsehen, und gezeigt, wie er auf dem Fußballplatz herumlief, als Beweis dafür, dass Araber und Juden zusammenleben können. Pini sagte im Film über ihn: »A'del hat sein ganzes Dorf auf dem Rücken mitgebracht«, und A'del meinte, das sei ein Kompliment. Er war ein guter Schüler und musste nicht viel lernen. Im Unterricht machte er den Mund auf, er schämte sich nicht.

In der ersten Woche musste ich viel mehr Seiten auf Hebräisch lesen, als ich in Tira bis zum Ende der neunten Klasse überhaupt gelesen hatte. Ich gab auf, ich tat gar nichts mehr. In der ersten Woche fand auch ein Test in Physik statt, für zwei Jahrgänge gleichzeitig. A'del bekam hundert Punkte, mir war es noch nicht mal gelungen, eine einzige Frage zu beantworten.

Eine Woche reichte. Mir war klar, dass ich für immer nach Hause zurückkehren würde. Wenn ich meinen Eltern erzählen würde, was ich in dieser ersten Woche im Internat erlebt hatte, würden sie mich nicht hierher zurückkehren lassen. Sie würden mich verstehen und mir glauben, dass dies eine andere Welt war, in der man nicht leben konnte. Ich würde ihnen erzählen, wie ich mich noch nicht mal vor den Mahlzeiten zu Rosch ha-Schana drücken konnte, wie alle sangen und ich kein Wort wusste. Ich würde ihnen sagen, dass ich jeden Abend vor dem Einschlafen geweint hatte, dass ich die ganze Zeit an sie gedacht hatte, denn ich hatte Angst, es könne ihnen etwas Schlimmes passieren. Ich hatte Angst, Großmutter könne sterben, mein Vater könne einen Verkehrsunfall haben. Ich würde ihnen sagen, dass es im Internat böse Jungen gab mit Ringen in den Ohren und Mädchen, die mit kurzen Hosen herumliefen. Ich würde ihnen erklären, dass dies die schwerste Woche meines Lebens gewesen war, und sie würden mir erlauben, zu Hause zu bleiben.

2

Für die Heimfahrt an Rosch ha-Schana packte ich alles ein, was ich ins Internat mitgebracht hatte, und stieg in den Bus. Es war meine erste Fahrt in einem öffentlichen Bus, und hätte ich nicht aufgepasst, was die Internatsschüler taten, die vor mir einstiegen, wäre ich nie darauf gekommen, dass man zu Beginn der Fahrt beim Fahrer bezahlt.

A'del und ich setzten uns zusammen auf eine Doppelbank, je zwei Sitze gegenüber. A'del meinte, vielleicht würden sich Mädchen aus dem Internat uns gegenübersetzen, aber das geschah nicht. Alle Schüler des Internats setzten sich vorn in den Autobus und unterhielten sich laut miteinander.

Ich hatte solche Angst vor dieser Fahrt. Angst davor, dass ich nicht nach Hause fände. Angst, dass ich, wenn ich eine Haltestelle verpasste, verloren wäre. Vater hatte mir alles ins Heft geschrieben. Den Autobus bis zum zentralen Busbahnhof nehmen, aussteigen, wenn alle aussteigen. Danach hatte er geschrieben: »Linie 947 nehmen, Richtung Haifa, aussteigen an der Haltestelle von Kfar Saba. Dort bis zum Krankenhaus ›Meir‹ gehen, da gibt es Sammeltaxis, die nach Tira fahren.« A'del musste zu dem Dorf Nahaf fahren, das war eine längere Geschichte. Man fährt bis Haifa, von dort mit einem Bus nach Karmiel, dort muss man ein paar Stunden auf einen Bus warten, der an seinem Dorf vorbeifährt. Er sagte, von Karmiel aus würde er zu Fuß gehen. »Das ist nicht so weit, ungefähr eine halbe Stunde.«

A'del hatte nicht nach Hause fahren wollen, er war traurig, dass wir schon nach einer Woche heimfuhren. Er hatte mit Pini gesprochen und gefragt, ob er an den Feiertagen nicht im Internat bleiben könne, aber der Direktor hatte gemeint, das sei ausgeschlossen. Daraufhin hatte ich ihn nach Tira eingeladen, und er hatte zugestimmt. Ich war froh, dass jemand mir helfen würde, den Weg zu finden, und er freute sich, Zeit und Geld zu sparen, und erkundigte sich, ob wir hübsche Nachbarinnen hätten.

Der Bus fährt durch das äußere Tor des Internats, und nach einigen Minuten hält er an der Haltestelle der Berufsfachschule »Polanski«. Die Schüler von »Polanski« sehen anders aus als die des Internats, und ich und A'del sehen anders aus als alle anderen. Der Autobus ist jetzt voller Schüler, die schreien und fluchen, und voller Schülerinnen in schwarzen Schuhen mit hohen Absätzen und mit langen Ohrringen. Die Mädchen schminken sich im Autobus.

Auf der Bank uns gegenüber drängen sich drei Jungen, und neben ihnen stehen noch zwei, die sich an den Metallgriffen festhalten. Ich fühle mich erstickt, tot. Ich sage zu A'del, dass ich an der nächsten Haltestelle aussteige. »Stell dich doch nicht so an«, sagt er. »Ich bin nicht bereit, ein zweites Mal eine Karte zum Busbahnhof zu bezahlen.«

Jetzt tut es mir Leid, dass ich ihn eingeladen habe, dass ich ihn überhaupt kennen gelernt habe, dass ich mit ihm gefahren bin. Ich weiß, dass wir in Schwierigkeiten stecken, und meine Ängste bewahrheiten sich innerhalb von Sekunden.

Einer der Schüler von der Bank gegenüber fragt A'del, woher er sei.

A'del sagt: »Aus Nahaf.«

Die Jungen lachen und wenden sich an mich. »Und du?«

Ich setze mein breitestes Lächeln auf, versuche, der höflichste Mensch der Welt zu sein. Sie werden mir nichts tun, ich war bei den »Nizunej Schalom«, ich kenne Juden. Sie müssen mich in Ruhe lassen. »Aus Tira«, sage ich, »das ist neben Kfar Saba.« Ich versuche weiter zu lächeln, trotz des spöttischen Gelächters. Schnell flüstere ich A'del zu: »Komm, steigen wir aus, ich bezahle für dich.« Aber er will es nicht. Mir ist klar, dass ich nie wieder mit diesem Bus fahren werde.

Die Jungen uns gegenüber tuscheln, sie lachen, wiederholen die Namen unserer Dörfer und verstümmeln sie absichtlich. Sie lachen über unsere Namen, und wir tun nichts. Sich an dem allgemeinen Gelächter zu beteiligen wäre dumm, deshalb schweige ich.

Sie fangen an zu singen, ein Lied, das mir bekannt vorkommt, aber so wie wir immer singen »Der Jude ist tot«, singen sie »Mohammed ist tot«. Sie singen laut, und ein paar andere stimmen mit ein. Jetzt drücke ich auf den Halteknopf. Zum Teufel mit A'del, ich steige aus. Ich hebe meine Tasche vom Boden hoch, beherrsche mich und halte meine Tränen zurück.

Nachdem ich ausgestiegen war, stieg auch A'del aus. Ich sah ihn erst, als ich bereits auf dem Gehweg stand. Einer der Schüler öffnete das Fenster und spuckte hinaus. Er traf uns nicht.

A'del fing sofort an, mich anzuschreien. »Das ist doch unglaublich! Weißt du überhaupt, wo wir sind? Hast du eine Ahnung, welchen Bus wir jetzt nehmen müssen? Warum denkst du, dass im nächsten Bus nicht das Gleiche passiert?«

Ich war bereit, mich zu verirren. So froh war ich, dass es zu Ende war. Mein Vater hatte mir genug Geld gegeben, wir nahmen ein Taxi zum Busbahnhof. Nur damit wir nicht mit den Schülern von »Polanski« nach Kfar Saba fahren mussten.

3

Bei den Erklärungen meines Vaters kam Ben-Gurion nicht vor. Dieser Hurensohn hatte mich betrogen. Wie ich ihn damals hasste. Als der Autobus zum ersten Mal hielt, war ich sicher, wir seien in Kfar Saba angekommen, aber es war die Sperre an der Einfahrt zum Flughafen.

Ein Soldat stieg in den Bus und forderte mich und A'del zum Aussteigen auf, und als wir draußen standen, wollte er unsere Ausweise sehen.

»Minderjährig«, sagte A'del und beantwortete alle Fragen: woher wir waren, wohin wir fuhren, welche Schule wir besuchten.

Der Soldat verlangte, dass wir unser Gepäck öffneten, und der Bus fuhr ohne uns zum Flughafen. Der Soldat suchte in den Büchern, den Laken und den Kleidungsstücken und sagte, wir sollten warten, bis der Bus zurückkam und uns am Ausgang des Flughafens wieder auffischen würde.

Ich beschloss, nicht mehr in diesen Autobus zu steigen. Ich war nicht bereit, mich von allen anstarren zu lassen, als sei ich wer weiß wer. Ich hatte keine Kraft mehr. Ich hatte es gerade noch geschafft, mich bei den Schulkameraden, im Speisesaal und bei den

»Polanski«-Schülern zu beherrschen, doch nun brach ich zusammen. Ich weinte wie ein kleiner Junge, ich brüllte so laut, dass es sogar dem Soldaten unangenehm war. Er sagte, das wäre nichts Besonderes, so wäre es immer. Er brachte mir Wasser. »Was ist los mit dir?«, fragte er.

Ich trank keinen Schluck. Ich rief meinen Vater zu Hause an und konnte nur mit Mühe sprechen.

Mein Vater schrie: »Beruhige dich, was ist passiert?« Er war gereizt.

»Komm sofort und hol mich«, schrie ich, damit er verstand, dass ich allein nicht zurückkommen würde. »Ich bin am Flughafen.«

A'del zog es vor, nichts dazu zu sagen, er meinte bloß, er wäre inzwischen schon längst in Nahaf und es tue ihm Leid, dass er überhaupt mit mir gekommen war. Ich saß da und weinte. Ich wartete auf meinen Vater.

»Was ist passiert?«, fragte mein Vater, als er endlich kam, um uns abzuholen. Ich antwortete nicht. Ich saß vorn im Auto und A'del hinten. Mein Gesicht war verschwollen, und A'del erzählte ihm, dass der Soldat uns aus dem Bus geholt hatte und ich nicht bereit gewesen war, wieder in den Bus zu steigen. Mein Vater sagte: »Bist du blöd? Was ist mit dir? Deshalb heulst du so?« Und A'del sagte: »Ich habe es ihm eine Million Mal gesagt, aber er wollte nicht hören.«

Ich brachte kein Wort heraus.

A'del und mein Vater sprachen über die Schule,

über das Essen, das wir dort bekamen, darüber, dass die Juden etwas hatten, was sie »Vier-Uhr-Mahlzeit« nannten und das aus Kuchen und Saft bestand. A'del sagte, dass es zu jedem Mittagessen Fleisch gebe. Sie unterhielten sich über die große Bibliothek und über den Sportplatz. Mein Vater sagte, eine Million Jungen würden gerne mit mir tauschen, und ich weine wie ein kleines Kind. »Willst du nach Tira zurückkommen und mit diesen blöden Kerlen lernen, ist es das, was du willst? In Ordnung, komm zurück. Aber hüte dich, mir Vorwürfe zu machen, wenn alle sagen, sie hätten dich nach einer Woche aus der Schule geworfen. Willst du, dass sie sagen, du hättest versagt, du hättest es nicht geschafft, dich in einer guten Schule durchzusetzen? Hast du nicht daran gedacht, wie man dich anschauen wird?«

Meine Tränen waren noch nicht getrocknet, da verstand ich schon, dass mein Vater mir nicht erlauben würde, zu Hause zu bleiben. Ich begriff, dass ich keine Wahl hatte.

»Schau dir A'del an«, sagte mein Vater. »Warum weint er nicht?« Und dann lachte er mich aus. Dieses Miststück hatte gewusst, dass man Araber am Flughafen aus dem Bus holte, schließlich war er mit dieser Linie zur Universität gefahren. »Mich hat man nie aufgefordert auszusteigen«, erzählte er. »Sie haben mich nicht als Araber erkannt. Und jedes Mal, wenn die Juden einen Araber rausgeholt haben, stand ich von meinem Sitz auf und rief: ›Nehmt mich auch, ich bin auch ein Araber!‹ Ich hielt immer meinen Personalausweis hoch und winkte stolz damit. Und was ist dir passiert? Was für ein Angsthase du bist. Ein blöder Soldat tut das mit dir? Schau dich doch an.«

Später fuhr ich noch Hunderte von Malen mit dieser Autobuslinie. Jedes Mal hatte ich wieder Angst. Ich atmete erst auf, wenn wir den Flughafen hinter uns hatten. Nur bei der ersten Fahrt hatten sie mich rausgeholt. Danach erkannten sie mich schon nicht mehr. Mir taten die Araber Leid, die aussteigen mussten, aber ich dankte Gott, dass sie mich nicht entdeckten.

In der zweiten Woche im Internat rasierte ich mir den Schnurrbart ab. Ich sagte zu A'del, dass wir lernen müssten, das P so auszusprechen, wie es sich gehörte. Ihn interessierte das nicht. Auf Anraten des Bibellehrers hielt ich mir ein Stück Papier vor den Mund. »Wenn sich das Papier bewegt, ist das ein Zeichen, dass du ein P ausgesprochen hast«, sagte er. A'del lachte mich aus, und als das Papier sich bewegte, sagte er, es höre sich trotzdem bei mir nicht anders an. Er war überzeugt, es gäbe keinen Unterschied zwischen P und B, das wäre alles nur in meinem Kopf, und er sagte, dass Hebräisch eine beschissene Sprache sei. Er verstehe nicht, warum man zwei Buchstaben für ein und denselben Klang brauche.

In der zweiten Woche im Internat kaufte ich mir eine Hose in einem jüdischen Geschäft. Ich kaufte mir einen Walkman und Kassetten auf Hebräisch. Danach passierte es nie mehr, dass ich über den Flughafen fuhr, ohne Walkman und ohne ein hebräisches Buch. Ich bestellte mir auf allen Fahrten ein Taxi zum Busbahnhof und vom Busbahnhof zurück. A'del und ich blieben Freunde, aber ich lud ihn nie wieder zu uns nach Hause ein.

4

Im Internat spielte ich schon mit richtigen Waffen. Ich wusste, wie man einen Karabiner und eine Uzi bedient. Ich konnte das Magazin wechseln, entsichern, das Gewehr an der Schulter anlegen, mich vorbeugen wie ein Scharfschütze und schießen. Auf den Schulausflügen trugen die begleitenden Lehrer Waffen, und ich war schon bald verantwortlich dafür. Die Waffen waren schwer, und ich war der einzige Schüler, der bereit war, sie zu schleppen. Wie stolz war ich, wenn ich ein Gewehr über der Schulter hängen hatte.

Unser politisch links stehender Geschichtslehrer gab mir immer seine Waffe und bat mich, in seiner Nähe zu bleiben, denn einmal hatte jemand eine warnende Bemerkung gemacht, und er hatte mir erklärt, es gehe da um seine Verantwortung. Er gab mir nie das Magazin, obwohl er sich mit geschlossenen Augen auf mich verlassen konnte.

Schon bald beschloss ich, mit den Schülern im hinteren Teil des Busses zu sitzen und Wanderlieder zu singen. Es dauerte nicht lange, da begleitete ich meine Freunde bei Liedern wie »Zur Quelle« und »Wo, wo sind sie, die schönen Mädchen«. Ich konnte den Text auswendig. Auf den Ausflügen der Grundschule hatten wir ein Lied gehabt, das wir unaufhörlich sangen: »Dos, dos ya schofer al 199.« Ein Lied, das den Fahrer dazu bringen sollte, schneller zu fahren, einhundertneunundneunzig Kilometer in der Stunde. »Hab keine Angst vor der Polizei. Wir sind die Kinder Palästinas, Palästina ist unser Land, und die Juden sind Hunde, kommen und klopfen an die Tür wie Bettler.« Das hatten wir gesungen, ohne ein Wort davon zu verstehen. Einmal hatte unser Geschichtslehrer gefragt, wer von uns wisse, was Palästina sei, und keiner hatte es gewusst. Auch ich nicht. Dann fragte er spöttisch, ob jemand von uns jemals einen Palästinenser gesehen habe. Und der dicke Muchamed, der Angst vor Prügel hatte, sagte, dass er einmal mit seinem Vater im Dunkeln gefahren sei, da hätten sie zwei Palästinenser gesehen. An jenem Tag hatte der Geschichtslehrer alle Kinder der Klasse geschlagen und mit dem dicken Muchamed angefangen. Er schlug uns mit dem Lineal und schrie dabei: »Wir sind Palästinenser, ihr seid Palästinenser, ich bin Palästinenser, ihr Dummköpfe, ich werde euch lehren, wer ihr seid, ihr Hornochsen!«

Bei den Jahresausflügen des Gymnasiums machten wir, wenn wir im Freien schliefen, ein Lagerfeuer an, und es gab Kinder, die Gitarre spielten. In Tira konnte keiner Gitarre spielen. Wir sangen Lieder der Beatles und von der israelischen Rockband Mashina. Ich wusste inzwischen, wer sie waren, ich hatte mich dazu gezwungen, ihre Lieder zu lernen. Anfangs konnte ich diese Musik kaum aushalten, aber nach ein paar Monaten gewöhnte ich mich an sie und begann sie zu mögen. Wenn ich in den Ferien vom Internat nach Hause fuhr, schrie ich meine Brüder an, die sich noch immer die libanesische Sängerin Fairouz und den arabischen Popstar Abd el Halim anhörten. Wenn mein Vater mich zur Bushaltestelle in Kfar Saba fuhr, flehte ich ihn an, einen hebräischen Radiosender einzustellen oder zumindest die Musik in seinem Auto leiser zu drehen. Nicht weil ich mich schämte. Ich konnte diese Melodien wirklich nicht mehr hören. Ich sagte, mein Ohr habe sich schon an andere Dinge gewöhnt.

Beim Ausflug zum Wadi Kelt trug ich eine Uzi und ging mit der Begleitgruppe, mit den Lehrern und dem Reiseleiter. Plötzlich hörten wir Lärm. Der Reiseleiter hob die Hand, und alle Kinder hinter ihm mussten stehen bleiben. Der Geschichtslehrer riss mir mit Gewalt das Gewehr von der Schulter, und ich fiel zu Boden und verletzte mich am Ellenbogen. Der Lehrer legte das Magazin ein und entsicherte das Gewehr. Und da sahen wir, dass der Lärm von einer anderen Schulklasse war, die ebenfalls einen Ausflug machte.

Es waren meine früheren Klassenkameraden aus Tira. Ich erkannte sie, und sie erkannten mich. Ihr Lehrer, ein neuer, den ich nicht kannte, forderte seine Schüler auf, an der Seite stehen zu bleiben und uns vorbeigehen zu lassen. Denn der Weg war zu schmal. Ich hielt meinen blutenden Arm, senkte den Kopf und beschäftigte mich mit meiner Wunde.

Die Kinder aus Tira riefen meinen Namen, und ich

ignorierte sie. »Schaut nur, er ist es, und er geht in kurzen Hosen«, sagten sie. Ich ging schnell an ihnen vorbei. Einige sagten: »Guten Tag, wie geht es dir?«, und ich wäre am liebsten im Boden versunken. Ich nickte und ging weiter. Später, als meine Klassenkameraden fragten, ob ich sie kannte, schüttelte ich den Kopf. »Aber sie haben deinen Namen gesagt«, beharrte einer. Und ich sagte, das sei eben ein sehr verbreiteter Name bei den Arabern.

5

Mein Vater sagt, ein Araber bleibt immer ein Araber. Und er hat Recht. Er sagt, die Juden können dir das Gefühl geben, dass du bist wie sie, und du kannst sie lieben, du kannst denken, sie seien die besten Menschen, die du kennst, aber irgendwie verstehst du, dass du keine Chance hast, für sie bleibst du immer ein Araber.

Manchmal, wenn ich zu Hause bin, klaue ich meinem Vater ein paar Bücher. Ich hasse es, Arabisch zu lesen, aber ich muss einen Blick in diese Bücher werfen, um zu verstehen, warum Machmud Darwisch als ein großer Mann gilt und warum Emil Habibi den Israel-Preis bekommen hat. Das letzte Buch, das ich mir genommen habe, war »Chamarat al-balad« von Salman Natur. Darin gibt es einen jungen Araber, vielleicht ein Dichter, vielleicht ein Schriftsteller, der ein Tel Aviver Pub beschreibt. Er beschreibt alle politisch links stehenden Juden, die sich ihm gegenüber wirklich anständig verhielten, die ihm interessiert zuhörten und ihn neuen Bekannten vorstellten, auch schönen jungen Mädchen, die sich zu ihm setzten, ihm manchmal sogar einen Kuss gaben. Er beschreibt, wie er glaubte, er könne sich vollkommen assimilieren. Heute habe ich das Gefühl, ich sei ein Idiot, weil ich das auch einmal gedacht habe.

Mein Vater glaubte einmal, dass ich der erste Araber sein würde, der eine Atombombe baut. Er glaubte es wirklich. A'del sagte, das wäre aussichtslos, er habe das auch einmal gedacht, aber auch wenn er der klügste Mann der Welt wäre, würde man ihn nie einen derartigen Beruf studieren lassen. Es gebe Dinge, die Araber nicht werden können. Damals saßen wir beide im Zimmer des Wachmanns. Wir hatten in jener Nacht Alarmbereitschaftsdienst. Jede Nacht blieben zwei Schüler wach und hatten Alarmbereitschaft. Ihre Aufgabe war es, die anderen Schüler zu wecken, wenn die Alarmsirenen losgingen. A'del sagte, er wolle die Mädchen wecken, denn bestimmt gebe es welche, die nur in Unterhosen schliefen. Dieser Gedanke faszinierte mich, und trotzdem lachte ich ihn aus. In der Schublade unter seinem Bett hatte er Sexhefte, manchmal, wenn das Zimmer leer war, schloss ich die Tür ab und blätterte darin, und die ganze Zeit dachte ich: Der Kerl ist pervers.

Der Krieg war schon beinah zu Ende. Schon seit ein paar Nächten hatte es keinen Alarm mehr gegeben, und A'del sagte, die Situation sei noch immer zu retten. Die Iraker könnten noch gewinnen. Sie warteten nur darauf, dass die Amerikaner noch ein bisschen näher kämen. Die Iraker hätten genug Erdöl, um den ganzen Golf anzuzünden. Alle Flugzeugträger würden verbrennen. Das Problem sei nur, dass sie keine Leute hätten, die richtig nachdenken könnten. Wenn er dort wäre, hätte er ihnen schon beigebracht, wie man den Krieg gewinnt.

Der uniformierte Wachmann in dem verglasten Raum gegenüber machte mir Angst. Leute in Uniform machten mir immer Angst, für mich waren sie alle Polizisten. Mir kam es vor, als würde auch er sich ein bisschen vor uns fürchten, er sagte kein Wort zu uns, er saß nur da, mit einem Buch in der Hand, als versuche er, die Hausaufgaben zu machen. Von Zeit zu Zeit schaute er zu uns herüber, und wenn er sah, dass einer von uns seinen Blick auffing, senkte er sofort die Augen ins Buch. Ich hielt ihn für einen Studenten, aber A'del sagte, er mache bestimmt gerade sein Abitur nach und komme ihm wie jemand vor, der es nie schaffe.

Hoffentlich kommt jetzt keine Sirene, dachte ich. Meine Eltern haben schon aufgehört, an Gasmasken zu denken, von einem Sicherheitsraum ist überhaupt nicht die Rede. Mutter hat erzählt, dass mein Vater und meine Brüder hinausgehen, um zu sehen, wie die Raketen durch die Luft fliegen. Und nicht nur sie. Niemand im Dorf bleibt im Haus. Die Leute kommen heraus und wollen die »Patriots« sehen. Unser Nachbar hat angefangen, den Raketen zuzurufen. Er tut, als dirigiere er sie, damit sie die »Patriot« überholen. »Nein, links, genau! Getroffen!« Seine Kinder klatschen ihm Beifall, und die Frauen machen »lulululu« wie bei einer Hochzeit.

In den arabischen Zeitungen wurde von einer Ziege berichtet, die »Sadaaaam« sagte. Später fingen alle Leute an, Sadam im Mond zu sehen. Als ich nach Hause kam, verstand mein Vater nicht, wieso ich ihn nicht sah. Er ließ mich stundenlang im Freien den Mond anschauen und erklärte mir genau, wo ich hingucken sollte. Wo die Nase wäre, der Mund, der Bart und die Militärmütze. Schließlich entdeckte ich ihn, er sah ihm wirklich ähnlich. Nein, er sah ihm nicht nur ähnlich, er war es. Ihr braucht nur nach oben zu schauen.

6

Als wir klein waren, stritten wir uns um Matzen. Sie waren wie Negerküsse – manchmal gab es sie und manchmal nicht. Die Frauen brauchten in den Zeiten von Pessach nicht zu backen. Alle aßen Matzen. Mit Humus, mit Wurst, mit Fasulia, alles schmeckte sehr gut. Großmutter sagte, die Juden hätten einmal Dr. Dschihad geraubt, als er ein kleiner Junge war. Seine Mutter, eine Witwe wie meine Großmutter, weinte den ganzen Tag, suchte ihn überall in Kfar Saba. Sie war in einen Laden gegangen, um ihm ein Eis zu kaufen, da war er verschwunden. Männer aus dem Dorf halfen ihr beim Suchen. Er war ihr einziger Sohn, wie mein Vater Großmutters einziger Sohn war. Die Ärmste starb fast vor Kummer. Am Schluss fand sie den Jungen bei frommen Juden, bei »Gelehrten«, und die hatten Mitleid mit ihr und gaben ihr das Kind zurück. Sie wollten sein Blut nehmen, um es in ihre Matzen zu tun, erklärte uns Großmutter, und wir glaubten ihr nicht, dass Dr. Dschihad einmal klein gewesen war.

Sagi war der erste Junge, der mich an Pessach zum Sederabend zu sich nach Hause einlud. Damals fing ich gerade an, mich zu rasieren. Sagis Familie hatte eine kleine, aber schöne Wohnung in einem Haus mit

Aufzug. In unserem Dorf gab es keine Aufzüge, nur im Krankenhaus »Meir« in Kfar Saba. Er sagte, ich brauchte mir keine Sorgen zu machen, seine Eltern seien Linke. Seine Mutter, eine Südamerikanerin, sei aus einem Land gekommen, in dem es eine Revolution gegeben habe, sie sei eine Arbeiterin und glaube an den Sozialismus, sein Vater komme aus Polen. Ich müsse mir unbedingt seine Bilder anschauen, aus der Zeit, als er Computertechnik in den Vereinigten Staaten studierte. Das war in den sechziger Jahren, und er war angezogen wie einer von den Blumenkindern. Sagi hatte auch eine kleine Schwester, die auf dem Klavier im Wohnzimmer spielte, und in der Küche stand ein kleiner Fernseher auf einem drehbaren Ständer. Sie waren wirklich nett zu mir. Seine Mutter lächelte die ganze Zeit sehr freundlich und kochte von morgens bis abends. Sie bat Sagi, Stühle von der Nachbarin zu holen, und ich half ihm dabei.

Wir waren nicht besonders eng befreundet. Manchmal lieh ich mir von ihm Kassetten aus, denn er liebte Hard Rock, und ich wollte lernen, um was es da ging. Ich mochte diese Musik gar nicht so sehr, aber er hatte mich eingeladen, also war ich mitgegangen. Damals war es für mich schwer, nach Hause zu fahren. Irgendwann in der Zeit der Pubertät verstand ich, dass meine Eltern sich mir gegenüber falsch verhielten, oder ich entschied, dass es so wäre.

Am Abend kamen ein alter Mann und noch eine Familie mit Kindern, unter ihnen ein Mädchen meines

Alters. Wir saßen an der Seite, und sie sangen. Das Mädchen hielt das Buch von Pessach, die Haggada, in der Hand, betrachtete die Bilder und sprach in einer anderen Sprache. Einen Teil der Lieder kannte sie und sang sie mit einer fremden Aussprache, sie sah fröhlich aus. Sie war gerade ins Land gekommen. Ein schönes Mädchen.

Damals lernte ich, was ein jüdisches Fest ist. Man sitzt zusammen um einen Tisch, alle sind gut angezogen, es gibt Wein, man brät nichts auf dem Feuer. Auch wenn es viele Leute gibt, benutzt man keine Plastikteller. Auf dem Tisch steht kein Humus. Man isst gehackte Leber und alle möglichen seltsamen Gerichte, die ich noch nie gegessen hatte. Sie waren freundlich zu mir und boten mir alles an, zwangen mich aber nicht zu essen. Die ganze Zeit sagten sie: »Du musst das nicht essen, wenn du es nicht magst.« Aber ich aß es. Wenn es gut für sie war, war es auch gut für mich.

Sagi hat mir vieles beigebracht. Was eine Haggada ist, was ein Afikomen ist, was die zehn ägyptischen Plagen sind und wer der Prophet Elijahu ist. Sagi verkleidete sich als der Prophet Elijahu. Ich betrachtete die ganze Zeit das Mädchen, aber es ist schwer, ein Mädchen zu beeindrucken, wenn man seine Sprache nicht spricht. Sie wohnte in einem Ulpan, wo sie Hebräisch lernte, sie war gerade erst in Israel angekommen und wollte hier bleiben. Sie sagte: »Das ist ein wunderbares Land«, und ich verstand nicht, was sie meinte. Warte nur ab, bis du die Schüler von »Polanski« kennen lernst, dachte ich. Warte nur, bis du mal mit einem Bus fahren musst. Aber sie war wirklich froh. Ihre Eltern waren in Argentinien geblieben, doch das störe sie überhaupt nicht, sagte sie. Sie liebe das Land Israel.

Wir saßen zusammen in Sagis Zimmer. Ich schaffte es nicht, ihren Namen zu verstehen, und sie verstand meinen nicht. Sagi konnte ein bisschen Spanisch und übersetzte mir, was sie sagte. »Frage sie, ob es dort Araber gibt, wo sie lernt«, bat ich, und sie sagte, nein, es gebe keine. »Sie sagt, sie hat von Arabern gehört, und sie hat überhaupt keine Angst vor ihnen«, übersetzte mir Sagi. Und dann sagte er zu ihr, in seiner Schule gebe es Araber und die seien in Ordnung. Sie sagte, sie verstehe nicht, warum wir überhaupt einverstanden seien, dort zu lernen, ihrer Meinung nach gebe es keine guten Araber. Sagi glaubte, das sei ein Witz. Er sagte, sie ist dumm, beschränkt, verbohrt, eine Kuh, und da griff er sich an den Kopf, deutete auf mich und sagte: »Er ist ein Araber«, und sie lachte und sagte, es sei nicht schön von ihm, so über mich zu sprechen.

7

In der neuen Schule schlagen die Lehrer nicht, es gibt auch keine Suche nach Läusen. Die Lehrer kontrollieren die Hausaufgaben nicht. Man sagt nicht »Herr Lehrer« zu ihnen, und wenn man eine Frage beantworten will, muss man sich nicht melden. Man muss den Lehrer nicht um Erlaubnis fragen, wenn man zur Toilette gehen will. Man darf einfach hingehen, wann immer man will. Die Toiletten sind sauber, großzügig, mit einem Gerät, aus dem zum Händetrocknen warme Luft kommt. Ich kann es nicht ausstehen, aber es gibt auch noch Papierhandtücher. Es laufen viele Reinigungskräfte in blauen Kitteln herum. Sie dürfen uns nicht schlagen. Sie sprechen noch nicht mal mit den Schülern.

Man stellt sich nicht in einer Reihe auf, bevor man in die Klasse geht. Man muss nicht jeden Morgen den Koran lesen, und es gibt kein bestimmtes Mädchen, das jeden Morgen das Lied »kol dodi« auf der Orgel spielt. Und Jungen dürfen neben Mädchen sitzen.

Einmal saß Noemi neben mir, und ich verliebte mich in sie. Bis über die Ohren. Ich zerbrach. Ich legte den Kopf aufs Bett, machte die Augen auf, starrte an die Decke und fühlte mich verwandelt. Etwas, das ich nicht kannte. Ein völlig neuer Schmerz. Im Speisesaal, in der Bibliothek, in der Klasse, in der Lobby, überall lauschte ich mit offenen Ohren auf ihre Schritte. Ich erkannte sie immer, ich irrte mich nie, ich hörte sie von weitem: Wenn sie barfuß war, wenn sie ihre schwarzen Sandalen trug, wenn sie ihre Turnschuhe anhatte.

Wir waren oft zusammen. Einmal haben wir in ihrem Zimmer zusammen für Chemie gelernt. Ich saß auf ihrem Bett, mit dem schönen Bettbezug und der Daunendecke. Sie hatte lange Haare. Nicht schwarz, nicht blond, eine Farbe in der Mitte. Ihre Hände waren weiß. Ihr Gesicht voller Sommersprossen. Ich liebte die Sommersprossen. Wenn sie Küchendienst hatte, half ich ihr. Bei der Aufführung am Ende der zehnten Klasse tanzte ich mit ihr. Im ersten Monat der elften Klasse sagte ich ihr, dass ich sie liebte. Eine Woche später hatte sie einen Freund.

Ich sah, wie sie sich im Schnee umarmten. Es war der erste Schnee, den ich erlebte. Er war still, er machte die Nacht heller, klatschte nicht an die Fensterscheiben wie Regen. Ich stand am Fenster unseres Zimmers und schaute hinaus auf den weißen Rasen. Ich lag im Bett, mit offenem Mund und schmerzendem Kopf, bis sie sich trennten.

Am Tag der Schoa stand sie in einem weißen Hemd da und las laut aus einem schwarzen Ordner die Geschichte eines Mädchens vor, das zusieht, wie sein Vater im Wald verbrennt. Am Ende der Zeremonie sagte ich ihr, dass ich sie liebte, und sie lächelte. Am Tag der Erinnerung kochte sie vor Zorn, weil ich beim Klang der Sirene nicht aufstand. Wir saßen zusammen in der Biologieklasse. Sie stellte sich hin, und ich blieb sitzen. Schließlich waren mein Großvater und ein Onkel im Krieg umgekommen. Nach der Sirene setzte sie sich nicht wieder hin, sie nahm ihre Tasche und verließ das Klassenzimmer.

Zum Mittagessen erschien sie nicht. Sie war nicht in ihrem Zimmer und nicht in der Bibliothek. Was für ein Idiot war ich doch, was war mir bloß eingefallen? Hätte ich mich nicht hinstellen können? Sie war schließlich eine Kriegswaise. Man hatte ihr einmal eine Reise nach Kanada geschenkt, man wird ihr das Studium an der Universität bezahlen. Ihr Vater starb, als sie noch sehr klein war. Über ihrem Bett hing ein Foto von ihm, wie er sie auf den Schultern trug. Sie war vielleicht drei und erinnerte sich kaum an ihn. Er war Offizier bei der Armee gewesen, verantwortlich für die Räumung von Yamit. Er starb nicht im Krieg, er hatte einen Verkehrsunfall auf dem Weg von seiner Basis nach Hause.

Ich saß am Schultor, mit meinem Walkman, und hörte mir traurige Musik an, vielleicht die Cranes oder die Swans, und wartete auf sie.

Sie stieg aus dem Mitsubishi ihrer Mutter, mit Tränen in den Augen. Das war das erste Mal, dass ich ihre Mutter sah. Sie warf mir einen Blick zu und fuhr weg. Die beiden waren bei der Zeremonie auf dem Herzl-

Berg gewesen, aber das war nicht der Grund für Noemis Traurigkeit.

»Warum bist du bei der Sirene nicht aufgestanden?«

Ich bin kein Jude.

»Ich liebe dich. Ich liebe dich schon lange. Ich habe meiner Mutter gesagt, dass ich dich liebe. Ich habe geweint und gesagt, ich kann nicht mehr. Jedes Mal, wenn du zu mir gesagt hast, ›Ich liebe dich‹, habe ich insgeheim gesagt, ›Ich dich auch, ich dich auch‹.« Sie lächelte.

Da verstand ich erst, was wirkliche Freude ist. Ich trug ihr die Tasche ins Zimmer. Ich war glücklich. Das war der glücklichste Vorabend des Unabhängigkeitstags in meinem ganzen Leben.

8

Manchmal denke ich an meine Jugend und danke Gott, dass ich es hinter mir habe. Oh Gott, wie ich ausgesehen habe, wie ich mich gefühlt habe. Ich bin froh, dass ich schon erwachsen bin.

Als ich mitten in der zwölften Klasse war, besuchte ich zum ersten Mal ein Café. Es geschah an einem der freien Dienstagabende. Damals lernte ich, dass der Mensch Salat bestellen kann. Der Salat war eine Mahlzeit für sich und wurde in einer großen Schüssel serviert, und es gab verschiedene Sorten. Nur Salat, ohne Pita. Wir saßen im Café Atara, wo Amos Oz in seinem Roman »Mein Michael« gesessen hatte. Noemi bestellte griechischen Salat und ich einen Kakao. Etwas Bekanntes, etwas, was ich bezahlen konnte.

In der zwölften Klasse nahm Noemi mich zum ersten Mal mit ins Kino. Ich hatte nicht geglaubt, dass Mädchen ins Kino gehen können. In Tira gab es früher ein Kino, heute nicht mehr. Es war ein kleiner Raum mit unverputzten Wänden, in dem ein Fernsehapparat stand. Als wir klein waren, hatte uns der Sohn von Tante Ibtisam, der wirklich groß war, einmal mitgenommen, um »Tarzan« zu sehen. In dem Raum standen Holzstühle wie in der Grundschule. Eine dunkle

Höhle. Mein kleiner Bruder erbrach sich gleich am Anfang, und wir gingen ziemlich schnell wieder. Alle dort schrien und rauchten, und als Tarzans Freundin im Wald erschien, pfiffen sie laut und sagten unschöne Sachen. Ich hatte Angst.

Ich fürchtete mich auch noch, als ich in der zwölften Klasse war. Bestimmt wäre das Kino gerammelt voll mit Leuten wie den Schülern von »Polanski«. Sie würden mich erkennen, und es gäbe keine Fluchtmöglichkeit für mich. Manchmal kamen die »Polanskis« zu unserem Tor und schrien: »Tod den Arabern!« Nie ging ich zum Spielen auf unseren Sportplatz, der außerhalb des Zauns lag. Das erschien mir zu gefährlich, zu weit entfernt vom Wachmann.

Noemi sagte, es gebe keinen Grund, mich vor dem Kino zu fürchten, und sie erklärte mir, dass wir uns »Life according to Agfa« ansehen würden, einen Film, zu dem diese Machos nicht hinkämen, der Film wäre links, wie sie. Wir würden während der ganzen Vorführung zusammen sitzen und Händchen halten können. Ich brauchte vor niemandem Angst zu haben.

Dieses neue Leben begeisterte mich. Mir wurde klar, dass nicht nur die bösen Jungen ins Kino gingen, sondern auch erwachsene Menschen, Männer und Frauen, und sie saßen nebeneinander. Es war sauber und ordentlich, die Stühle waren gepolstert, und alle Leute waren schön angezogen. Wie ich mich freute, als ich im Film zwei arabische Küchenarbeiter sah. Sie waren in Ordnung, sie waren lustig. Die Machos waren die Bösen. Und wie gut gefiel mir der Klavierspieler im Restaurant. Noemi sagte, das sei Dani Litani, ein bekannter Sänger. Sie besaß keine Kassetten von ihm, aber sie hatte die Kassette von einem, der sang »Es wird alles gut« und »Zieht nur aus den Gebieten ab«. Ich konnte es kaum glauben, dass ein Jude so etwas sang.

Noemi war Mitglied bei der Ratz, einer Bürgerrechtsbewegung. Sie besaß ein grünes Parteihemd. Sie redete viel von der Gleichheit der Menschen. Dass es keinen Unterschied zwischen den Völkern gebe, dass man individuell urteilen müsse und dass es Unrecht sei, ein Volk so zu sehen, als seien alle gleich. Sie sagte, in jedem Volk gebe es Gute und Böse, und ich verstand nie, wovon sie sprach, aber ich nahm ihre Worte ernst.

In der zwölften Klasse verstand ich zum ersten Mal, was das Jahr 1948 bedeutet. Dass man den Krieg Unabhängigkeitskrieg nennt. In der zwölften Klasse verstand ich, dass »sahiyuni« ein Zionist ist und dass das nicht zwangsläufig ein Schimpfwort ist. Ich kannte das Wort »sahiyuni«. In meiner früheren Schule hatten wir uns gegenseitig so beschimpft. Ich war sicher, dass ein »sahiyuni« so etwas wie ein dicker Mann war, eine Art Bär. Plötzlich wurde mir klar, dass Zionismus eine Ideologie ist. In Gemeinschaftskunde und Geschichte des Volkes Israel begann ich zu begreifen, dass man meine Tante aus Tulkarem »Flüchtling« nannte und die Araber in Israel eine Minderheit waren. In der zwölften Klasse kapierte ich auch, dass es sich dabei um ein ernstes Problem handelte. Ich verstand, was Beit Leumi ist, was Antisemitismus bedeutet. Ich hörte zum ersten Mal von den zweitausend Jahren Diaspora und dass die Juden gegen die Araber und die Briten gekämpft hatten. Ich konnte es nicht glauben. Ausgeschlossen. Die Engländer hatten die Juden doch haben wollen. Im Bibelunterricht entdeckte ich, dass Abraham der Vater Isaaks war. In der zwölften Klasse erfuhr ich auch, dass Isaak gegen den Widder ausgetauscht worden war, nicht Ismael.

Als ich in der zwölften Klasse war, begannen meine Mitschüler, auf dem Parkplatz zu rennen, als Vorbereitung auf den Armeedienst. Man brachte sie zu allen möglichen Einführungskursen, und ich bekam eine Karte für den Autobus und eine Eintrittskarte fürs Israel-Museum. Manchmal tauchten in der Schule uniformierte Soldaten auf, um den Schülern Vorträge zu halten, an denen ich nicht teilnehmen durfte. Unser Klassenlehrer entschuldigte sich jedes Mal. Es war ihm unangenehm, dass ich ausgeschlossen war. In der zwölften Klasse kapierte ich, dass ich nicht Pilot werden würde, auch wenn ich das wollte. Nicht nur deshalb, weil ich dafür nicht geeignet war und auch nicht die entsprechenden Noten hatte. Es bestand noch nicht einmal die Aussicht, dass sie mich zur Musterung zulassen würden. Wie habe ich damals über meinen Vater gelacht.

9

Meine Mutter und mein Vater haben sich einen Tag Urlaub genommen. Sie haben sich schön angezogen und sind eineinhalb Stunden vor dem Treffen ins Auto gestiegen. Sie dürfen sich keinesfalls verspäten. Sie müssen sich als Eltern zeigen. Gestern Abend haben sie mich aus dem Krankenhaus abgeholt. Die Sozialpädagogin der Schule hatte mich zur Notaufnahme von »Scha'arej Zedek« gebracht. Ich hatte sie angeschrien, als ich hörte, sie habe meine Eltern gebeten zu kommen. Was für eine Schande ich ihnen machte. Was für eine Schande ich mir selbst machte. Jetzt werde ich mich noch mehr hassen.

Die ganze Zeit hatte ich gebetet: Hoffentlich erfahren es meine Eltern nicht. Hoffentlich erfährt mein Vater es nicht. Aber jetzt wissen sie es. Sie sind ins Krankenhaus gekommen und haben gesehen, dass man mir den Magen ausgepumpt hat, sie haben mit der Sozialpädagogin gesprochen und mich nach Hause ins Dorf mitgenommen. Auch Basem, ein Freund meines Vaters, ist dabei gewesen. Die Beraterin hatte genau zu dem Zeitpunkt bei uns zu Hause angerufen, als er und Vater Schach spielten, und er wollte mitkommen, um zu sehen, ob alles in Ordnung war mit mir.

Jetzt erinnere ich mich, wie dieser Basem sich über mein Bett im Krankenhaus beugte und fragte: »Was hat er? Was hat er?«, und mein Vater sagte: »Das ist alles wegen seiner Hündin, dieser jüdischen Hure.«

Ich hatte mich schon seit längerer Zeit ständig müde und benommen gefühlt und konnte kaum schlafen. Ich schlief nicht mehr als zwei Stunden in der Nacht. Ich hatte starke Kopfschmerzen, die schon seit Monaten anhielten. Ich konnte mich nicht konzentrieren, ich konnte nicht denken, nicht schlafen oder einfach nur ruhig dasitzen. Ein seltsamer Ton sägte mir unaufhörlich in den Ohren. Kopfschmerztabletten hatten mir noch nie geholfen, und eine Computertomographie brachte kein Ergebnis. Die neurologische Untersuchung war ebenfalls ohne Befund.

Einmal, als ich an einem der Wochenenden nach Hause kam, brachte mich meine Mutter zu Amne, unserer Nachbarin, der Freundin meiner Großmutter. Sie sagte, ihre Tochter sei Krankenschwester und wolle mir den Blutdruck messen. Tatsächlich lernte Amnes älteste Tochter Krankenpflege. Sie hatte ein Blutdruckmessgerät zu Hause, sie maß meinen Blutdruck und sagte, er sei sehr hoch.

Und dann machte sich Amne ans Werk. Sie brachte ein Tuch, an die eine Ecke band sie einen Salzbrocken, murmelte ein paar Gebete und fing an, das Tuch über meinem Kopf zu bewegen. Sie sagte, an meinem Befinden sei nur der böse Blick schuld und mit Gottes Hilfe werde alles vorbeigehen. Sie sagte, sie sei sicher, dass es vorbeigehen werde, weil sie beim Drehen des Tuchs gegähnt habe, und außerdem sei das Salz geschmolzen.

Die Schmerzen blieben, und auch die Tabletten gegen meinen hohen Blutdruck nützten nichts. Einen Monat später, bei einem anderen Besuch zu Hause, sagte mein Vater, er halte das für ein Problem der Augen. Mir tue der Kopf weh, weil ich so viel lerne, bestimmt hätten die Bücher und der Computer mir die Augen ruiniert. Er sagte, ein Freund von ihm, ein Augenarzt aus Tayiba, habe ihm das erklärt. Der Mann heiße Dr. Mag'ed und er wolle, dass wir ihn zusammen in seiner Praxis aufsuchten.

Ich war einverstanden. Die Idee, eine runde Brille zu tragen wie John Lennon, gefiel mir. Aber natürlich wusste ich genau, wie wenig ich las und wie selten ich vor dem Computer saß.

Unterwegs versuchte ich, auf dem Rücksitz zu schlafen. Ich wollte nicht, dass mich Noemi wieder mit geschwollenen Augen sah. Dr. Mag'ed war eigentlich ein Psychiater, der Leiter des öffentlichen Gesundheitszentrums in Tayiba. Er hatte uns für nachmittags bestellt, wenn es in der Praxis ruhiger zuging. Es war nur eine einzige Frau dort, sie saß auf einem Stuhl und wiegte sich unaufhörlich hin und her. Dr. Mag'ed nahm sie zuerst dran und gab ihr ein neues Rezept, dann rief er uns hinein. Ein junger Mann war bei ihm im Zimmer, vermutlich ein Praktikant, vielleicht ein Psychologe. Aber wahrscheinlich war er ein Sozialarbeiter.

Dr. Mag'ed fragte mich, wie es mir gehe. »Nicht gut«, antwortete ich. Er fragte, ob ich Probleme in der Schule habe, und ich sagte, da sei alles ausgezeichnet.

Dr. Mag'ed sagte, er habe von meinem Vater gehört, dass ich schon das dritte Jahr im Internat sei und bald Abitur machen würde und dass ich die ganze Zeit unter Kopfschmerzen litte und mich wegen dieser Kopfschmerzen nicht auf das Lernen und die Prüfungen konzentrieren könne. Dr. Mag'ed sagte, ich sei depressiv, er verschrieb mir Tabletten, Doxepin 10. »Nimm eine Tablette am Tag«, sagte er, »und alles wird gut.«

Ich nahm die Tabletten, und sie ließen mich wenigstens ein bisschen einschlafen. Sie machten mich müde und schwer, mein Gesicht schwoll ein wenig an, aber ich hatte das Gefühl, dass sie mir gut taten. Umso mehr, als ich gern offiziell depressiv sein wollte, so wie Nick Drake, wie Kurt Cobain. Der Arzt hatte mir ein Dauerrezept gegeben, und ich kaufte mir die Tabletten selbst. Sie waren nicht teuer, und schon bald fing ich an, zwei an einem Tag zu nehmen. Später erhöhte ich die Dosis auf Doxepin 25 und nahm jedes Mal eine Tablette, wenn ich das Gefühl hatte, ich könne vielleicht Kopfschmerzen bekommen und in eine Depression fallen. Ich lief völlig benommen herum, aber niemand erkundigte sich, warum. Ich war schon in einem Stadium, in dem man nichts von mir erwartete, und jeder meinte, es sei besser, sich nicht einzumischen.

Noemi fuhr fort, mich manchmal in meinem Zimmer zu besuchen. Sie erzählte mir, sie wolle Psychologin werden, sie bereite sich darauf vor, vor ihrem Militärdienst zu studieren, und sie müsse hart für das Abitur arbeiten. Nach dem Abitur würden wir uns trennen, das war mir klar, das hatte ihre Mutter so bestimmt. Sie hatte gesagt, das Internat sei ein Treibhaus, und solange wir in diesem Treibhaus lebten, sei es ihr egal, dass ihre Tochter einen arabischen Freund habe. Sie habe überhaupt nichts gegen mich, hatte sie gesagt, es sei nur schade, dass ich nicht Chaim heiße.

Gestern, einen Tag vor dem Arabisch-Abitur und zwei Tage vor der letzten Abiturprüfung in Mathematik, schluckte ich eine ganze Schachtel Doxapin 25, zehn Tabletten auf einmal. Ich sehnte mich danach, zu schlafen. Noemi wollte mich besuchen, sie klopfte an meine Tür, und ich hörte sie nicht. Sie wusste, dass ich da war. Ich verließ das Bett kaum, wohin sollte ich auch gehen? Sie machte die Tür auf und wollte mich wecken. Ich hörte sie, ich sah sie, ich wachte auf, aber aus irgendeinem Grund glaubte sie, ich schliefe noch immer. Ich sah, wie sie hinausrannte und mit der Sozialpädagogin wiederkam. Wieso war die Sozialpädagogin um diese Uhrzeit überhaupt da?

Und heute haben wir einen Termin bei dem psychologischen Gesundheitsdienst in Kiriat Yovel, mit dem Jugendpsychologen. Meine Eltern müssen mitkommen.

»Was wirst du ihnen sagen?«, fragt mein Vater. »Hast du der Sozialpädagogin etwas erzählt, was hast du über mich gesagt? Hast du mit ihnen über mich gesprochen?« Er erinnert mich daran, dass auch Basem jetzt über mich Bescheid weiß. Er wisse, dass ich mich mit Mädchen herumtreibe, dass ich das Lernen geschmissen habe, dass ich alles hingeworfen habe für ein gewisses Mädchen.

Ich sage zu meinem Vater, ich hätte ihnen nichts erzählt, denn es gebe nichts zu erzählen.

Nun beruhigt er sich, er versteht, dass man ihn nicht angreifen wird, dass niemand vorhat, ihm die Verantwortung für meine Nerven zuzuschieben. Wieder einmal ist er sauber davongekommen, wie immer.

Meine Mutter versucht zu sagen, alles würde wieder gut, ich müsse mir nur überlegen, ob ich das Abitur doch noch machen wolle. Aber egal, zu was ich mich entscheide, es sei in Ordnung, denn sie sei sicher, dass ich zurechtkommen würde. Sie verstehe nicht, wie ich in diesen Zustand geraten sei. »Wir haben gewusst, dass es schwer für dich ist«, sagt sie, »aber wir haben nicht gewusst, wie schwer.«

Und ich höre zu, wie sie sprechen und mich daran hindern, auf dem Rücksitz in Ruhe meinen Gedanken nachzuhängen. Daran zu denken, dass mir nur noch ein Tag bleibt, um Noemi zu sehen. Mir den Abschiedskuss vorzustellen.

Mein Vater setzt wieder zu einem Monolog an. Er sagt, er habe alles nur für mich getan, für meine Erziehung. »Weißt du, dass es in England bis heute erlaubt ist, die Kinder in der Schule zu schlagen? Das ist eine pädagogische Methode.«

Ich sage, ich wisse es, ich verstünde es und ich könne schwören, dass ich niemandem etwas gesagt und nie über irgendetwas gesprochen habe.

Wieder lässt er sich überzeugen und spricht nicht weiter über das Thema.

Dann erinnere ich mich daran, wie ich das letzte Mal am Tag des Opferfestes nach Hause gefahren bin und er mich angeschrien hat. »Ein Geisteskranker!«, schrie er. »Ein Geisteskranker mit Zeugnis!« Und das alles nur, weil ich meine Tanten nicht besuchen wollte, wie ich es sonst bei jedem Fest tat. Ich fühle meine linke Wange noch brennen, als hätte ich gerade jetzt erst die Ohrfeige bekommen. Ich wende den Kopf und drücke meine Wange an die Autoscheibe, um den Schmerz zu kühlen.

Ich denke an den Tag, als Noemi zum ersten Mal ihren Kopf an meine Schulter legte. Es war noch bevor sie mir sagte, dass sie mich liebe, bevor wir Freunde geworden waren. Es fällt mir schwer, dieses Gefühl wieder heraufzubeschwören. Man kann sich erinnern, aber das Gefühl nicht wirklich empfinden.

Vor einer Woche legte ich meinen Kopf an ihre Brust, und sie streichelte mir die Haare und sagte: »Man darf sich nicht aneinander binden. Verstehst du? Man darf nicht. Genug, wir machen Schluss, und das war's, sonst wirft mich meine Mutter aus dem Haus.« Sie erzählte mir, ihre Mutter habe gesagt, sie ziehe eine lesbische Tochter einer Tochter vor, die mit einem Araber gehe.

Plötzlich verstehe ich, dass ich keine Ahnung habe, was ich mit dem Mathematikabitur anfangen soll, und mir fällt ein, dass ich auch auf das Abitur in Physik im letzten Moment verzichtet habe. Nach drei Jahren Leiden beim Physikunterricht bin ich nicht zur Prüfung gegangen. Jetzt begreife ich, dass ich dabei bin, wirklich zu versagen. Ich bin nicht sicher, ob ich überhaupt ein Abiturzeugnis bekomme. Meine Eltern werden durchdrehen, mein Vater wird nicht wissen, was er vor lauter Scham tun soll. Er hat Recht, mein Vater, ich habe mir die Zukunft zerstört, und das alles wegen einer jüdischen Hure.

Aber ich bin überhaupt nicht böse auf sie, im Gegenteil. Es ist alles nur wegen ihrer Mutter, was könnte Noemi schon tun? Wenn es nach ihr ginge, hätte sie nicht so plötzlich mit mir Schluss gemacht, denn wie kann man plötzlich aufhören zu lieben, an einer »deadline«, die eineinhalb Jahre im Voraus festgelegt wurde? An einem festen Datum, auf das ich gewartet habe, Tag für Tag, und vor dessen Ankunft ich mich gefürchtet habe.

Oh Gott, wie ich gestern geschrien habe. Ich versuchte, aus der Notaufnahme zu fliehen, doch die Sozialpädagogin war kräftig genug, mich festzuhalten. Als ich mich wehrte, fiel ich auf den Boden, und sie hielt mich weiter an der Kleidung fest und flüsterte: »Du bist kein kleines Kind, hör auf zu schreien, schau nur, was du anstellst.« Ich erinnere mich, dass viele Leute da standen und uns anstarrten. Auch ein Wachmann kam, unternahm aber nichts, er stand nur neben uns und schaute zu, wie ich weinte und schrie. Als meine Eltern mit Basem ankamen, hörte ich sofort damit auf.

Das Letzte, was ich hörte, war, wie mein Vater zu seinem Freund etwas über die jüdische Hure sagte. Wie ich ihn in diesem Moment hasste. Und die Sozialpädagogin hasste ich noch mehr. Sie wollte, dass ich aufhörte, Noemi zu lieben, zumindest sollte ich versuchen, Salva zu lieben. Schließlich gab es ein arabisches Mädchen im Internat, ein schönes und kluges Mädchen, sagte die Beraterin die ganze Zeit.

Jetzt fahre ich mit meinen Eltern nach Jerusalem. Man hat sie von der Schule aus angerufen und gesagt, ich müsse unbedingt kommen, ich würde vom Unterricht gesperrt, wenn ich nicht mit meinen Eltern zu einem Termin mit dem Jugendpsychologen erscheinen würde. Viel Zeit ist nicht mehr, nur noch ein Tag, nur noch eine Prüfung, aber die Sozialpädagogin sagte, sie könnten ohne die Zustimmung des Psychologen die Verantwortung nicht übernehmen.

Der Psychologe sagte, ich sei in Ordnung, ich hätte nicht wirklich sterben wollen, die Tabletten, die ich genommen hatte, hätten mir nicht geschadet. Er glaubte mir, als ich sagte, ich hätte in einem medizinischen

Buch gelesen, dass mindestens dreihundert Milligramm dafür notwendig gewesen wären. Er sagte, diese Information sei richtig, und deshalb neige er dazu, mir zu glauben, dass dies kein Selbstmordversuch gewesen sei. Ich solle ihm die Tabletten aushändigen, er würde sie der Beraterin geben, damit sie mir nur eine Tablette pro Tag zuteilen könne, schließlich litte ich noch immer an einer Depression, und es handle sich um ein von einem Psychiater verschriebenes Medikament.

Ich musste ins Internat zurück, ich hatte nur noch einen Tag.

Auf dem Rückweg sprachen wir kein Wort. Wir stiegen ins Auto, mein Vater suchte das Zweite Programm und verfluchte Jerusalem, weil er den Sender nicht empfing. Auf dem Weg zum Internat hielt Vater an einem Steakhouse an. Mutter bestellte Huhn, er nahm Humus und Bier und ich wollte nichts essen, wir sollten nur schnellstens ankommen, damit ich Noemi sehen konnte, ich hatte nicht viel Zeit zu vergeuden. Mein Vater schaute mich an und sagte: »Du verdienst das alles gar nicht.«

IV

Die unterste Stufe

1

Ich gehe den Hang hinauf, der zur Moschee führt, und senke den Kopf in der Hoffnung, dass die Nachbarn, an denen ich vorbeikomme, vergessen haben, wer ich bin. Ich hoffe, ich habe mich so verändert, dass sie mich nicht mehr erkennen. Ich sage nicht »Salam aleikum« zu ihnen, wie ich es früher getan habe. Meine Tasche mit der Kleidung nehme ich mal in die rechte Hand, mal in die linke. Sie ist schwer und der Aufstieg zum Taxistand anstrengend. Immer hatte mich mein Vater zum Sammeltaxi gefahren, manchmal bis Kfar Saba und anfangs sogar nach Jerusalem. Aber mein Vater ist jetzt nicht zu Hause, er ist in der Klinik.

Ich wachte auf, als meine Mutter nach Hause kam. Sie sagte, Vater habe sich gestern Abend nicht wohl gefühlt, und obwohl man nichts fand, habe man beschlossen, ihn über Nacht im Krankenhaus zu behalten, unter Aufsicht. Sie sagte, er habe nichts und werde wohl heute entlassen, und wenn sie nicht morgens um acht pünktlich zur Arbeit gemusst hätte, wäre sie im Krankenhaus geblieben, um mit ihm zusammen zurückzukommen. Sie schlug vor, dass ich auf dem Weg nach Jerusalem beim Krankenhaus vorbeifahren und ihm guten Tag sagen solle. Ich würde doch ohnehin den Autobus von Kfar Saba aus nehmen. »Setz dich fünf Minuten zu ihm«, bat sie. Sie hatte schon immer versucht, zwischen mir und meinem Vater zu vermitteln und unser Verhältnis zu verbessern.

Ein halbes Jahr ist vergangen, seit ich aufgehört habe zu lernen, ein halbes Jahr seit meinem letzten Besuch zu Hause. Am Anfang versuchte mein Vater noch den Gleichgültigen zu spielen, den es überhaupt nicht interessierte, was mit mir geschah, von ihm aus konnte ich zum Teufel gehen. Aber wenn er sich an die Schande erinnerte, die ich ihm gemacht hatte, drehte er durch und fing an zu schreien: »Du, unsere große Hoffnung, schämst du dich nicht? Alle Leute im Dorf fragen mich, wie weit du schon gekommen bist. Soll ich ihnen sagen, dass du noch nicht mal das Abitur gemacht hast?« Alle anderen Eltern hatten ihre Kinder schon auf den Weg gebracht, ließen sie Medizin oder Jura oder Ingenieurwissenschaften studieren, nur mein Vater musste allen erzählen, die Juden wüssten noch nicht, was sie mit meinem Verstand anfangen sollten. Er gab vor, sie hätten Angst, ein anderes Land könnte mich schnappen, um meine Fähigkeiten auszubeuten.

Ich habe zu Hause keinen Platz mehr. Mein großer Bruder hat mein Bett an sein Bett geschoben und benutzt es als Doppelbett. Immer, wenn ich nach Hause kam, hat meine Mutter die beiden Betten getrennt und meines hergerichtet, doch diesmal hat sie es nicht getan, und auch im Schrank hat sie mir keinen Platz frei geräumt. Meine Sachen blieben in meiner Tasche, ich schlief bei Großmutter. Auf einer Matratze, nicht in ihrem Bett. Am Morgen habe ich meine Tasche genommen und mich nach Jerusalem aufgemacht. Arbeit suchen. Ich habe vor, diese Nacht bei A'del zu schlafen. Er ist schon Jurastudent und hat ein Zimmer im Studentenwohnheim.

Meine Mutter hat mich vor vier Tagen angerufen und gesagt, dass mein Cousin umgekommen ist. »Du musst zu seiner Beerdigung und den drei Trauertagen herkommen.« Sie erzählte mir, dass er und einige Freunde aus seiner Klasse gegenüber von ihrem Haus Fußball gespielt hatten, und das nervte ihre drogenabhängigen, geisteskranken Nachbarn. Der Ball flog über den Zaun und landete im Haus der Drogenabhängigen. Die drei Brüder gingen mit Messern hinaus und stachen auf die Kinder ein. Nur Ali ist gestorben. Die anderen sind verletzt, aber es geht ihnen gut. Meine Mutter sagte, Alis Vater sei durch einen Stich in die Brust schwer verletzt worden, als er hinausrannte, um die Jungen zu schützen. Er wurde operiert und wird wieder gesund werden. Sie haben ihm noch nicht erzählt, dass sein Sohn tot ist. Sie haben gesagt, er werde gesund werden, er liege im Krankenhaus von Petach Tikwa. Die Ärzte sagen, wenn er vom Tod seines Sohnes hörte, könne ihm das in seinem jetzigen Zustand sehr schaden. Meine Eltern sind gestern Abend zum Krankenhaus gefahren, um ihn zu besuchen. Als sie an seinem Bett saßen, fühlte mein Vater einen Druck in der Brust und wandte sich an einen der Ärzte, der beschloss, ein paar Untersuchungen anzustellen. Die Ergebnisse waren in Ordnung. Mutter sagte, bestimmt sei nur die Müdigkeit schuld daran.

Während der Trauertage hatte ich nicht mit meinem Vater gesprochen. Er war zu beschäftigt. Gestern war der dritte Trauertag. Die Frauen saßen im Haus meiner Tante, und die männlichen Trauergäste kamen zu uns. Verwandte, die aus Ramallah und aus Baqat al Hateb gekommen waren, blieben über Nacht bei uns und empfingen zusammen mit uns die Trauergäste. Es war eine Tragödie. In den arabischen Nachrichten im Radio wurde darüber berichtet: kaltblütiger Mord an einem Kind, das Fußball spielte. Ich musste mit kleinen Kaffeegläsern und einem großen Kupferkessel in der Tür des Trauerzelts stehen und jedem, der eintrat, bitteren Kaffee mit »sada« einschenken. Mein Vater saß die ganze Zeit dort. Bei Alis Beerdigung hatte er geweint, und später hörte ich ihn sagen, dass er zum ersten Mal über jemanden geweint habe, der tot sei.

Ich fahre in den fünften Stock hinauf, betrete die kardiologische Abteilung und suche das Zimmer 12. Wenn mein Vater fragt, sage ich ihm, dass ich viel lerne und das Abitur nachmachen werde. Ich lerne wirklich. Wenn alles so läuft, wie geplant, werde ich mich im nächsten Jahr an der Universität einschreiben können. Nicht für etwas Bedeutendes, dafür werden meine Noten nicht gut genug sein, aber das spielt schon keine Rolle, Hauptsache, ich mache einen Abschluss.

Mein Vater liegt im Bett neben der Tür und trinkt Kaffee. Er sagt überrascht »hallo«, und mir scheint, dass er sich freut, mich zu sehen. Er fragt, ob ich nach Jerusalem zurückfahre, und sagt, er müsse unbedingt eine Zigarette rauchen. Dann bittet er mich, hinunter zum Kiosk zu gehen und ihm eine Zeitung zu kaufen. Danach würden wir einen Ort suchen, wo er rauchen und Zeitung lesen könne.

Er sieht gut aus, normal, angeschlossen an einen blinkenden Apparat, der irgendetwas misst, und das ist alles. Ich werde ihm eine Zeitung kaufen, ich werde ihn fragen, ob er noch etwas braucht, und dann werde ich gehen. Ich arbeite heute. Außerdem muss ich fort aus dieser Atmosphäre. Mir tut schon der Kopf weh.

Es waren drei schwere Tage. Zum ersten Mal sah ich eine Leiche. Ich wusste nicht, dass Ali so gewachsen war. Über seinen Lippen zeigte sich bereits der Beginn eines Flaums, der anfing, schwarz zu werden. Die Leiche war nackt, mit einem Schnitt von der Pathologie, der sich vom Bauch bis zum Hals zog. Es tut mir Leid, dass ich das gesehen habe. Der Schnitt war grob mit dicken schwarzen Fäden zugenäht. Die Leichenwäscher hatten kein Wasser mehr, deshalb drückte man mir einen Eimer in die Hand, mit der Aufforderung, mich zu beeilen. Danach konnte ich nicht länger dort bleiben, ich floh nach Hause. Ich sagte, ich wolle dabei helfen, Stühle aufzustellen und Kaffee vorzubereiten.

Nach der Beerdigung versammelten sich alle Männer der Familie bei uns im Zelt und beratschlagten, wie man sich rächen solle. Die Verwandten, die aus den besetzten Gebieten kamen, waren bereit, alles zu tun, aber es gab niemanden, den man hätte ermorden können. Die drei drogenabhängigen Brüder saßen im Gefängnis, und die Polizei hatte die übrigen Angehörigen der Familie in ein anderes Dorf evakuiert. Die meisten erwachsenen Familienmitglieder blieben auf ihren Stühlen sitzen, nur einige Jüngere standen in einer Ecke und flüsterten miteinander. Mein Vater trat zu den Jüngeren. Er war der Älteste der Gruppe. Es war klar, dass sie etwas planten. Tante Faten kam zu Fuß zum Zelt der Männer, sie durfte es, sie war eine Witwe. Sie ist eine starke, kluge Frau. Sie stellte sich in die Mitte und schrie: »Ihr seid keine Männer, wenn ihr nichts tut, um Alis Mutter zu beruhigen! Wenn ihr nichts tut, was sie tröstet!«

Unaufhörlich kamen Kondolenzbesucher zu uns. Ab und zu tauschte ich mit meinem älteren Bruder, und er goss Kaffee ein und ich spülte Geschirr. Mein Vater war die ganze Zeit beschäftigt. Er saß fast nie im Zelt, und dauernd betrat er das Haus und verließ es wieder durch die Hintertür. Ein paar Mal fuhr er auch mit dem Auto weg. Etwa um acht Uhr abends ging er hinunter ins Trauerzelt, und ein paar Sekunden, nachdem er sich hingesetzt hatte, hörten wir ein lautes Krachen. Mein Vater hatte einen stolzen Blick in den Augen. Kaum zwei Minuten später kam ein junger Mann und flüsterte ihm etwas ins Ohr. Wieder verließ mein Vater das Zelt, fuhr mit dem Auto weg und kam fünf Minuten später mit zwei Ärzten aus der Familie zurück, die ihre Taschen mitgebracht hatten. Es schien einen Verletzten gegeben zu haben, den man nicht ins Krankenhaus bringen konnte.

Jetzt ging ich auch ins Haus. Ich kannte den Verletzten nicht, aber ich sah, dass er Vaters Turnschuhe trug. Er hatte sich ins Bein geschnitten, als er durch das Fenster sprang, er wird wieder in Ordnung kommen. Die Trauergäste flüsterten miteinander, versuchten herauszufinden, was passiert war. Sehr schnell verstanden wir, dass das Haus der Mörder mit Gasflaschen in die Luft gesprengt worden war.

Ich komme mit der Zeitung zurück. Mein Vater liegt im Bett. Als er mich sieht, setzt er sich auf und stellt die Füße vors Bett. Er versucht aufzustehen, und plötzlich schaut er mich mit aufgerissenen, hervorquellenden, flehenden Augen an, mit schrecklichen Augen. Auf einmal ist seine Stirn schweißbedeckt, das Gerät, an das er angeschlossen ist, fängt nervös an zu piepsen.

Ich schreie nach einer Schwester: »Mein Vater! Mein Vater!«, und in wenigen Sekunden ist ein ganzer Stab am Bett. Man schließt ihn an ein Sauerstoffgerät an und zieht ihn samt Bett aus dem Zimmer in die Intensivstation. Ich gehe hinter ihnen her, versuche, sein Gesicht zu sehen, aber ohne Erfolg. Ich schaffe es nicht, mit ihnen in den Aufzug zu gelangen. Ich renne die Treppe hinunter zur Intensivstation und komme vor dem Aufzug unten an, überzeugt davon, dass er bereits tot ist. Das war's also, aus und vorbei. Er wird nicht mehr herauskommen. Ich fange an zu weinen und gehe zum Telefon neben dem Aufzug. Wenn er jetzt nicht stirbt, werde ich im Krankenhaus bleiben, bis er den Anfall bekommt, der ihn töten wird.

Jetzt erscheint die halbe Familie, die Tanten, ihre Kinder. Meine Mutter hat ein Kopftuch aufgesetzt, ihre Augen sind geschwollen vom Weinen. Sie geht sofort in die Intensivstation hinein, niemand kann sie zurückhalten. Einige Männer der Familie verlangen, mit dem Arzt zu sprechen, sie wollen, dass jemand herauskommt und ihnen erklärt, was los ist. Sie haben ihre Läden verlassen, ihre Schüler und ihre Geschäfte und sind gekommen. Das hätte uns gerade noch gefehlt, noch eine Katastrophe in der Familie.

Der Arzt sagt, dass Vater wieder gesund wird, und ich glaube ihm nicht. Ich habe gesehen, wie er geschwitzt hat, ich habe seine Augen gesehen, die mir sagten, dass er nicht zurückkommt, dass er schon an einem anderen Ort ist. Nun erlaubt man auch mir einzutreten. Er lebt noch, aber das ist bestimmt nur vorübergehend. Jetzt ist er an viel mehr blinkende Geräte angeschlossen. Der Arzt sagt, dies sei kein Herzanfall gewesen, sondern ein Muskelkrampf in der Brust. Zur Sicherheit wollten sie ihn in der Intensivstation behalten, bis die Untersuchungen zu Ende seien. Ich schaue meinen Vater an, er sieht noch immer verängstigt aus, er versteht nicht, was mit ihm passiert ist. Sein Blick ruht erst auf mir, dann wandert er zu meiner Mutter, und ich weiß, dass ich an allem schuld bin.

2

Die Araber nannten mich Siedler, und im Studentenwohnheim in Giv'at Ram waren die Siedler eine große, legitime Gruppe. »Siedler« war der Ausdruck für den Dritten in jedem Zimmer, der Name für einen Mitbewohner, der in den Augen der Leitung illegal war. So konnte man die Miete unter drei teilen, und fast jeder Araber war froh über diese günstige Gelegenheit. Es gab nur ein paar Städter, die keine Siedler in ihren Zimmern wollten, meist Studenten aus Nazaret, die mit einem Privatauto zur Universität gekommen waren.

Die Siedler waren im Allgemeinen Studenten, die sich zu spät für die Wohnheime eingetragen hatten, oder Studenten, die ihre Studienzeit auf zu viele Jahre ausgedehnt und kein Anrecht mehr auf ein Zimmer hatten. In jedem Zimmer gab es nur zwei Betten, und wenn beide besetzt waren, schlief der Siedler auf einer Matratze. Ich war der einzige Siedler, der kein Student war. Um auf das Gelände der Studentenwohnheime zu kommen, das von jüdischen und drusischen Wachmännern kontrolliert wurde, brauchte man einen Studentenausweis. A'del gab mir seinen und meldete ihn im Büro als verloren an. Ich bezahlte für ihn die Strafgebühr und gab ihm Geld für das Passfoto.

Innerhalb einer Woche fand ich eine Arbeit, das war kein großes Problem. In Jerusalem gibt es viele Pflegeheime, sie benötigen immer Pflegekräfte. Die Juden ziehen Araber vor, die einen blauen Personalausweis haben. Die können zur Arbeit kommen, auch wenn es Straßensperren, Abriegelungen oder Kriege gibt. Nicht wie die Araber aus den besetzten Gebieten, die einen orangefarbenen Personalausweis haben. Es war gegen Ende der ersten Intifada, und die Orangenpflücker versäumten viele Arbeitstage.

Ich fing in einem Heim für geistig Behinderte an. In meiner Schicht war ich für sechs Kinder verantwortlich, ein Teil von ihnen mit einem Down-Syndrom, die anderen litten unter anderen Behinderungen. Die Behinderten liebten mich nicht, und ich liebte sie nicht. Ich begleitete sie zur Toilette, ich wusch sie, ich achtete auf die Sauberkeit. Wenn die Mädchen ihre Periode hatten, spritzte ich sie von weitem mit Wasser ab. Ich brachte sie zum Speisesaal, zur Ergotherapie und zu ihrem armseligen Spielplatz. Manchmal ging ich einfach so in den langen Gebäuden mit ihnen spazieren. Der Gestank war fürchterlich, aber irgendwann gewöhnte ich mich daran.

Ich arbeitete jeden Tag, und am Wochenende übernahm ich Doppelschichten. Sie bezahlten so wenig, dass man nur mit Überstunden und Zuschlägen für die Samstage auf ein ausreichendes Gehalt kam. Und ich hatte sonst ja auch nicht viel zu tun. Außer A'del kannte ich niemanden, und auch ihn sah ich kaum, er war sehr beschäftigt mit seinem Jurastudium, und ich arbeitete viel.

Manchmal, wenn wir beide einen Abend freihatten, gingen wir zum Lebensmittelgeschäft, kauften uns die billigste Flasche mit dem höchsten Alkoholgehalt und tranken sie auf dem Parkplatz des Studentenwohnheims leer. Er wollte immer, dass ich ihm erzählte, wie es ist zu ficken, er sprach die ganze Zeit über Mädchen. Am Schluss kotzten wir und gingen zurück zum Zimmer, und wenn einer der offiziellen Mitbewohner nicht da war, teilten wir uns sein Bett.

Manchmal, wenn ich keine Lust hatte, zum Studentenwohnheim zu gehen, fuhr ich zur Universität, zur Fakultät für Psychologie, und wartete draußen auf Noemi. Anfangs versuchte ich noch, mit ihr zu sprechen, ihr zu sagen, dass ich jetzt arbeitete, dass ich Geld hätte und sie vielleicht einmal in ein Restaurant einladen könne. Aber sie hatte immer zu viel zu tun. Manchmal folgte ich ihr von weitem und versuchte herauszufinden, ob sie schon einen Neuen hatte. Ich wollte wissen, ob sie so traurig war wie ich, vielleicht liebte sie mich noch immer und hatte Sehnsucht nach mir, und unsere Trennung war wirklich nur wegen ihrer Mutter, aber fast immer fand ich, dass sie glücklich aussah, umringt von Freunden, die mit ihr zur Cafeteria oder zur Bibliothek gingen.

Ich hatte von meiner Arbeitsstelle eine Monatskarte für Autobusse bekommen und fuhr stundenlang mit dem Bus herum, ich saß mit meinem Walkman am Fenster und betrachtete die Leute, die Geschäfte und die Autos. Wenn ich Lust hatte, stieg ich aus, und wenn ich wollte, stieg ich wieder ein. Ich achtete darauf, nicht mit denselben Bussen zu fahren, ich wollte nicht, dass die Fahrer oder die Fahrgäste auf mich aufmerksam wurden. Manchmal war ich vollkommen in meine Gedanken versunken oder ich schlief ein, so dass der Fahrer mich anschrie, wir seien bei der Endhaltestelle angekommen.

Ich kannte mich mit allen Linien aus. Ich wusste, wohin jeder Bus fuhr und durch welche Straßen. Ich erforschte alle Wege, wie ich vom Wohnheim zur Arbeit fahren konnte. Ich wusste alle Abfahrtszeiten aller Buslinien auswendig und kannte die Gesichter aller Fahrer. Irgendwann fing ich an, beim Einsteigen den Kopf zu senken, denn ich hatte das Gefühl, die Fahrer zu gut zu kennen. Ich wusste, wo es Staus gab, wann alte Leute einstiegen, Kinder, Fromme, mit welcher Linie Araber fuhren. Manchmal versuchte ich zu erraten, wohin die Menschen fuhren, die in den Bus stiegen. Zur Arbeit? In die Schule? Zum Markt? Ins Krankenhaus? Dann wieder wollte ich wissen, wo einer der Mitfahrenden wohnte, ich stieg mit ihm aus und begleitete ihn aus sicherer Entfernung mit meinem Walkman auf den Ohren. Ab und zu fuhr ich auch zur Haltestelle des Internats, kehrte aber sofort zurück.

A'del half mir beim Abitur in Mathematik. Das war nicht schwer. Ich machte Abitur und schrieb mich für zwei Fächer ein, die minimale Einschreibungsforderungen stellten. Manchmal aß ich Schnitzel und Reis in der Cafeteria von Giv'at Ram. Damals dachte ich überhaupt nicht an Krieg.

3

Es waren schon vier Jahre vergangen, seit ich Samia an der Bushaltestelle am Parkplatz vor dem Studentenwohnheim entdeckt hatte. Sie war Flüchtling, aber mit einem blauen Personalausweis. Das heißt, ihr Dorf war im Krieg zerstört worden, und ein Teil der Familie war nach Tira gekommen. Ich erkannte sie, und sie erkannte mich. Wir hatten dieselbe Grundschule besucht, aber in verschiedenen Klassen. Noch nie hatten wir miteinander gesprochen. Ich drückte ihr die Hand und stellte mich vor, und sie lächelte und sagte, sie kenne mich. Sie sieht gut aus, dachte ich. Ich stieg vor ihr in den Bus und suchte mir einen Platz im hinteren Teil. Sie erfüllte mir meinen Wunsch und setzte sich neben mich. Ich hätte nie gewagt, mich neben ein arabisches Mädchen zu setzen. Ich war ein braver, schüchterner Junge.

»Weißt du, wie man zur Hadassa fährt?«, fragte sie.

»Zum Krankenhaus? Ja, bis zum zentralen Busbahnhof, dort nimmt man die Linie 27«, antwortete ich. »Letzte Haltestelle. Ich begleite dich.«

Es war ihr erster Tag in Jerusalem. Ich wusste, dass sie mich brauchte, ich war schon erfahren, ich verstand etwas von den öffentlichen Verkehrsmitteln, ich wusste die Namen von Straßen und Plätzen in Jerusalem. Ich kann sie zu einem Ausflug mitnehmen, vielleicht in die Altstadt, obwohl ich nicht gern dort hingehe, aber ich werde sie überall hinbringen, wohin sie will, sogar zur El-Aqsa, wenn sie Lust dazu hat. Ich werde ihr ein Geschenk kaufen. Ich werde sie davon überzeugen, dass ich ein guter Mensch bin, obwohl ich da und dort ein bisschen versagt habe, vor allem beim Lernen.

Sie wird verstehen, dass ich es schwer hatte, dass ich depressiv war, vielleicht war sie auch schon mal depressiv. Sie kennt mich nur von Tira, und sie weiß, dass ich klug bin. Sie wundert sich, dass ich Philosophie studiere, und ich erkläre ihr, dass ich es aus Liebe zum Fach tue und dass man es im Bereich Medizin und Jura ohnehin schwer habe auf dem Arbeitsmarkt. Aber bestimmt wird sie sich am Schluss an irgendeinen Medizinstudenten hängen. So ist das eben, Ärzte heiraten Krankenschwestern. Ich sagte, ich hätte vor, meinen Doktor in Philosophie zu machen.

Nachdem wir uns im Autobus unterhalten hatten, begleitete ich sie bis zur Haltestelle der Linie 27 und wartete mit ihr, bis der Bus kam. Ich wusste, was das heißt, die erste Fahrt in einem Jerusalemer Bus. Bevor wir uns verabschiedeten, sagte sie mir, wo sie wohnte, und ich gab ihr die Nummer meines Zimmers. Als ich ins Wohnheim zurückkam, suchte ich sofort in den engen, langen Gebäuden nach ihrem Zimmer. Sie war nicht da.

Wie konnte ich das überhaupt wagen? Idiot. Was stelle ich mir vor? Sie wird mich nicht sehen wollen, und schon stecke ich in Schwierigkeiten, ich werde mich genauso verlieben wie damals. Ich werde an nichts anderes denken können und wieder mein Studium schmeißen. Ich werde meine Chance verpatzen, zu beweisen, dass ich doch noch erfolgreich sein kann, dass ich Prüfungen machen kann wie damals und die besten Noten bekommen kann. Ich habe es noch nicht geschafft, das zu überwinden, was mir passiert ist, und schon mache ich den gleichen Fehler. Ich lerne nicht aus meinen Irrtümern.

Als ich zu meinem Zimmer zurückging, traf ich sie auf der Treppe. »Ich habe dich gesucht«, sagte sie. »Es hat ewig gedauert, bis ich dein Zimmer gefunden habe.«

Wir sind schon seit vier Jahren zusammen. Es wird Zeit. Ich werde Kaffee trinken, sie wecken und ihr sagen, dass wir heiraten. Bis gestern lebte sie im Studentenwohnheim und ich in Nachlaot, in einem jüdischen Viertel also. Jetzt, nachdem ich in ein arabisches Viertel gezogen bin, müssen wir heiraten, wenn wir weiter zusammen schlafen wollen. Die Hausbesitzer, die über uns wohnen, werden nie im Leben damit einverstanden sein, dass wir unverheiratet zusammen schlafen. So ist es, es muss sein. Ich weiß, dass sie mich nie verlassen wird, also wozu die Sache hinausschieben?

Bereits damals war ich mir unsicher, ob sie bei mir blieb, weil sie mich liebte, oder um mir klar zu machen, dass sie freiwillig nicht gehen würde. Sie sagte die ganze Zeit, dass ich versprochen hätte, sie zu heiraten. Nie im Leben hätte ich ein solches Versprechen gebrochen. Das hätte ihr das Leben zerstören können. Alle in Tira wissen schon, dass wir miteinander gehen, und alles wegen meines Mangels an Verantwortungsgefühl. Wenn es nach ihr gegangen wäre, wäre sie nicht Hand in Hand mit mir herumgelaufen, und nie im Leben hätte sie mit mir geschlafen. Sie erzählte mir, dass man in Tira die Bräute, die keine Jungfrauen waren, gleich in der Hochzeitsnacht zu ihren Eltern zurückbrachte. Einmal hatte ihre Tante einen Herzanfall bekommen, weil ihre Tochter in der Hochzeitsnacht nach Hause zurückkam. Sie hatte aber nur ihre Haarbürste holen wollen.

Ich glaubte nicht, dass sie genug Mut hätte, in meiner ersten Nacht in einem arabischen Viertel bei mir zu schlafen. Sie hatte die Wohnung geputzt, und wir hatten uns den Hausbesitzern als Verlobte vorgestellt. Bei den Juden hatten wir kein Wort zu sagen brauchen, Samia hatte mich besucht und bei mir geschlafen, wann sie wollte. Meine Mitbewohner hatten sie gerne gemocht, für sie war das alles natürlich. Nicht wie bei den Arabern im Wohnheim, die die ganze Zeit tuschelten und Gerüchte verbreiteten. Zutreffende Gerüchte, aber es ging sie doch nichts an. Samia sah das anders. »Du, was geht es dich an? Du bist ein Mann, was kann dir schon passieren?«, sagte sie immer.

Samia muss noch eine Arbeit einreichen, dann wird sie nach Tira zurückkehren. Denn was hat ein arabisches Mädchen in einer fremden Stadt zu suchen? Ihr Vater hat für sie schon einen Arbeitsplatz bei der Stadtverwaltung gefunden. Sie sagt, sie habe in Jerusalem nichts verloren und ihre Eltern würden ihr ohnehin die Ausrede mit der letzten Arbeit nicht glauben. Sie sagen, sie könne sie auch zu Hause schreiben.

Ich betrachte sie, während sie schläft, schön, mit dem Gesicht zur Wand gedreht, wie immer. Es ist noch früh, gestern hat sie den ganzen Tag geputzt. Ich habe die elektrischen Geräte angeschlossen und das Jugendsofa aufgeklappt, das ich schon vor längerer Zeit gekauft hatte.

»Steh auf«, sage ich, »wir fahren nach Hause, zum Heiraten.«

»Was, jetzt?«

Ich nahm mir zwei Tage frei und fuhr zum Heiraten.

Mein Vater hat nichts gegen die Hochzeit, im Gegenteil, die Idee gefällt ihm. Es macht ihm nichts aus, dass ich erst zweiundzwanzig bin. Er sagt, Samia ist aus einer guten Familie, Kommunisten, Freunde von ihm.

Meine Mutter freut sich, ein Mädchen mit einer Ausbildung, vielleicht wird sie mich auf den richtigen Weg bringen, langsam, langsam wird sie mich davon überzeugen, zur Universität zurückzukehren. »Wie viele Kurse hast du noch zu machen, ist es nicht schade, drei Jahre für nichts? Schämst du dich nicht selbst, dass deine Frau gebildeter ist als du? Alle Achtung, dass sie dich nimmt.«

Meine Großmutter kennt die Flüchtlinge, sie hat mit ihnen beim Pflücken gearbeitet. »Die besten Frauen im Dorf«, sagt sie. »Bring sie her, damit ich sie sehe.« Obwohl sie kaum mehr etwas erkennen kann.

Mein Vater sagt, keiner im Dorf würde einfach so heiraten. »Das geht nicht in zwei Tagen. Auch wenn wir es akzeptieren, ihre Eltern werden es bestimmt nicht tun. Haben sie etwa keine Ehre?« Er sagt, wir würden es nicht schaffen, in einem Tag einen Saal zu finden, die Zeit würde nicht reichen, Leute einzuladen, und ich erkläre ihm, dass ich eine kleine Hochzeit wolle, von mir aus brauche keiner außer dem Scheich zur Hochzeit zu kommen. Aber meine Eltern würden nie zulassen, dass jemand etwas Schlechtes über sie sagt, dass jemand sagt, sie wären weniger als andere. »Reicht es nicht, dass die Ärmste einen Mann heiratet, der kein Haus besitzt? Bist du sicher, dass ihre Eltern einverstanden sind?«

Samias Eltern waren einverstanden, sie haben keine Wahl, die Gerüchte haben sie schon mürbe gemacht. Wenn ihre Mutter Trauernde besuchte, um sie zu trösten, musste sie sich anhören, dass man über ihre zügellose Tochter herzog, die in Jerusalem studierte. In der Moschee, in der ihr Vater jeden Freitag betet, wurde in der Predigt über sie gesprochen. Nicht namentlich, aber es ging um Eltern, die ihre Töchter zum Studium an die Universität schicken und damit zulassen, dass sie zu Dirnen werden.

Meine Eltern gaben nicht nach. Sie entschieden sich für hundert Gäste von jeder Seite, und mein Vater traf ein Abkommen mit einem Restaurantbesitzer. Sie kauften Gold, wie man für alle Mädchen in Tira Gold kauft, und gaben uns Geld, damit wir uns in Tel Aviv etwas zum Anziehen besorgten. Samia ging in die Schenkinstraße, um sich ein Kleid auszusuchen, und ich kaufte mir einen Anzug bei »Zara« im Dizingoff Center. Niemand verstand, was diese Hochzeit bedeutete, weder meine Familie noch ihre. Der Scheich kam, und ich leistete sieben Unterschriften. Ihr Vater unterschrieb für sie, wie es Brauch ist. Nun waren wir verheiratet und warteten nur darauf, dass alle aufhörten zu essen und nach Hause gingen.

Am Tag nach der Hochzeit rief meine Mutter an und sagte, ihre Arbeitskollegen, die Lehrer, die wir nicht zur Hochzeit eingeladen hatten, würden darüber tuscheln, wir hätten es so eilig gehabt mit der Hochzeit, weil Samia schwanger sei und wir die Schande vermeiden wollten. Samia sagte, auch ihre Familie habe nicht verstanden, ob es um eine Verlobung oder eine Hochzeit gegangen sei, denn bei einer Verlobung esse man nur irgendeine süße Kleinigkeit, Knafe oder so etwas, im Restaurant habe es aber eine richtige Mahlzeit gegeben. Außerdem trage man bei einer Hochzeit ein Brautkleid, und sie habe ein Kleid aus der Schenkinstraße angehabt. Samia weinte, sie sagte, ich sei an allem schuld, sie habe gewusst, dass es nicht klappen würde, dass ich nur an mich denke und nicht bereit sei, etwas für sie zu tun, dass ihre Eltern gekränkt und böse seien, weil sie nicht geheiratet habe wie alle anderen.

Auch mein Vater beschimpfte mich, er sagte, ich sei kein Mensch. »In der nächsten Woche kommst du noch einmal, und wir machen der Schande ein Ende.«

Also heirateten wir noch einmal. Die Schecks reichten, um die Ausgaben für den Saal, die Musik und den Fotografen zu decken, es gab tausend Gäste und ein Hotel in Netanya. Außer meinen Tanten und ihren Kindern kannte ich fast keinen der Hochzeitsgäste. Ich hatte niemanden eingeladen, alle Gäste waren von meinen und Samias Eltern eingeladen. Ich trug einen schwarzen Anzug und schwarze Schuhe, wie in den arabischen Filmen. Ich musste Samia einen Ring an den Finger stecken. Ich musste mit ihr tanzen, obwohl ich keine Ahnung hatte, wie man »debka« tanzt. Ich musste den Kuchen anschneiden und erwachsene Männer küssen, deren Namen ich nicht wusste. Ich musste meine Tanten und ihre Tanten umarmen und für den Fotografen lächeln. Ich musste mir diese entsetzliche Musik anhören, die mir immer Kopfschmerzen macht. Und ich musste das alles ertragen, ohne Alkohol und ohne Zigaretten. Denn ich war ein braver, schüchterner Junge.

4

Einige Monate sind seit unserer zweiten Hochzeit vergangen, wir sind nach Beit Zafafa umgezogen. Früher war Beit Zafafa ein Dorf, jetzt ist es ein arabisches Viertel in Jerusalem. Es ist sehr angenehm, wenn man fremd ist, man wird nicht beachtet. Auch wir interessieren uns für niemanden, und unserem Hausbesitzer ist es nur wichtig, dass wir pünktlich unsere Miete bezahlen. Wir leben jetzt zwar unter Arabern, aber wir fühlen uns noch nicht dazugehörig. Anders als in Tira haben wir hier weder Verwandte noch Freunde und Bekannte.

Unser Haus steht in einem Gebiet, das 1967 erobert wurde. Man nennt es »Giv'at ha-Matos«, Fliegerhügel, weil hier im Krieg ein israelisches Flugzeug abgestürzt ist. Zwischen 1948 und 1967 zog sich mitten durch das Dorf ein langer Stacheldrahtzaun und teilte es in zwei Hälften. Geschwister, Vettern und andere Verwandte, die auf verschiedenen Seiten des Zauns lebten, konnten sich neunzehn Jahre lang nicht gegenseitig besuchen. Unsere Hausbesitzerin sagte, nur an den Festen und den Hochzeiten erlaubten die israelischen und jordanischen Soldaten den Familienmitgliedern, am Zaun zu stehen und sich mit zwei Fingern die Hände zu drücken. Sie zeigte uns ein Foto von einer Hochzeit, die auf zwei Seiten des Zauns gefeiert worden war. Die eine Hälfte der Familie lebte in Jordanien, die andere Hälfte in Israel, sagte sie und lachte. Jetzt befinden sich beide Dorfhälften in israelischer Hand. Nur dass diejenigen, die erst 1967 besetzt worden waren, nur einen Einwohnerausweis haben und die anderen, die schon 1948 besetzt worden waren, einen Staatsbürgerausweis und deshalb als besser und vertrauenswürdiger gelten. Jedenfalls sind ihre Häuser höher. So ist es nun mal, in Israel hat es immer Arbeit gegeben.

Ich und meine Frau sind Staatsbürger, und deshalb behandelt uns unsere Hauswirtin mit Achtung, denn wir sind in der Kranken- und Rentenversicherung, und wir sprechen Hebräisch. Die Häuser der Dorfhälfte, die 1967 erobert wurde, sind billiger, denn es gibt kein Abwassersystem, sie werden von arabischen Gesellschaften mit Wasser und Elektrizität versorgt, und es kommt viel häufiger zu Wasser- und Stromausfällen. Als der Krieg anfing, war die palästinensische Hälfte stärker bedroht, denn jedes Mal, wenn die Israelis Bethlehem, Beit Jala und Beit Sahur beschossen, fiel bei uns der Strom aus. Zwar liegt zwischen uns und den bombardierten Dörfern eine große Siedlung, aber wir gehören trotzdem noch zu den Palästinensern, zumindest was Wasser und Strom betrifft. Mit Beginn der Intifada wurde das Leben viel schwerer, und ich und meine Frau bedauerten langsam, dass wir keine Wohnung im israelischen Teil genommen hatten. Dort ist es zwar ein bisschen teurer, aber wir hätten uns auch mit einer kleineren Wohnung begnügen können.

Seit Ausbruch des Kriegs treiben sich in der palästinensischen Hälfte viel mehr Soldaten herum, die Stromausfälle machen den Winter schwerer zu ertragen, vor allem für die Kleine. Wir können die Explosionen hören, aber bis zu uns sind sie noch nicht gekommen. Es ist ruhig auf der palästinensischen Seite von Beit Zafafa, die Leute hier wissen, dass, wenn sie sich an der Intifada beteiligen, die arabischen Mieter ihre Wohnungen verlassen werden, und die Miete macht einen großen Teil ihrer Einnahmen aus. Fast alle in der palästinensischen Hälfte von Beit Zafafa haben ein Zimmer frei geräumt oder ein Haus zum Vermieten gebaut, für Bürger wie uns, die aus ihrem Dorf in die große Stadt geflohen sind. Die Leute hier identifizieren sich mit jenen, die ein paar hundert Meter von ihnen entfernt beschossen werden, man sammelt Geld und Spielsachen für die Kinder in den Flüchtlingslagern, aber keiner wird auch nur einen Stein auf die jüdischen Soldaten werfen, die ihnen vor den Füßen herumlaufen. Es ist peinlich, was die Leute für ein etwas höheres Einkommen zu tun bereit sind.

Wir haben ein kleines Haus, die Kleine schläft mit uns im Schlafzimmer, auch die Küche und die Toilette sind klein. Wenn ein Jude umgebracht wird, backt auch unsere Hauswirtin »basbousa« und bringt uns etwas auf einem kleinen Teller. Sie nimmt ihr Kopftuch ab und hält sich damit den Mund zu, damit man nicht hört, wenn sie kleine, unterdrückte Freudenschreie ausstößt.

Unsere Hausbesitzerin ist eine Flüchtlingsfrau aus Kfar Malcha. Manchmal steigt sie aufs Dach und schaut zu ihrem Haus hinüber. Es steht noch immer da, zwei Meter von der Moschee entfernt. 1948 floh sie zum südlichen Teil von Beit Zafafa, der jordanisch wurde, und seit 1967 hat sie eine Arbeit an der Universität. Sie leitet eine Abteilung und ist verantwortlich für die Sauberkeit der Toiletten in der juristischen Fakultät. Als der Krieg ausbrach, betete einer ihrer Brüder in der El-Aqsa-Moschee, wie an jedem Freitag, und wurde getötet. Er war Installateur mit einem kleinen Fiat, und seine Schwester hatte ihn immer gerufen, wenn es bei uns eine Verstopfung gab. Als unsere Tochter geboren wurde, hatten er und seine Frau uns mit ihren Kindern besucht und ein Geschenk mitgebracht.

5

Ich liege auf dem Sofa und will mich vom Fernsehen verführen lassen. Brautkleider ziehen an mir vorbei. Ich versuche, mich an meine Hochzeit zu erinnern, aber ich bin zu betrunken dafür. Ein Bruder der Hausbesitzerin hat gerade geheiratet. Ohne zu viele Gäste, ohne Musik und ohne Essen. Nur eine halbe Stunde saß man zusammen, seine und ihre Familie.

Wieder wird geschossen, und bald darauf gibt es wieder einen Stromausfall, der meine Frau aufweckt. Ich verstehe nicht, warum sie ausgerechnet dann aufwacht, wenn es still und dunkel wird. Sie ruft mich aus dem Schlafzimmer, versucht, laut genug zu sprechen, damit ich sie höre, aber doch leise genug, damit die Kleine nicht aufwacht. »Die Kerze steht auf dem Fernseher«, sagt sie.

Im Sommer hört man die Schüsse und die Explosionen lauter, und nachts hört man sie am lautesten. Man sitzt da und versucht sich vorzustellen, wohin die Einschläge treffen, wie die Helikopter ihr Ziel suchen, herabsinken und schießen. Die Piloten sind Elitesoldaten. Bestimmt sind sie in meinem Alter, aber sie sehen ganz anders aus, sie haben gut geformte Körper und schöne Gesichter. Sie beenden ihre Arbeit am Abend, verlassen das Flugzeug, nehmen ihre Helme ab und ordnen sich mit einer Handbewegung die Haare. Helle Haare, vielleicht blonde, aber in der Dunkelheit sieht man nicht gut. Vielleicht kann ich mich auch wegen des Alkohols nicht richtig konzentrieren.

Wieder ist eine Salve von Schüssen zu hören. Meine Frau bückt sich, und ihr Schatten an der Wand erschreckt mich einen Augenblick lang. »Als gehörten wir nicht dazu«, sagt sie gähnend. »Wir schauen uns alles von der Seite an, wie Fremde. Wir tun nichts.«

»Morgen, morgen werde ich die Elektrizitätsgesellschaft anrufen«, sage ich. »So kann es nicht weitergehen. Ich werde sie verklagen.«

Ich werde auch meinen Vater verklagen. Ich werde ihn dafür verklagen, dass er Hoffnung in mein Herz gepflanzt hat. Eine Hoffnung, die mich betrogen hat. Ich werde ihn dafür verklagen, dass er mich zu singen gelehrt hat: »Wir sind auf die Straße gegangen, wir haben die Fahnen geschwenkt, wir haben für unser Land schöne Lieder geschmettert.« Ich werde ihn dafür verklagen, dass er während des Libanonkriegs gesagt hat, das sei die große Dunkelheit vor dem großen Licht. Ich lache ihn aus, weil er immer wieder, wenn sie Gaza und Ramallah bombardieren, sagt: »Das war's, das ist ihr Ende.«

Jetzt erinnere ich mich daran, wie wir einmal sangen: »Lieder zur Freiheit, zur nationalen Einheit.« Ich erinnere mich, wie mein Vater seine Stimme hob, als wir sangen: »Der Aufstand der Völker ist der Weg zum

Sieg.« Ich werde ihm nie verzeihen, dass er uns eingeredet hat, wir könnten den Feind mit Reifen und Steinen besiegen.

Ich habe nicht das geringste bisschen Hoffnung im Herzen, ich bin voller Hass. Ich hasse meinen Vater, weil ich seinetwegen das Land nicht verlassen kann, denn er hat uns gelehrt, dass es keinen Platz für uns gibt, dass es besser ist, auf unserer Erde zu sterben, dass man nicht aufgeben darf. Ich sehe ihn und sage ihm alles, was ich auf dem Herzen habe: Ohne den ganzen Mist, den er uns beigebracht hat, wäre ich schon längst weggegangen. Jetzt ist er betrunken wie ich, aber er hält noch immer an seiner Hoffnung fest. Wenn er sie verliert, wird er sterben. Die Hoffnung schwindet immer mehr, aber irgendwo ist sie noch zu spüren. Auch wenn er weint, wenn Nazaret angegriffen wird, kann man seiner Stimme anhören, dass dies das Unheil ist, das die Befreiung ankündigt. Genau wie er es damals geschrieben hat, als er im Gefängnis saß.

Ich erinnere mich nicht, wann die letzte Demonstration war, an der ich teilgenommen habe. Ich erinnere mich nicht, weshalb sie stattgefunden hat, für den »Tag der Erde«, den Nakba-Tag* oder für irgendwelche arabischen Arbeiter, die an einem der Grenzübergänge ums Leben gekommen waren. Ich weiß aber

* Der israelische Unabhängigkeitstag, den die Palästinenser Nakba, Katastrophe, nennen.

noch, dass mein Vater und seine Freunde die ganze Nacht davor gearbeitet hatten. Sie schrieben Parolen auf Transparente. Ich stand dabei, brachte ihnen Tusche in den Farben, die mein Vater verlangte. Von den anderen kannte ich nur meinen Mathematiklehrer, der aber so tat, als kenne er mich nicht. Sie schrieben: »He, Peres, he, Scharon, das ist unser Land, und wir sind da.« Sie schrieben: »Der Hase vom Golan spielt sich als Löwe vom Libanon auf«, und mein Vater sagte, das sei eine Anspielung auf Assad. Sie schrieben: »Mutter des im heiligen Krieg Gefallenen, freue dich – alle Kinder sind dein.« Mein Vater und seine Freunde malten palästinensische Fahnen und baten mich und meine Brüder, die Quadrate in Grün, Schwarz, Rot und Weiß auszufüllen. Erst damals lernte ich es, eine Fahne zu malen, und wir stritten uns, welche Farbe oben hinkäme, Grün oder Schwarz. Mein Vater sagte, das sei egal, nur die Absicht zähle.

Am nächsten Morgen wusste ich schon nicht mehr, um welche Absicht es ging, aber mein Vater sagte, auch wir müssten uns an der Demonstration beteiligen. Ein Lieferwagen mit Lautsprechern fuhr vor unserem Haus los, und ich und meine Brüder und noch ein paar Freunde meines Vaters liefen hinterher, mit den Schildern, die wir gemalt hatten. Durch den Lautsprecher hörte ich die Stimme meines Vaters, und andere Leute schlossen sich dem Zug an, der dem Lieferwagen folgte. Ich hatte das Gefühl, alle seien dabei. Allmählich wurde der Zug riesengroß. Ich und meine

Brüder versuchten, unseren Platz nahe beim Lieferwagen zu behalten, nahe bei unserem Vater. Als wir wieder an unserem Haus vorbeikamen, warteten meine Mutter und meine Großmutter mit Kannen und mit Wasserflaschen und gaben den Demonstranten zu trinken. Meine Mutter sagte: »Gott möge euch segnen«, und man konnte sehen, dass sie weinte. Sie hielt den Lieferwagen an und reichte meinem Vater kaltes Wasser in einem Glas, so wie er es mag.

»Was wird sein?«, fragt meine Frau. »Krieg?« Und ich denke, hoffentlich geht sie wieder ins Bett, denn gerade fing ich an, die nächste Kampfpilotin auszuziehen.

Der Lärm der Juden dringt aus dem oberhalb gelegenen Viertel bis zu uns. Man hört, wie sie sich sammeln und immer mehr werden und die Straße entlangmarschieren, die oben am Hang, nicht weit von uns, angelegt worden ist. Das Haus, in dem wir wohnen, liegt ziemlich allein, es ist das Haus, das den Juden am nächsten liegt. Der Hausbesitzer, der über uns wohnt, klopft an die Tür, er hat eine Taschenlampe in der Hand und sagt mit besorgtem Gesicht: »Die Juden greifen an.«

Die Stimmen der Juden werden lauter. Unter den Laternen, die ihre Straße erleuchten, kann ich sehen, wie sie in die Richtung unseres Hauses strömen. Es ist gefährlich, hier zu bleiben, und die Wirtsleute laden uns ein, mit ihnen in das alte Haus ihrer Eltern mitten im Dorf zu gehen. Dort seien wir sicherer.

Meine Frau fängt an zu weinen, und ich sage: »Wir fahren nach Hause.« Ich nehme die Kleine aus dem Bett. Sie brüllt. Ich wickle sie in eine Decke, und wir fahren los. Ich hoffe, dass man die Straße, die aus dem Dorf führt, noch nicht abgesperrt hat, aber sie stehen schon mit Polizeiwagen dort. Ich werde den Polizisten sagen, dass ich Staatsbürger bin und mir hier nur eine Wohnung gemietet habe. Ich werde ihnen meinen Ausweis zeigen. Man hat ihn mir in einem Büro des Innenministeriums in Netanya ausgestellt. Ich bin kein richtiger Palästinenser. Ich werde ihnen sagen, dass die Kleine krank ist.

Ein großer Stein fällt mir vom Herzen, als wir zum beleuchteten Teil der Stadt kommen. Sie haben mich nicht erkannt, ich verlasse mich darauf, dass ich wie ein Jude aussehe. Sie sollen nur nicht meine Frau anschauen. Hätte ich denn keine finden können, die ein bisschen heller ist? Sie versucht, die Kleine auf Arabisch zu beruhigen, und ich schreie sie an, sie soll den Mund halten, wenn sie am Leben bleiben will. Die Juden sind noch nicht bis zum Eingang des Viertels gekommen, und diejenigen, die wir unterwegs dorthin treffen, werfen einen misstrauischen Blick ins Auto, aber wenn sie mich sehen, beruhigen sie sich. Wir müssen von hier fliehen. Ein Glück, dass ich nicht zu jenen gehöre, die sich eine Kette an den Spiegel hängen, ein Glück, dass ich keine Chamsa oder etwas auf Arabisch Geschriebenes im Auto habe. Ich habe ein ziemlich jüdisch aussehendes Auto, einen Subaru, zum

Glück keinen Peugeot oder einen alten Opel Ascona. Ich habe es schon immer gut geschafft, nicht aufzufallen.

An den arabischen Sendern im Radio drehe ich blitzschnell vorbei. Ich komme zu »Galej ha-Zahal«, dem Militärsender, und stelle ihn sehr laut, bis wir aus der Stadt sind. Moscheen werden verbrannt, man beschießt Dörfer und Städte. Es gibt bereits Tote. Ein seltsamer Schmerz ergreift meine Fuß- und Handgelenke, sie fühlen sich hohl an, als wären sie mit kalter Luft gefüllt, die sie lähmt.

Ich fahre viel schneller aus Jerusalem hinaus als sonst. Noch nie bin ich so schnell gefahren, wenn die Kleine im Auto ist. Ich habe Angst, an den Abfahrten von Motsa-tachtit nach Motsa-ilit und von Mevasereth nach Abu Gosch stecken zu bleiben. Die Straßen sehen ganz normal aus. Von Zeit zu Zeit streift uns das Licht eines entgegenkommenden Autos. Ich suche mit den Augen nach Schwertransportern mit Panzern, die mit Netzen und grünen Tüchern bedeckt sind. Am Scha'ar Hagay erhöhe ich normalerweise meine Geschwindigkeit, aber heute bin ich vorsichtig, denn auch die Verkehrspolizisten können gefährlich sein. Das hätte mir jetzt gerade noch gefehlt, dass irgendein Polizist meinen Ausweis sehen will und sofort weiß, wer und was ich bin.

6

An den Tagen, an denen es Anschläge gibt, sagt meine Frau, dass wir sparen müssen. Wir brauchten keinen Kabelanschluss, für das Geld, was das monatlich koste, könnten wir uns jedes Jahr etwas Neues kaufen. Statt fernzusehen, könnten wir uns neue Sofas anschaffen. Die Dinger, die wir im Wohnzimmer hätten, könne man schwerlich Sofas nennen. Außerdem brauchten wir einen neuen Herd. Und uns fehle eine Mikrowelle, um das Essen für die Kleine anzuwärmen. Sie wolle keine teuren Sofas, ihr reichten die billigsten. Sie habe ein paar gute Sachen bei »Golan-Möbel« gesehen, in Talpiyot. Es lohne sich ohnehin nicht, etwas Teures zu kaufen, weil wir alle ein, zwei Jahre die Wohnung wechseln und bei jedem Umzug die Möbel leiden. Als wir das letzte Mal die Wohnung gewechselt haben, haben die Möbelträger den Kühlschrankgriff abgebrochen, außerdem ist es ihnen nicht gelungen, den Kleiderschrank wieder aufzustellen.

Meine Frau sagt, die besten Sachen werden wir uns kaufen, wenn wir in unser Haus in Tira ziehen. Bis jetzt gibt es nur einen Rohbau, aber mit Hilfe meiner Eltern werden wir das Haus in einem Jahr fertig stellen können. Ihr Vater wird uns die Elektrogeräte kaufen. So ist es nun mal, der Mann baut das Haus, und die Frau bringt den Strom. Ihrer kleinen Schwester hat er wirklich gute und teure Geräte gekauft. Er ist ein Geizhals, aber er hat das Bedürfnis, andere Leute wie mich zu beeindrucken.

Wenn ich jetzt nicht nach Tira zurückkehre, geht das ganze Geld, das meine Eltern gespart haben, an meinen kleinen Bruder. Er hat seine Ausbildung abgeschlossen und geht nach Tira zurück. Er wird es meinem großen Bruder nachmachen, der vor einem halben Jahr geheiratet hat und schon in einem eigenen Haus hinter dem Haus meiner Eltern wohnt. Ein großes, schönes Haus mit Garten. Daneben stehen zwei identische Rohbauten, einer für mich und einer für meinen kleinen Bruder. Meine Frau sagt, sie versteht nicht, was ich an Beit Zafafa finde, wo wir von den schrecklichsten Juden umgeben sind. Von Giloh, von Schchunat Pat, von Ha-Katmonim. In Tira hört man wenigstens keine Hubschrauber und keine Maschinengewehre. Dort stellt man nicht jedes Mal den Strom ab, wenn in Beit Jala geschossen wird. Sie sagt, sie wird dort in der Gemeinde arbeiten. Sie hat sowieso schon die Nase voll, dass an ihrem Arbeitsplatz nach jedem Anschlag keiner mit ihr spricht. Sie weiß, dass man in Tira Sozialarbeiter braucht. Es gibt viele Probleme und zu wenig Arbeitskräfte.

Bevor mein kleiner Bruder sich verlobte, fragte er, ob ich vorhätte, nach Hause zurückzukehren, denn wenn nicht, würde er den Rohbau vorziehen, den sie für mich gebaut hatten. Damit würde er viel sparen. Er wolle schnell heiraten. Er hat sich mit einem Mädchen aus Gaza verlobt, das mit ihm gelernt hat. Die Entfernung mache es ihm schwer. Ich sagte, von mir aus könne er beide Rohbauten bekommen, weil ich nie zurückkehren würde.

Ich verstehe nicht, woher mein Vater das Geld hatte, drei Rohbauten hinzustellen. Ich war sicher, dass er überhaupt kein Geld hat. Er hat sich ewig über die Ausgaben für meine Ausbildung beklagt und gesagt, wenn das Studium mir wenigstens etwas nütze, wäre es nicht so schlimm, aber ich würde ja einfach meine Zeit vergeuden. Dabei fing ich schon in meinem ersten Jahr an der Universität an zu arbeiten. Ich wollte nicht im Studentenheim wohnen, und mein Vater sag te, um eine Wohnung zu finanzieren, müsste ich mir eine Arbeit suchen.

Wir müssen Geld sparen, so wie deine Eltern gespart haben, sagt meine Frau. Woher, glaubst du, haben sie dieses Geld? Manchmal schätzt sie den Wert des Besitzes ab, den meine Eltern haben, die Häuser, den Boden, und sagt, das alles sei über eine Million Dollar wert. Sie sagt, dass ich aufhören solle, so naiv zu sein, und seit der Hochzeit meines großen Bruders, vor weniger als einem Jahr, haben sie es bestimmt geschafft, so um die fünfzigtausend Dollar zu sparen. Wenn ich so weitermachte, würde ich nichts bekommen. Dann wären meine Eltern nie bereit, mich zu unterstützen.

An Tagen, an denen Hubschrauber über unser Haus fliegen, habe ich das Gefühl, dass meine Frau Recht hat und es wirklich an der Zeit ist, nach Tira zurückzukehren. Dass es an der Zeit ist, Jerusalem hinter uns zu lassen und etwas Neues anzufangen. Wenn ich jetzt nicht zurückkehre, werde ich warten müssen, bis sie meinen kleinen Bruder in einem voll möblierten Haus verheiratet haben. Jetzt hätte ich die Chance. Das Leben dort ist vielleicht besser, klarer. Meine Frau sagt, ich hätte nichts mehr zu verbergen. Dass ich trinke und rauche, wüssten meine Eltern bereits, und außerdem habe sie wirklich nie verstanden, wie ein verheirateter Mann von fünfundzwanzig noch Angst davor haben kann, dass seine Eltern herausfinden, dass er raucht. Nur an dem Tag, als meine Frau das Kind bekam, habe ich meinen Vater um die Erlaubnis gebeten, eine Zigarette zu rauchen.

Den Alkohol kann ich im Schrank verstecken, sagt meine Frau. So wie mein Vater. Er trinkt viel, er hat immer eine Flasche Whisky im Schlafzimmerschrank. Ich wage nicht, etwas davon zu nehmen, obwohl ich oft Lust dazu habe. Früher, als meine Großmutter noch Kraft hatte, suchte sie nach seinen Flaschen und zerschlug sie draußen und erfüllte die Nachbarschaft mit Geschrei über ihren verdorbenen Sohn. Vergeudet sein Geld für Alkohol, statt es für seine Kinder zu sparen. Wer wird sie später zur Universität schicken? Wer wird ihnen Häuser bauen? Sie schrie, bis ihr Gesicht ganz rot war und ihre Stimme fast brach. Daran sei meine Mutter schuld, sagte Großmutter immer. Sie schaffe es nicht, ihren Mann zu erziehen. Sie sitzt mit ihm da und ist zufrieden, dass er trinkt. Die Kinder sind ihr egal, das ganze Geld gibt sie für Kleider und Restaurants aus. Für jede Flasche, die er trinkt, für jede Bluse, die sie kauft, könnte sie noch ein Huhn für die Kinder bekommen.

7

Jedes Mal, wenn ich in die Küche gehe, beschließe ich, dass ich eine Geliebte brauche. Sogar meine Frau weiß es schon. Nach der Geburt der Kleinen sagte sie, das spiele für sie keine Rolle mehr. Von ihr aus könne ich sie auch zu uns nach Hause mitbringen. Sie sagt, nach islamischem Gesetz sei das erlaubt, es gebe etwas, was »Heirat aus Vergnügen« heiße.

Meine Frau sagt schon seit einigen Monaten, dass ich sie nicht ertragen könne. Das stimmt, sage ich, ich habe sie nie ertragen können, aber in der letzten Zeit kann ich sie besonders schlecht ertragen. Sie fragt, was sich geändert habe, und ich antworte nicht. Dann sage ich, bei mir habe sich gar nichts geändert, sie sei es, die, seit sie Mutter wurde, empfindlicher geworden sei.

Ich suche nach einer arabischen Geliebten, am liebsten nach einer verheirateten. Eine, die mich versteht, mit der ich sprechen kann. Sie kann geschieden sein oder eine Junggesellin, die viel erlebt hat. Ich hätte eine Anzeige in die Zeitung gesetzt, wie viel kann das schon kosten? Aber ich habe Angst, eine Hässliche könnte sich melden, oder dass irgendwelche Araber wissen wollen, was für ein Perverser das ist, der so eine Anzeige schreibt. Sie könnten einen Brief mit einem Foto in den Postkasten werfen, ein Treffen in irgendeinem Café ausmachen, und dann käme plötzlich einer meiner Nachbarn herein, und ganz Beit Zafafa würde über mich herziehen.

Auch so spricht man über mich als Versager. Ein Taxifahrer, der mich einmal zu Hause abgeholt hat, sagte, nachdem er meinen Namen erfahren hatte: »Ach, Sie sind der, der jeden Tag betrunken nach Hause kommt.« Viele Taxifahrer aus dem Ort fahren nachts in der Innenstadt herum. Ich sehe, welche Blicke sie mir zuwerfen, wenn ich von der Bar zum Auto gehe. Ich habe angefangen, die Mülltüten mitzunehmen, obwohl ich das nicht müsste. Nur damit die Taxifahrer merken, dass ich arbeite und nicht einfach nur Geld vergeude.

Leider musste ich die Möglichkeit aufgeben, in Beit Zafafa eine Geliebte zu finden. Manchmal, wenn wir in Tira sind, erzählt mir meine Schwiegermutter, dass man wieder eine verheiratete Frau mit einem Nachbarn oder einem Fremden erwischt hat. Das erstaunt mich jedes Mal, arabische Frauen, die ihre Männer betrügen. Ich schätze sie. Ihr Ende ist stets tragisch, man erwischt sie immer in einer der Pflanzungen von Tel-Mond oder von Ramat Hakowesch. Die Pflanzungen, »al-bayarat«, waren immer Orte, an denen man verbotene Dinge trieb. Ich bin mit Geschichten von Verfolgungsjagden in den Pflanzungen aufgewachsen, von gestohlenen Autos, die man in den Pflanzungen verbrannte, von Leichen von Kriminellen, die in den Pflanzungen gefunden wurden, oder von jungen Mädchen, die man an den Ästen von Orangen- oder Avocadobäumen aufgehängt gefunden hatte. Wenn so etwas in Tira passiert, passiert es bestimmt auch in Beit Zafafa, nur hier erfahren wir es nicht, wir sind fremd und kennen die Protagonisten nicht. Hier gibt es keine Pflanzungen, und ich habe noch nicht herausgefunden, wo sich der Tatort der Araber befindet. Manchmal denke ich an das Einkaufszentrum von Malha oder sogar an den biblischen Zoo.

Wenn ich eine Geliebte hätte, würde ich nicht wissen, wohin ich mit ihr gehen könnte. Alle Orte, die mir einfallen, erscheinen mir zu gefährlich, zu offen. Araber sitzen in allen Cafés, in allen Bars, und sie arbeiten in fast allen Restaurants der Stadt. Vielleicht würde jemand sie kennen? Vielleicht hat mich schon mal jemand gesehen? Wenn ich mutig genug wäre, würde ich mit meiner Geliebten in den Jerusalem-Wald fahren, dort würden wir einen geeigneten Platz finden. Notfalls würde ich das Auto abstellen, und wir würden einen der Pfade zu Fuß hinabgehen, uns hinsetzen, uns unterhalten und die Landschaft betrachten. Wenn es dunkel würde, könnten wir im Auto schmusen. Ich muss unbedingt einmal im Auto schmusen. Vielleicht kommt sie ja im BMW ihres Mannes, oder er hat einen Volvo. Aber ich würde nie zum Wald fahren. Angenommen, man würde mir das Auto klauen, dann müssten wir fünf Stunden zu Fuß in die Stadt zurückgehen. Und wenn irgendwelche Araber uns umbringen würden, täte dieser Irrtum keinem Leid, noch nicht mal den Arabern. Sie würden sagen, dies sei ein Zeichen Gottes, er habe die Sünder bloßstellen und bestrafen wollen. Da wäre es schon besser, sich in den Pflanzungen von Tel Mond aufzuhängen, als umgebracht zu werden, weil man mich mit einem Juden verwechselt, noch dazu mit einem Juden mit einer Geliebten. Woher sollen sie wissen, dass wir Araber sind, wenn wir im Wald sitzen und schmusen? Ich bin fast sicher, dass sie nicht verschleiert sein wird.

Ich bin nicht besonders schön. Meine Frau sagt, ich sei in Ordnung. Sie sagt, ich hätte keinen Hals und mein Kopf sei zu groß. Sie sagt, ich müsste mit geradem Rücken gehen, damit würde ich fünf Zentimeter größer. Sie hat mir in der Apotheke ein Gerät gekauft, das dazu dienen soll, den Rücken zu stützen, aber nach einer Woche hat es sich verbogen. Ich bin nicht dick, aber ich habe zu volle Wangen. Ich betrachte mich im Spiegel und sehe die Polster, die weg müssen. Sie sind wirklich hässlich, aber auch wenn ich abnehme, werden sie bleiben. Meine Frau sagt, das liege an meiner Schädelform und nichts würde helfen. Ich versuche, nicht zu viel zu essen, und wenn ich es schon tue, möglichst viel zu erbrechen. Ich gehe nie aus dem Haus, noch nicht einmal zum Lebensmittelgeschäft, ohne dass ich erbrochen habe. Meine Frau sagt, ich hätte keine guten Proportionen. Mein Körper ist dünn und mein Kopf riesig. Ich müsse etwas dicker werden.

Ich brauche dringend eine Geliebte, wie lange halte ich es noch mit derselben Frau aus? Es liegt nicht an mir. Die ganze Zeit wird im Fernsehen davon geredet, dass bestimmte Hormone aufhören zu arbeiten, wenn man länger als vier Jahre mit demselben Partner zusammen ist. Wissenschaftlich betrachtet, laufe ich also schon seit zweieinhalb Jahren ohne diese chemischen Stoffe herum. Manchmal glaube ich, dass ich deshalb kotze.

Meine Frau sagt, wenn ich mich nicht ändere, würde ich nie eine Geliebte finden. Ich sei zu faul, ich würde mir noch nicht einmal die Mühe machen, den Aschenbecher auszuleeren. Ich sei zu sehr in mich selbst versunken, um etwas in eine Geliebte zu investieren. Du musst etwas investieren, sagt sie, und ich verstehe nicht, was das heißen soll, investieren. Sie erklärt es mir: »Investieren, Gefühle investieren, dazu bist du nicht fähig. Von dir aus soll kommen, was kommt – ›ahalan wasahalan‹, herzlich willkommen. Ich wünschte, du hättest eine Geliebte. Wie sie leiden würde! Wenigstens gäbe es dann noch eine Frau, die wüsste, wie du bist. Vielleicht könnte sie mir auch mit der Kleinen und dem Haushalt helfen.«

Manchmal sagt meine Frau, ich hätte ein reines Herz, ich sei der beste Mann auf der Welt. Und manchmal sagt sie, ich sei der Böseste aus einer bösen Familie, in der niemand weiß, was Liebe ist, und für mich wäre es am besten, betrunken zu sein. Manchmal erinnert sie sich, wie ich ihr am Anfang vorgekommen bin. Wie gut ich ihr gefallen habe. Wie ich früher freitags zum Supermarkt gegangen bin, wie ich Tomaten, Kopfsalat und Gurken gekauft, einen Salat gemacht und für sie Schnitzel gebraten habe. Jetzt lacht sie über sich selbst, weil sie einmal geglaubt hat, ich wäre ganz anders.

8

Mein Vater sagt immer, ich hätte keine Liebe im Herzen, ich sei nicht für die Liebe gebaut. Meine Frau stimmt ihm zu. Sie habe noch nie einen so gleichgültigen und gefühllosen Menschen wie mich getroffen. Ich sei unfähig, andere überhaupt wahrzunehmen. Für mich sei ich das Zentrum, und die ganze Schöpfung drehe sich um mich. Sie sagt, sie hasse mich, ich könne mir gar nicht vorstellen, wie sehr sie mich hasse. Sie wäre froh, wenn man bei mir Krebs feststellte und ich möglichst bald sterben würde. Sie könne mich nicht mehr sehen. Ich sei die erdrückendste Last in ihrem Leben, wenn ich nur bald sterben würde, amen. Sie würde nicht lange warten nach meinem Tod und schnell wieder heiraten. Nur meinetwegen habe sie vergessen, was Lebensfreude ist. Ich hätte sie kaputtgemacht, zerstört, sie mit meiner Depression in ihren Zwanzigern zu einer alten Frau gemacht. Sie wünschte nur, ich hätte einen Verkehrsunfall und würde sterben. Sie wolle nicht, dass ich verkrüppelt davonkomme, sie wünschte sich einen entscheidenden Schlag, dass ich auf der Stelle tot wäre. Eigentlich würde es ihr nichts ausmachen, wenn ich zwei Tage dahinsiechen würde. Im Gegenteil, sie würde sich freuen, wenn ich vor meinem Tod leiden müsste. Ich wäre nicht ohne Bewusstsein, und sie würde im Krankenhaus an meinem Bett stehen. Sie würde weinen und meine Hand halten, wenn alle Leute kämen, um mich ein letztes Mal zu besuchen. Und wenn wir allein wären, würde sie lächeln und sich freuen. Sie würde wissen, dass ich sehe, wie glücklich sie ist. Sie würde lautlos lachen und mir ins Ohr flüstern: »Es geschieht dir ganz recht, du Hurensohn!«

Wie sie geweint hat, als wir das erste Mal miteinander geschlafen haben. Das Laken im Zimmer des Studentenwohnheims war voller Blut, und sie hörte die ganze Nacht nicht auf zu weinen. Sie saß im Bett, hatte die Knie angezogen und den Kopf in die Arme gelegt und weinte. Ich war überzeugt, dass sie drauf und dran war, sich zu Tode zu weinen. Etwas Fürchterliches würde passieren, das war mir klar, und ich konnte nichts tun. Hilflos und erschrocken saß ich ihr gegenüber und versprach ihr wieder und wieder, ich würde sie heiraten, wenn sie das wolle, ich sei bereit, sie auf der Stelle zu heiraten. Was spielte es schon für eine Rolle, dass ich erst neunzehn war?

Sie konnte nicht mehr zurück. Nicht ohne ihr Jungfernhäutchen. Man würde sie umbringen, man würde mich umbringen. Niemand würde sie je heiraten. Höchstens ich, aber kein anderer. Frauen ohne Jungfernhäutchen werden in der Hochzeitsnacht nach Hause geschickt. Nach Hause getreten. Was für eine Schande – eine mangelhafte Ware, die man loswerden muss. Ich würde so etwas nie tun. Ich würde sie meinetwegen nicht leiden lassen. Ich habe die Jungfernhaut zerrissen, und ich trage die Verantwortung.

»Das war ein schwarzer Tag«, sagt meine Frau. »Aaaach, wie dumm ich war. Verflucht seien die Umstände, die mich dazu gezwungen haben, bei dir zu bleiben. Du Stück Vieh. Warum Vieh? Sogar ein Vieh hat mehr Gefühl als du. Ich wünschte, du würdest sterben. Ich wünschte, ich würde dich loswerden. Es lohnt sich nicht, sich weiter zu bemühen und dich weiter zu lieben.« Und wieder verflucht sie ihre Eltern und ihre Familie, denn ihretwegen konnte sie mich nicht einfach fortjagen. Wenn sie stark wäre, würde sie mich töten, sie würde mich um den Hals packen und nicht loslassen. Sie hebt beide Fäuste zur Demonstration und fährt damit durch die Luft. Sie möchte meinen Kopf an die Wand schlagen, wieder und wieder, damit er zerbricht. Sie sagt, ich hätte keine Ahnung, wie sehr sie mich hasst, von meinem Anblick allein wird ihr schlecht. »Ich hasse dich, ich hasse dich. Du Hund, du Vieh.«

Manchmal überlege ich, meine Kleider ins Auto zu packen, ein paar Bücher mitzunehmen, die ich längst gelesen habe, Bücher, von denen ich weiß, dass ich sie einmal geliebt habe, auch wenn ich inzwischen vergessen habe, warum. Ich würde das Autoradio reparieren und von hier wegfahren. Vielleicht für ein paar Tage nach Eilat. Ich war noch nie in Eilat. Wenn ich den Mut hätte, die Grenze zu passieren, würde ich in den Sinai fahren. Und wenn ich keine Tochter hätte, würde ich nie mehr zurückkommen.

Als ich erwachsen wurde, verstand ich, dass man mich in die Irre geführt hatte. Dass das Jungfernhäutchen bei den Arabern nicht so heilig und rein ist, wie man mir weismachen wollte. Sie hat mich die ganzen Jahre reingelegt. Sie hat meine Naivität ausgenutzt, meine Kindlichkeit. Sie hat die Tatsache ausgenutzt, dass ich nicht erfahren genug war, und hat mir etwas von Ehre-oder-Tod eingeredet. Jahre der Angst und der Heimlichtuerei. Es gab ganze Nächte in Nachlaot, in denen ich nicht einschlafen konnte, obwohl mich dort kein Mensch kannte. Ich war sicher, man würde mich finden, und das wäre mein Ende. Niemals hielt ich mich zu Hause auf, ohne die Tür zu verriegeln, nie schlief ich mit offenem Fenster. Nicht, dass mich das gerettet hätte. Wenn jemand bei mir hätte eindringen wollen, hätte ihn nichts aufgehalten. Aber ich musste alles daransetzen, den abzuhalten, der gar nicht kommen würde, und ihm zurufen: »Ich bin bereit, auf der Stelle zu heiraten.«

Ich würde nie zu meiner Frau sagen: »Ich wünschte, du würdest sterben«, obwohl ich sie schon ein paar Mal tot vor mir gesehen habe. Ich weiß, dass ich den Verlust nicht ertragen würde. Dass ich plötzlich, wenn sie nicht mehr da wäre, anfangen würde, sie zu lieben, mich nach ihr zu sehnen und zu wissen, dass sie Recht hatte und was für ein Hurensohn ich war.

Wenn ihr etwas passieren würde, würde ich die Schuld auf mich nehmen. Ihr Tod würde mich überallhin verfolgen. Weil ich an ihn gedacht hatte, wäre ich auch an ihm schuld. Ich glaube, dass meine Wünsche sich schließlich immer erfüllen. Wenn sie stirbt, werde ich ihr Grab so oft wie möglich besuchen. Nicht nur an den Feiertagen, wie die anderen Leute im Dorf das tun. Am Anfang werde ich es mindestens einmal in der Woche besuchen, ich werde weinen, ich werde mit ihr sprechen, ich werde sie um Verzeihung bitten und Liebesworte sagen. Ich werde aus ganzem Herzen weinen. Es wird mir wehtun. Ich sehe mich an stürmischen Regentagen allein auf dem Friedhof sitzen, durchnässt und frierend, zusammengekauert in dem langen schwarzen Mantel, den ich nicht besitze. Ich werde mich auch nachts nicht fürchten hinzugehen. Ich werde einen Bart haben, der mir die Anmut und das Aussehen eines Leidenden verleiht. Ich werde am Grab jammern, und die Leute werden meinen Schmerz hören, und ab und zu werde ich einen Seufzer ausstoßen, dessen Echo in jedem Haus in Tira zu hören sein wird.

9

Ich glaube, ich bin auf der untersten Stufe angekommen. Ich habe schon fast alle moralischen Regeln, die ich mir vorstellen kann, hinter mir gelassen. Ich gehe jetzt nach Hause schlafen. Ich hätte gerne ein bisschen Radiomusik im Hintergrund, wenn ich einschlafe. Aber ich habe kein Radio. Die Anlage ist schon längst kaputtgegangen, und der Gedanke an eine Fahrt zur Werkstatt und an das Geld, was das kosten würde, erschreckt mich. Ich würde am liebsten schlafen gehen, ohne böse Gedanken.

Manchmal glaube ich, dass ich weiß, was Seelenruhe ist. Ich kann sie mir ausmalen. Ich weiß, wonach ich strebe. Ich möchte mit einem Buch ins Bett gehen. Mit irgendeinem Buch, vielleicht einem mit Witzen oder mit leichten Geschichten über den beliebten Schelm Djucha. Ich würde gerne mit Vergnügen lesen und mit einem Lächeln auf den Lippen einschlafen. Ich möchte, dass mir das Buch ganz langsam aus der Hand sinkt, dass es auf das Bett fällt, ohne dass ich es merke. Ich möchte gut zugedeckt sein, damit mein Körper genau die richtige Temperatur hat. Damit es mir weder zu kalt noch zu heiß ist. Ich möchte in der genau richtigen Stellung schlafen, die Kissen in der passenden Höhe, damit mein Nacken nicht schmerzt und damit ich mich nicht zu bewegen brauche. Kein Lärm soll zu mir dringen, und mein Kopf soll nicht wehtun. Die richtige Ruhe finden.

Ich möchte, dass auch meine Frau bei mir ist und dass sie sich in Schlaf und Ruhe mit mir verschränkt. Dass unsere Körper zusammenpassen. Sie kann ihren Kopf auf meine Brust legen, ihr Hals wird nicht krumm werden, und ihre Haare kommen nicht in meine Augen und nicht in meinen Mund. Ich kann sie umarmen, meine Hand unter ihren Kopf legen. Und meine Hand tut nicht weh und schläft nicht ein. Ich möchte ein Bein über ihre Hüfte legen, ohne dass es ihr zu schwer wird. Im Gegenteil, mein Bein ist ihr angenehm, es wärmt sie und tut ihr gut. Ihre Hüften sind mir eine bequeme Lehne, schmale und schöne Hüften. Sie lächelt mich an, sie sagt aus ganzem Herzen »ich liebe dich« und küsst mich. Ich fühle, wie ihr Kuss mir einen kindlichen, erfreulichen Traum bringt. Ich lächle im Traum, und meine Frau lächelt zurück und schläft ein.

Auch die Kleine schläft. Sie weiß, dass sie Eltern hat, die sie lieben und auf die sie sich immer verlassen kann. Sie hat das Lächeln eines Engels und eine trockene Windel. Sie möchte sprechen, um uns zu sagen, wie wunderbar wir sind, wie sehr sie uns liebt. Sie hat keine wunden Stellen auf der Haut, keine entzündeten Augen, und sie weint nie. Sie langweilt sich nicht, und sie weckt uns genau im richtigen Moment mit einem kleinen Gelächter und mit ihrem ersten Wort.

Vielleicht »Baba«. Meine Frau gönnt mir das, sie umarmt mich und sagt, sie habe schon immer gewusst, dass die Kleine zuerst meinen Namen sagen wird, denn ich bin so gut zu ihr. Umhülle sie mit Liebe.

Ich werde aufhören zu trinken. Vielleicht ein Glas Wein am Schabbat. Ich werde eine Flasche guten Wein in einem Delikatessenladen kaufen, nicht im Supermarkt. In einem Laden in einem guten Viertel. Einem Laden, in dem keine rumänischen Arbeiter kaufen, in dem es kein »Goldstar«-Bier gibt. Wir werden einen Satz Weingläser haben, den wir von den Eltern meiner Frau geschenkt bekommen. Die Flasche Wein, die ich in dem Laden gekauft habe, wird zu viel sein für zwei Personen, und wir werden ein befreundetes Paar einladen. Wir werden ein gutes Essen zu uns nehmen, wir werden satt sein, und der Magen wird uns nicht wehtun. Niemand wird das Bedürfnis haben, zur Toilette zu gehen. Wir werden genau so viel essen, wie uns gut tut, und wir werden keinen Bauch bekommen. Der Wein wird zum Essen passen. Vielleicht auch noch ein Stück feinen Kuchen zum Nachtisch, der das Vergnügen nur noch steigert. Er wird im Mund schmelzen. Er wird nicht am Gaumen kleben. Er ist leicht verdaulich, wir werden ihn ohne schlechtes Gewissen essen.

Ich werde nicht mehr an andere Frauen denken, ich werde keine Mädchenpos mehr betrachten. Ich werde Frauen mit Achtung behandeln und zuhören, was sie mir sagen, ohne böse Gedanken. Ich werde aufhören zu onanieren und keine Brüste und keine Fickszenen im Fernseher suchen. Und wenn so etwas mitten in einem guten Film passiert, werde ich es mir anschauen wie ein Kunstwerk. Es wird mich nicht aufgeilen. Meine Hände werden immer am richtigen Platz bleiben. Mir geht es gut mit meiner Frau. Sie weiß genau, was ich mag. Ich liebe sie, sie ist die Einzige, die ich begehre. Ihren langen Hals, ihr zigeunerhaftes Gesicht, ihre vollkommene Figur. Wir verstehen einander, wir nehmen aufeinander Rücksicht, wir sind immer zur richtigen Zeit fertig und haben Lust auf ein zweites Mal. Es gibt Nächte, in denen wir überhaupt nicht schlafen und bis zum Morgen Liebe machen. Sie wird nicht austrocknen, und ich enttäusche sie nie.

Ich werde jetzt nach Hause fahren. Langsam, im richtigen Gang. Ich werde den Motor nicht überdrehen. Ich muss möglichst ruhig sein. Hoffentlich ist kein Nachbar jetzt auf dem Weg zum Morgengebet. Hoffentlich ist es jetzt noch früh genug, dass die Arbeiter noch nicht an der Kreuzung warten. Ich werde den Kopf senken. Ich werde keine Zigarette rauchen, keine Musik hören. Ich werde jetzt schlafen gehen, und morgen ist ein neuer Tag. Ich werde es allen zeigen.

Morgen werde ich anfangen zu beten. Ich habe schon vergessen, wie man sich vor dem Gebet wäscht und was man sagt. Ich erinnere mich nicht mehr an die richtige Reihenfolge und nicht an die Zahl der

Gebete. Morgen kaufe ich mir eine Anleitung mit Bildern. So eine, wie wir in der Grundschule hatten. Bestimmt wäre ich nicht in diese Situation geraten, wenn ich weiter gebetet hätte. Schaut mich an, seht, was aus mir geworden ist. Ich, dem man einmal Erfolg vorausgesagt hat. Wie tief bin ich doch gesunken. Ich werde mir beweisen, dass ich ein guter Mensch bin, und dann werde ich nach Hause zurückkehren, nach Tira.

Ich habe keine Ahnung, was ich dort machen werde. Barmann werde ich bestimmt nicht sein können, denn bei uns im Dorf wird überhaupt kein Alkohol ausgeschenkt. Mein Vater sagt, ich müsse Sozialarbeiter werden. In Tira fehlen Sozialarbeiter. Ich kann jeden Morgen mit meiner Frau zur gleichen Arbeitsstelle fahren und dann wieder zurück. Vielleicht werde ich Lehrer. Wenn ich morgen anfange zu beten, habe ich noch eine Chance, Religionslehrer zu werden. Vielleicht nimmt man mich am College »Al-Shariya« in Hebron an. Es ist nicht schwer, dort einen Studienplatz zu bekommen, und es werden viele Religionslehrer gebraucht. Ich werde ein guter Lehrer sein, ich habe viel mitgemacht im Leben, es wird mir gelingen, meine Schüler auf den richtigen Weg zurückzuführen. Ich werde aufpassen, dass sie nicht auf die Nase fallen so wie ich. Ich werde sie von vornherein warnen, aber ohne ihnen zu offenbaren, wohin ich gekommen bin. Ich werde als guter Mann gelten. Die Leute werden zu mir kommen und mich bei religiösen Fragen um Rat fragen. Sie werden auf das hören, was ich ihnen sage, sie werden mich achten und meinen Rat befolgen. Mein Vater wird stolz sein, auch er wird anfangen zu beten. Vielleicht werden wir zusammen nach Mekka pilgern.

Langsam und allmählich werde ich mich in die örtliche Politik einmischen, und wenn meine Schüler im Gymnasium das Wahlrecht bekommen, werden sie mich auf die islamische Liste setzen. Sie werden dafür sorgen, dass ich ganz oben stehe, und bei den folgenden Wahlen werde ich in den Gemeinderat gewählt werden.

Ich werde von allen akzeptiert. Ich werde Mitglied in der Knesset. Die Medien werden mich lieben. Sie werden nicht glauben, dass ein mohammedanischer Parlamentarier so spricht, nicht extremistisch, mit Zartgefühl und fast akzentfrei. Ich werde mich gut ausdrücken und die Positionen einer ganzen Bevölkerungsschicht darstellen. Sogar die Juden werden mich als aufrechten Menschen achten. Ich werde gut auskommen mit den rechten Parteien und den Ultraorthodoxen. Ich werde Ministerpräsident werden. Zum ersten Mal wird ein Araber der islamischen Bewegung israelischer Ministerpräsident sein. Ich werde der Region Frieden und Liebe bringen. Die Wirtschaft wird blühen. Und kein Krieg wird am Horizont drohen. Ich werde den Vorderen Orient zu einer Großmacht machen. Ich werde der Vorsitzende der vereinigten Länder Asiens werden, und Israel wird im berühmtesten

Einkaufscenter von New York »makluba«, »zaatar« und »gefilte fisch« verkaufen. Das nackte Mädchen, das ich gestern zurückgelassen habe, wird es nicht glauben. Sie hat mit dem größten Führer der Welt geschlafen!

10

Es ist der Vorabend von Purim, und zwei Araber beherrschen den Tanzplatz. »Man darf Arabern nicht erlauben zu tanzen«, sage ich zu Schadiyah, die hinter der Bar neben mir steht. Sie kichert und stimmt mir zu: »Ekelhaft. In Negidat vergewaltigt man solche Leute. Ich sage dir, man schnappt sie und fickt sie, wann man will.«

Sie sind wirklich hässlich, vor allem der Kleine mit dem Schnurrbart. Er schwenkt seinen Arsch in engen Stoffhosen in kreisförmigen Bewegungen herum, die nicht nur ihn lächerlich machen, sondern auch jeden, der neben ihm tanzt, die ganze Bar und vor allem mich und Schadiyah. Wenn er nur ein bisschen Verstand hätte, würde er gar nicht erst versuchen zu tanzen. Warum sollen Araber wie er in einer Disko tanzen? Merken sie denn gar nicht, dass sie anders sind, wie wenig das zu ihnen passt, wie hässlich sie aussehen? Vor allem der Kleine mit dem Schnurrbart, der nicht aufhört, Erdnüsse zu knacken und seinen Hintern zu schwenken. Er zweifelt nicht daran, dass er ein Supermodel ist und jedes Mädchen, das neben ihm tanzt, eine Hure. Jedes Mal, wenn der hässliche Zwerg noch ein Bier bestellt, deutet er auf eine Frau und sagt: »Sie ist Russin, nicht wahr?«

»Das ist meine letzte Schicht«, sagt Schadiyah. »Ich kann das alles hier schon nicht mehr sehen. Ich kann schon keine Araber mehr sehen. Sie haben das Lokal kaputtgemacht und die betuchten Gäste vertrieben. Hierher kommen die hässlichsten Leute von Jerusalem, Nieten, die sich für Götter halten. Ich schwöre bei Gott, dass ich manchmal nicht übel Lust habe, ein paar Leute von Negidat einzuladen, damit sie herkommen und diese Typen zusammenschlagen, diese kleinen Scheißkerle. Besonders den mit dem Schnurrbart.« Sie kichert und verbirgt ihren Mund mit dem Handrücken.

Schadiyah war die erste Araberin, die ich kennen lernte, die wusste, wer Tom Waits war. Sie saß vor sieben Jahren einmal zufällig neben mir bei einer Vorlesung der philosophischen Fakultät. Ich wechselte eine Kassette im Walkman und sie erkannte ihn. Das änderte meine Einstellung gegenüber Arabern. Ihretwegen verstand ich, dass es auch andere gibt, dass nicht alle so sind. Aber außer ihr habe ich noch keinen Araber getroffen, dem die Musik, die ich mochte, ebenfalls gefiel.

Sie wohnt in der Altstadt und fährt nur an den Feiertagen nach Negidat. Sie sagt, zu Hause würde keiner mit ihr sprechen. Früher sei sie hingefahren, weil sie eine märchenhafte, familiäre beduinische Atmosphäre erwartet habe, aber sie sei jedes Mal depressiv zurückgekommen. Sie hat ein Buch geschrieben und das Manuskript an ein paar ägyptische Verlage geschickt, ohne eine Antwort zu bekommen. Sie glaubt, sie werden das Buch nicht annehmen, ihr Stil sei schwer verdaulich. Nur zwei Personen würden lieben, was sie schreibt, der eine sei schon lange tot und der andere Machmud Darwisch. Sie sagt, sie habe immer über ihre Kindheit schreiben wollen, aber das Problem sei, dass in Negidat manchmal eine ganze Woche lang nichts Nennenswertes passierte. Die Leute gingen von Zeit zu Zeit aneinander vorbei und fragten: »Wie geht's?«, und der Gefragte antwortete: »›Al hamdulilah‹ – Gelobt sei Gott.«

»Wie oft kann ich schon in einem Buch ›al hamdulilah‹ schreiben?« Sie lacht. »Ich habe ein ganzes Jahr lang daran gesessen. Am Schluss hat meine ganze Kindheit knapp vierzig Seiten gebracht.«

Sie wird die Arbeit in der Bar aufgeben. Vielleicht wird sie nach Neuseeland fahren, sie kann mit Schafen gut umgehen. Hier hat sie keine Chancen. Sie findet keine Arbeit. Eine Zeit lang hat sie als Kustodin in einer bedeutenden Kunstgalerie in Ramallah gearbeitet, aber jetzt ist Krieg. Hier in der Bar wird sie von allen belästigt, besonders von den Arabern. Sie halten sich für raffiniert, wenn sie verlangen: »Besorg mir einen Orgasmus.«

Sie kann es schon nicht mehr ertragen, wie man sie anschaut. Als ob sie, weil sie Araberin ist und in einer Bar arbeitet, schon gleich eine Hure wäre. Wenn jemand ein Wort zu ihr sagt, fährt sie sofort aus der Haut. Sie hebt den Diwan mit ihrem Geschrei. Schließlich stammt sie aus Negidat, und es fehlte ihr gerade noch, dass unwahre Gerüchte dorthin gelangen. Sogar wenn in den Straßen der Altstadt jemand etwas Blödes sagt, wenn sie vorbeigeht, fällt sie über ihn her und bringt ihn fast um mit ihrem Geschrei.

Schadiyah hat immer ein Messer dabei, das Messer, das sie stahl, als sie in der ersten Klasse war. Wenn es Schwierigkeiten gibt, versteckt sie es in ihrem Ärmel. Ihr Messer öffnet sich auf einen Knopfdruck, nicht wie mein Taschenmesser, an dem auch noch ein Nagelknipser, ein Schraubenzieher und ein Löffel sind. Schadiya lacht mich aus, wenn ich etwas von meinem Taschenmesser sage. Sie meint, sie könne eine gute Geschichte darüber schreiben, über Hanun Aschkenasi, der in die Verbrecherwelt eintrat. In ihrer Klasse war ein Junge namens Chusni, der eines Tages eine Bank ausraubte. Sie konnte es kaum glauben, als sie davon hörte. Früher war er nicht in der Lage gewesen, auch nur einen Radiergummi zu klauen. Jemand schoss auf ihn, als er mit dem Geld aus der Bank kam, einfach ein Hurensohn, der eine Waffe hatte. Ein Jude. Ihm ist nichts passiert, man hat ihn noch nicht mal festgenommen.

Das ist ihre letzte Schicht. Sie kann so nicht mehr weitermachen. Es ist Purimabend, und das Lokal stimmt so traurig. Es gibt keinen einzigen schönen Menschen. Die früheren Stammkunden werfen einen

Blick herein und verschwinden gleich wieder. Ich verstehe sie. Ich würde auch nicht in ein Lokal gehen wollen, in dem so hässliche Menschen tanzen. Ich und Schadiyah tanzen nicht wie sie, wir sehen auch nicht aus wie sie, und beide sind wir mit dem Gefühl hergekommen, dass wir am Purimabend Schwierigkeiten bekommen. Zum ersten Mal habe ich etwas in der Tasche, das sich zu einem Messer herausklappen lässt.

»Der Besitzer müsste einen Rowdy bezahlen, damit er sie rausschmeißt«, sagt sie, und ich nicke.

»Ich komme jedenfalls nicht mehr hierher. Und es ist mir egal, dass ich für meinen Alkohol bezahlen muss. Was ist mit dir, wirst du hier bleiben?«

Ich betrachte die Bar, die Bierflecken, die Zitronen, die Lupinenschalen, die sich in den Aschenbechern häufen. Heute leeren wir keine Aschenbecher. Wir wollen nicht, dass irgendjemand hier bleibt. An der Bar, mir gegenüber, sitzt ein Mann in einem Anzug. Bestimmt hat er die Fünfzig schon hinter sich. Manchmal erzählt er, er wäre Rechtsanwalt, dann wieder sagt er, er habe in Frankfurt Medizin studiert. Er bestellt noch ein Glas Weißwein. Wenn er das Glas an seine dicken Lippen hält und trinkt, werden durch das Schlucken die tiefen Falten in seinem harten Gesicht betont. Wie Schrunden in der Wüste nach einem Erdbeben. Nun setzt er eine Brille auf, um dem Mädchen neben ihm seine Telefonnummer aufzuschreiben. Sie ist fremd, eine Freiwillige in einer der Menschenrechtsorganisationen, kleingewachsen und dicklich, sie sucht die ganze Zeit nach Männern, egal welcher Art.

Es besteht keine Gefahr, dass ich so aussehe wie sie. Wenn ich für andere das ausstrahlen würde, was die Araber mir gegenüber ausstrahlen, dann hätte ich ein ernstes Problem. Aber das ist ausgeschlossen. Die Leute fürchten sich nicht vor mir und ekeln sich auch nicht vor mir. Vielleicht aber doch, und es gelingt ihnen nur, das gut zu verbergen. Bestimmt haben viele Mädchen irrtümlich geglaubt, ich wolle etwas mit ihnen anfangen, und bestimmt war ich so eklig wie all die anderen hier. Ich glaube es nicht.

Jedes Mal, wenn sich unsere Wege kreuzen, gelingt es Schadiyah und mir, wieder Freunde zu sein wie früher. Sie spricht ständig von ihrer Einsamkeit und ihrer Traurigkeit, und trotz ihrer Einsamkeit und ihrer Traurigkeit schafft sie es immer, dass ich laut lache, nicht nur höflich lächle. Sie ist eine der wenigen, die es schaffen, dass ich laut lache. Aus lauter Einsamkeit hat sie sich einen Vogel gekauft und ihn in einem Käfig mitten in die Wohnung gehängt. Im Käfig gibt es zwei Stangen, und der Vogel springt den ganzen Tag von einer Stange auf die andere. Das tröstet Schadiyah, aber trotzdem denkt sie daran, ihn freizulassen, bevor er ihr vor lauter Langeweile im Käfig eingeht.

Als der Krieg ausbrach, schaffte sie es, trotz der Sperre um Ramallah zu fliehen und nach Jerusalem zu kommen. Sie hatte die Wohnung aufgelöst und ihre Möbel den Nachbarn gegeben, ihren Freunden brachte sie den Fernseher, das Videogerät und die Waschmaschine. Sie sagt, alles, was sie jetzt noch besitzt, könne sie in zwei Taschen packen. Das sei gut, so falle ihr das Weggehen beim nächsten Mal nicht schwer.

Jetzt wird sie bestimmt wieder verschwinden. Wenn sie schon die Arbeit in der Bar aufgibt, werde ich sie die nächste Zeit wohl nicht mehr sehen. Sie haut für lange Zeit ab und kommt mit Geschichten zurück, wie: »Ich habe in Jordanien einen Film über den Stamm der Negidat gemacht«, oder: »Ich habe das Drehbuch für einen österreichischen Film geschrieben.« Immer legt man sie rein. Entweder bezahlt man sie nicht, oder der Film wird nicht gesendet. Jedes Mal passiert ihr am Schluss etwas Schlimmes, und sie flieht.

Ich beneide sie jetzt so sehr, sie mit ihrem Vogel und den beiden Koffern. Sie ist ein schönes Mädchen, viele kommen nur ihretwegen in die Bar. Eine Schwarze, mit lockigen Haaren und einem feinen Gesicht. Die Araber streiten mit ihr über die Rechnung. Sie gibt nach, nur damit sie gehen. Ihre letzte Schicht, sie kann sie schon nicht mehr sehen. Nur der Rechtsanwalt-oder-Arzt im Anzug ist noch in der Bar. Er torkelt bereits, wühlt in den Taschen seines Mantels, sucht sein Geld.

Ich beneide Schadiyah, und sie beneidet mich: Ich habe eine Frau, ich habe eine Tochter, ich weiß, wo mein Zuhause ist, und kehre jede Nacht dorthin zurück. Nicht wie sie, die jedes Mal, wenn sie ein Zuhause sucht, den Atlas aufschlagen muss. Wir sind dumme Fellachen, die mit dem Hintern an der Erde kleben. Sie kann nicht so sein wie ich.

V

Die Straße nach Tira

1

Mein Vater arbeitet bei der Gemeinde. Er stellt Personalausweise aus, Reisepässe, Geburtsurkunden, Heirats- und Sterbeurkunden. Er hat ein kleines Büro im Keller des Rathauses, mit einem winzigen Fenster und einem Rollladen, den man nicht herunterlassen kann. Schon seit vierzehn Jahren stellt mein Vater Personalausweise für die Einwohner von Tira aus. Früher mussten sie zum Büro des Innenministeriums in Netanya fahren, wenn sie ihren Ausweis verlängern wollten oder einen Reisepass brauchten, jetzt können sie es am Ort erledigen.

Mein Vater arbeitet jeden Tag von acht bis vier. Alle Angestellten der Gemeinde gelten als korrupt, Leute, die den ganzen Tag nichts tun und die ihren Posten bekommen haben, weil sie dem Bürgermeister nahe stehen, die ihr Gehalt für nichts bekommen. Mein Vater hasste sich selbst, als er diesen Posten annahm, aber meine Großmutter und meine Mutter haben ihn unter Druck gesetzt. Sie wollten, dass er im Dorf arbeitete, dass er nicht weit fahren musste, dass er immer in der Nähe und leicht zu erreichen war. Um diesen Posten zu bekommen, verkaufte mein Vater alles, was er verkaufen konnte. Vor vierzehn Jahren unterstützte er einen Kollaborateur, der sich für die Leitung der Gemeinde aufgestellt hatte, und dafür bekam er das Recht, für den Staat zu arbeiten. Die Leute sagten, dass auch mein Vater ein Kollaborateur sei, wie sonst hätte er für das Innenministerium arbeiten können, nachdem er aus Sicherheitsgründen in einem israelischen Gefängnis gesessen hatte?

Die Leute von Tira hassten meinen Vater. Vielleicht hat meine Großmutter ja Recht, vielleicht ist es wirklich Neid. Mein Vater hatte keine Freunde, außer Basem, der mit ihm im Packhaus arbeitete. Basem kann schon nicht mehr aus dem Bett aufstehen, die Erntearbeit hat ihm den Rücken kaputtgemacht. Von Zeit zu Zeit wird er operiert, und Vater besucht ihn im Krankenhaus. Manchmal nimmt er das Schachbrett mit und spielt mit Basem, der im Bett bleibt.

Ich erinnere mich nicht, dass mein Vater sich je mit Menschen angefreundet hätte, die als gebildet galten. Nicht mit Ärzten, nicht mit Rechtsanwälten, nicht mit Lehrern und nicht mit Ingenieuren. Manchmal kam es mir vor, als schäme er sich vor ihnen, als fühle er sich minderwertig mit seiner Arbeit und dem kaputten Rollladen.

Bevor er diese Arbeit angenommen hatte, war mein Vater nie so verzweifelt gewesen. Danach ging er fast nicht mehr aus dem Haus. Wenn er von der Arbeit kam, legte er sich gleich ins Bett und machte das Radio auf der Kommode an. Manchmal kam er ins Wohnzimmer, um sich die Nachrichten anzuschauen, manchmal blieb er aber im Bett liegen bis zum nächsten Morgen. Bei der Arbeit hatte er nicht viel zu tun. Es kam vor, dass wochenlang niemand aus Tira seine Dienste benötigte. Ab und zu erneuerte er aus lauter Langeweile all unsere Personalausweise und Reisepässe und sagte, ihre Gültigkeit wäre abgelaufen. Warum sollten wir mit alten Personalausweisen herumspazieren, wenn er uns innerhalb von zwei Tagen neue besorgen konnte, mit einer Unterschrift des neuen Innenministers?

Mein Vater erneuerte seinen eigenen Ausweis jede Woche. Manchmal überlegte er, den Namen zu wechseln. Es gefiel ihm, dass es diese Möglichkeit gab. Er erneuerte die Daten: israelischer Staatsbürger, arabisch, verheiratet, Vater von vier Kindern. Geboren am: 0.0.1947, denn Großmutter erinnerte sich nicht, an welchem Datum er geboren war. Als die Juden gekommen waren und sie das Kind bei ihnen eintragen ließ, wusste sie das genaue Datum nicht. Sie erinnerte sich nur, dass es zur Zeit der Kaktusfeigen war, Großmutter sagt, es sei damals Krieg gewesen und niemand habe sich um das Datum einer Geburt gekümmert.

Alles änderte sich, als meine Tante Camela aus dem Flüchtlingslager Nur-Schams in Tulkarem im Sterben lag und Vater sie im Krankenhaus von Nablus besuchte. Ihr ältester Sohn Ibrahim war aus dem Gefängnis befreit worden, als die Palästinenser in die Westbank einzogen, und als Dank für das Opfer, das er dem Volk gebracht hatte, gab man ihm einen Posten im Innenministerium in Tulkarem. Er bekam zwar ein niedrigeres Gehalt als mein Vater, aber er war ein angesehener Mann. Im Krankenhaus lief er mit einem Revolver herum, und die Ärzte behandelten ihn mit Respekt. Seinetwegen wurde meine Tante zum Sterben in das schönste Zimmer des Krankenhauses von Nablus gelegt, mit Betten, die durch Vorhänge voneinander getrennt waren.

Als ich klein war, habe ich manchmal bei ihr geschlafen. In den Nächten gab es Raketen, die alle Häuser beleuchteten. Tante Camela erklärte mir, das seien Leuchtraketen der Armee. Ich fand das Lager damals so schön, mitten in der Straße flossen kleine Wasserbäche, und es gab überhaupt keinen Sand. Die Kinder dort sagten »ice cream« statt »glida«, und beim Fußballspielen sagten sie »hands« statt »jad«. Schon damals wusste ich, dass ihr Sohn Ibrahim ein Held war, obwohl ich ihn noch nie gesehen hatte.

Nachdem meine Tante gestorben war, führte Ibrahim meinen Vater durch das palästinensische Innenministerium von Tulkarem. Sie blätterten in alten Dokumenten nach seinem genauen Geburtsdatum: 14.5.1948. Mein Vater freute sich sehr über das gewonnene Jahr. Er machte ein großes Fest mit allen Tanten, und sogar Basem wurde aus dem Bett geholt.

Danach entdeckte mein Vater die Geburtsdaten meiner Tanten und aller Verwandten, die vor dem Krieg geboren waren. Und alle fingen an, ihre Geburtstage zu feiern. Meine siebzigjährige Tante Faten bestellte sogar eine Band und sagte, das sei die Entschädigung für all die Jahre, die sie nicht gefeiert hatte.

Das Gerücht verbreitete sich im Dorf, und die Leute sagten nun, dass mein Vater bestimmt kein Kollaborateur gewesen sei, wie könnte es sonst sein, dass ihm die Palästinenser erlaubten, in geheimen Dokumenten nachzuschlagen? Der Bürgermeister war der Erste, der Vater bat, sein Geburtsdatum herauszufinden, und mein Vater brachte ihm aus Tulkarem nicht nur das Datum, sondern auch eine Geburtsurkunde. Der Bürgermeister feierte seinen ersten Geburtstag auf dem Fußballplatz, und in seiner Rede dankte er meinem Vater für seine Hilfe.

Danach hatte mein Vater schon keine Zeit mehr zum Schlafen. Die Leute, die es nicht schafften, ihn bei der Arbeit aufzusuchen, kamen zu uns nach Hause und baten ihn um Hilfe. Sie wussten, dass er ihnen damit einen Gefallen tat, dass es nicht zu seiner Arbeit im israelischen Innenministerium gehörte, also fingen sie an, ihm als Dank Geschenke zu bringen. Schafe, Uhren, Hackfleisch, Cola-Kisten, Pakete mit Reis und Zucker. Manche boten ihm Geld an, aber das wollte mein Vater nicht. Er sagte, er nehme nur etwas für die amtlichen Marken, die er in Tulkarem kaufen müsse, und er gab auch jedem eine von der palästinensischen Verwaltung unterschriebene Quittung. Für Ibrahim war es nicht schwer, Marken und offizielle Quittungsformulare in der Druckerei drucken zu lassen, die früher Protestparolen gedruckt hatte. Das ganze Geld brachte

Vater zu Ibrahim, er selbst rührte keine Pruta davon an. Er sagte, Ibrahim habe es sich verdient, er müsse ein Haus bauen und eine gute Frau heiraten. Der Ärmste, zwanzig Jahre lang hatte er im Gefängnis gesessen und jetzt auch noch seine Mutter verloren.

Das Gerücht von den Wundertaten meines Vaters verbreitete sich in den umliegenden Dörfern, später in ganz Galiläa. Die Leute kamen in schönen Autos, brachten Geld und Geschenke und baten um Geburtsurkunden. Mein Vater wurde berühmt. Die Bitten belasteten ihn nicht, im Gegenteil, diese neue Beschäftigung machte ihm viel Freude. Manche schworen sogar, sie hätten ihn mit Arafat zusammen beim Mittagessen gesehen. In Tira wussten alle, dass es Arafat war, der meinen Vater gebeten hatte, den Kollaborateur-Bürgermeister zu unterstützen. Die ganze Sache mit dem israelischen Innenministerium war nichts anderes als ein gerissener palästinensischer Schachzug gewesen. In den Zeitungen erschienen Segenssprüche und Dankesworte für meinen Vater, er wurde mit ehrenden Formulierungen wie »der bekannte palästinensische Held« und »der tapfere Sohn des Schahid« bezeichnet, als einer, »der den Boden befreit und die Gerechtigkeit ans Licht bringt«. Mein Vater reagierte nicht auf diese Dankesworte, er sagte kein Wort darüber. Morgens arbeitete er im Rathaus, nachmittags fuhr er nach Tulkarem, und fast jeden Abend gab es ein Essen zu Ehren eines neuen »ersten« Geburtstags.

2

»Deine Eltern sind gekommen«, sagt meine Frau und weckt mich am Freitag aus meinem Mittagsschlaf. Ich habe überhaupt vergessen, dass sie heute kommen wollten. Meine Mutter hat gestern angerufen und meiner Frau ihren heutigen Besuch angekündigt. Sie habe das Gefühl, etwas fehle ihr, hat sie gesagt, sie müsse die Enkelin sehen. Jetzt sitzt sie im Wohnzimmer und hält das Kind auf dem Arm, stößt Töne aus und hofft auf eine Reaktion der Kleinen, die ihre Blicke zwischen der Mutter, dem klappernden Schlüsselbund in der Hand meines Vaters und den Lippen meines kleinen Bruders teilt, der ihr etwas vorpfeift. Ihr misstrauischer Blick wird zu einem Jammern, dann fängt sie an zu weinen. Meine Mutter sagt, wir seien schuld, wir kämen nie zu Besuch und die Kleine wisse nicht, wer ihr Großvater und ihre Großmutter seien.

Meine Frau nimmt die Kleine über die Schulter und versucht, sie für die nächste Runde mit der Großmutter zu beruhigen. Meine Frau sagt, meine Mutter verstünde nichts von kleinen Kindern, sie strahle keine Wärme für das Kind aus, vermutlich sei ich ihretwegen so blöd geworden, wie ich heute sei.

Ich drücke meinen Eltern die Hände, manchmal

küssen wir uns. Ich mag das nicht, es ist ein seltsames Gefühl, unangenehm, künstlich. Besonders wenn ich meinen Vater küsse. Ich berühre seine Wange nie mit den Lippen, ich drehe nur den Kopf auf eine bestimmte Art in Richtung seiner Lippen, so dass man nicht merkt, ob ich ihn wirklich mit den Lippen berührt habe oder nicht.

»Wieso hast du bis jetzt geschlafen?«, fragt mein Vater.

»Ich habe gestern Nacht gearbeitet.«

»Im Restaurant?«, fragt er. Er weiß, dass es eine Bar ist, aber mein Vater tut alles für ein besseres Image.

»In der Bar Chamara«, korrigiere ich ihn.

Große Tüten mit Müll stehen im Wohnzimmer, und im Spülbecken türmt sich das Geschirr. Normalerweise macht meine Frau sauber, wenn sich Gäste ankündigen, aber gestern war sie allein mit der Kleinen und hat es nicht geschafft. Sie hat irgendwie versucht, das Wohnzimmer aufzuräumen: Papier beseitigen, Taschentücher, Bananen- und Erdnussschalen, die sich im Lauf der Woche auf dem Tisch angehäuft haben. Meine Frau hält Schmutz nicht aus, aber mit mir hat sie keine Chance. Ich bin schuld. Alles ist wegen mir. Ich helfe ihr nie, nicht bei der Hausarbeit und nicht mit der Kleinen. Meine Frau sagt, ich sei primitiv, und ich muss ihr Recht geben.

Meine Eltern erkundigen sich, wie es uns geht, sie fragen, wie es bei der Arbeit klappt, was die Kleine macht, ob sie nachts jetzt gut schläft oder ob sie noch immer jede Stunde aufwacht.

Meine Mutter sagt, die Kleine ist dünn, und mein Vater sagt, dass sie noch immer sehr dick ist. Er steckt sich eine Zigarette an, und ich nehme mir eine von seinen. Wieder sagt er, er glaube es einfach nicht, dass ich angefangen hätte zu rauchen. Ich rauche schon seit acht Jahren, und er glaubt es noch immer nicht. Er erzählt, wie schlimm das ist, wie er unter dem Rauchen leidet und wie er sich hasst, weil er es nicht schafft, damit aufzuhören. Aber ich hätte doch gerade erst mit dem Rauchen angefangen, deshalb könne ich, seiner Meinung nach, noch leicht aufhören. »Wie viel rauchst du denn?«, fragt er und gibt sich selbst die Antwort: »Zwei, drei Zigaretten am Tag?«

Meine Eltern besuchen uns sehr selten. Vor der Geburt ihrer Enkelin haben sie uns überhaupt nicht besucht. Im Allgemeinen bleiben sie eine Viertelstunde, dann fahren sie wieder nach Hause. Seit »id-ul-fitr«, unserem letzten Besuch in Tira, waren schon zwei Monate vergangen, diesmal hat meine Mutter meinen Vater gebeten, den Besuch doch etwas auszudehnen, sie habe solche Sehnsucht nach der Kleinen. Eine ganze Woche lang hatte sie ihn gedrängt, diesmal mindestens eine Stunde zu bleiben. Mein Vater gab nach, stellte aber eine Bedingung: dass Fatma, seine Freundin aus seiner Jerusalemer Zeit, auch komme. Auf der Fahrt hat er sie angerufen und sie, als eine Art offizieller Treffpunkt, in unsere Wohnung in Beit Zafafa eingeladen. Meine Mutter hatte sich einverstanden erklärt, weil sie so lange wie möglich mit ihrer Enkelin zusammen sein wollte.

Meine Mutter kann diese Fatma auf den Tod nicht ausstehen. Sie möchte nicht, dass man ihren Namen in ihrer Gegenwart ausspricht. Manchmal sagen meine Großmutter, meine Tanten oder Vater etwas über sie, und dann reagiert meine Mutter sofort gereizt. Sie sagt, Fatma sei eine schamlose Hure. Ich habe sie noch nie gesehen. Alles, was ich weiß, ist, dass sie meinem Vater das Leben zerstört hat. Meine Großmutter hat mir einmal erzählt, sie habe aus Vaters Schrank einen großen Packen Briefe geholt, die Fatma an ihn geschrieben hatte, und alle verbrannt.

Das Telefon klingelt, und bevor ich den Hörer nehmen kann, sagt mein Vater: »Bestimmt ist das Fatma, erklär ihr, wie man hierher kommt.«

Die heisere Stimme einer älteren Frau sagt meinen Namen und erklärt, ich hätte eine ähnliche Stimme wie mein Vater. Fatma sagt, sie sei beim »Coiffeur«, beim Friseur, und beweist sich damit sofort als Städterin, als weltläufige Frau, die sich eines Fremdworts bedient. Sie ist aus Ras al-amud, aber ihr Friseur ist in Talpiyot, in der Ha'umanstraße. Sie will nicht allzu viele Erklärungen für den Weg, sie begnügt sich mit dem Namen unseres Hauswirts. Ihr Friseur habe einen Angestellten aus Beit Zafafa, er werde ihr schon erklären, wie sie am besten herfinde.

Meine Frau nimmt mich zur Seite und sagt, wir

hätten überhaupt nichts anzubieten. Nur wegen meiner Eltern sei das ja nicht so schlimm, doch nun komme ein Gast. Sie sagt, ich könne nicht weggehen, um etwas einzukaufen, ich hätte mir noch nicht mal das Gesicht gewaschen und die Zähne geputzt, und meine Augen seien geschwollen. Sie würde mit meinem Bruder zum Lebensmittelgeschäft fahren, er könne ihr beim Tragen helfen. Mein Bruder ist ein guter Mensch, er enttäuscht einen nie.

Meine Frau reicht meiner Mutter die Kleine, und die fängt sofort wieder an zu weinen. Meine Mutter streichelt sie, schaukelt sie, geht vom Spülbecken zu den Mülltüten im Wohnzimmer, eine Entfernung von drei Schritten, versucht das Kind zu beruhigen. Vergeblich. Mein Vater steckt sich eine weitere Zigarette an, und ich nehme mir auch noch eine aus seiner Schachtel. Normalerweise rauche ich nicht in Anwesenheit der Kleinen, aber wenn er ohnehin raucht, kann man davon ausgehen, dass meine Zigarette ihr nicht besonders schadet. Er hat immer geraucht, als ich ein kleiner Junge war, und ich bin ganz gesund. Auch all meine Brüder sind gesund.

Ich mache die Tür auf. Fatma kommt herein, in einem langen schwarzen Kleid. Sie ist ungefähr so groß wie ich und wie mein Vater. Über ihren Schultern liegt ein roter Schal. Ihre Haare sind frisch gefärbt und geföhnt. Sie ist fünfzig, vielleicht auch älter. Ich versuche nicht zu entscheiden, ob sie schöner ist als meine Mutter, die beiden Frauen sind sehr verschieden.

Fatma erinnert an die Damen der Gesellschaft im jordanischen oder ägyptischen Fernsehen. Man sieht keine Falten in ihrem Gesicht, aber ihr Alter zeigt sich um ihren Mund und um die Augen. Ihre Lider sind schwer, sie bewegt sie langsam, als mache es ihr Mühe, sie hochzuheben.

Sie gibt mir die Hand und lächelt, fragt, ob ich sie noch kenne, und sagt, sie habe mich einmal gesehen, als ich wirklich noch sehr klein war. Mein Vater sagt, das sei nicht ich gewesen, sondern mein älterer Bruder. Meine Mutter nimmt eine Hand von der Kleinen, drückt Fatma die Hand und betrachtet sie prüfend. Fatma ist schlanker als sie. Fatma fragt, wie es ihr gehe, lächelt und streicht der Kleinen mit der Hand über den Kopf. Ihr Weinen wird lauter. Fatma fragt: »Was ist passiert? Was ist passiert?«, und zu mir sagt sie, dass ich eine schöne Tochter hätte.

Mein Vater sitzt auf dem Sofa, eine Zigarette in der Hand. »Du hast dich nicht verändert«, sagt er zu ihr.

Sie drückt seine Hand, setzt sich hin und sagt, sie hätte ihn auf der Straße vermutlich nicht erkannt, seine Haare seien weiß geworden und er habe sehr zugenommen.

Mein Vater sagt: »Ich habe überhaupt nicht zugenommen.« Er zieht seinen Bauch ein und nimmt einen tiefen Zug, dann geht er ins Badezimmer und sucht einen Spiegel. Er kommt zurück und sagt: »Ich habe überhaupt nicht zugenommen«, und wirft meiner Mutter einen Zustimmung heischenden Blick zu.

Meine Frau und mein Bruder kommen mit zwei Tüten in den Händen zurück. Meine Frau macht ein enttäuschtes Gesicht, sie hat vor Fatma da sein wollen, die Fremde würde nun wissen, dass wir ihretwegen etwas eingekauft haben. Aus einer Tüte schaut eine Flasche Cola heraus, und Fatma sagt auch gleich: »Wozu habt ihr euch die Mühe gemacht, ich möchte nichts, ich trinke keine Cola.« Sie drückt meinem Bruder die Hand und sagt, er sei so schön, wie mein Vater es früher gewesen sei.

Meine Frau bringt Gläser, gießt den anderen Cola ein, legt Bananen, Orangen und Äpfel in eine Schale, füllt Erdnüsse aus einer braunen Tüte in ein Schüsselchen. Sie räumt den Schrubber, den Eimer und die Milchpumpe weg und stellt das Tablett vor Fatma auf den Tisch. »Sie haben eine süße Tochter, sie sieht Ihnen ähnlich«, sagt Fatma, aber meine Frau streitet das ab.

Die Sofas sind schon besetzt. Mein Vater und Fatma haben zwei Plätze eingenommen, mein Bruder und meine Frau die beiden anderen. Meine Mutter ist mit der Kleinen stehen geblieben, ich hole einen Stuhl und setze mich Fatma und meinem Vater gegenüber. Die beiden versuchen, einander nicht anzusehen. Ich atme tief den Rauch ein und frage: »Wann habt ihr euch kennen gelernt?«

Alle schauen mich an, als hätte ich eine verbotene Frage gestellt. In unserer Familie spricht man nicht, wir sind Fachleute, wenn es um das Verdrängen privater Dinge geht.

Fatma wiederholt meine Frage. »Wann wir uns kennen gelernt haben? Ich werde dir sagen, wann wir uns kennen gelernt haben.« Mein Vater ist noch immer mit seinem Bauch beschäftigt, er zieht ihn ein und fährt sich mit der Hand über das Hemd, wie um es glatt zu streichen. »Ich war eine junge Lehrerin«, sagt Fatma. »Ich unterrichtete in der Schule im Viertel A-tur, und nach dem Krieg 1967 wurden alle Lehrer zu einem Kurs an der Universität geschickt. Dort habe ich deinen Vater getroffen. So haben wir uns kennen gelernt.«

»Nun, und was ist passiert? Wie habt ihr angefangen, miteinander zu sprechen?«, frage ich weiter, und meine Mutter sagt, sie würde nicht zu den nächsten Wahlen gehen, und mein Vater sagt, er sei aber überzeugt, dass es sich für die Araber lohne zu wählen. Fatma hat überhaupt kein Wahlrecht, sie ist keine Staatsbürgerin. Aber auch wenn sie die Staatsbürgerschaft hätte, würde sie nicht für die israelische Knesset wählen. Fatma ist schlank geblieben, sie ist Junggesellin geblieben, sie lebt mit ihren Brüdern und der Familie zusammen. Alle arbeiten für den Tourismus. Sie haben viel Geld, viele Busse. In dieser Woche haben sie einem der Neffen ein riesiges Haus gekauft. Fatma zieht es vor, sich ihre Kleider im Ausland zu besorgen, am liebsten in London. Sie hat Geld, sie ist stellvertretende Direktorin der Schule von A-tur, sie verdient viel und weiß nicht, was sie mit dem ganzen Geld anfangen soll. Zweiunddreißig Jahre unterrichtet sie schon, zwei Jahre länger als meine Mutter.

»Wie genau habt ihr euch kennen gelernt?«, frage ich noch einmal. Ich möchte die Gelegenheit nutzen, etwas über Fatma und ihre Briefe zu erfahren.

»Ich war der Schönste der ganzen Universität«, sagt mein Vater und versucht zu lächeln, aber meine Mutter verzieht das Gesicht. Mein Vater sagt, er und Fatma hätten heiraten wollen. Fatma unterbricht ihn und meint, es sei ein Glück, dass sie es nicht getan hätten. »Schau nur, wie dick du geworden bist.« Sie versucht, sich wie eine Freundin der Familie zu verhalten, und fragt meine Mutter: »Warum erlaubst du ihm, so zuzunehmen?« Meine Mutter weiß darauf nichts zu antworten, sie fühlt sich überflüssig und begnügt sich mit einer Kopfbewegung.

Mein Vater sagt, sie hätten nicht geheiratet, weil er geschnappt worden sei und ein paar Jahre lang im Gefängnis gesessen habe; danach habe er lange Zeit Hausarrest gehabt und das Dorf nicht verlassen dürfen. Meine Mutter unterbricht seine Geschichte und erinnert sich laut daran, dass sie heute unbedingt noch kochen müsse. Sie will also schon nicht mehr bei der Kleinen bleiben. Es tut ihr wohl Leid, dass sie sich auf Vaters Bedingung eingelassen hat. Sie will nach Hause, und die Kleine möchte sowieso schlafen. Jetzt verstehen alle, dass es Zeit ist zu gehen. Fatma sagt, heute ist Freitag, da schließen die Geschäfte früh, und sie müsse unbedingt noch ein Geschenk für ihre Nichte kaufen, die morgen ihren Geburtstag feiere.

Die Kleine ist schon eingeschlafen. Ich werde noch

eine Zigarette rauchen und mich dann wieder hinlegen, denn auch diese Nacht werde ich in der Bar arbeiten. Ich frage meine Frau, ob sie das Feuerzeug gesehen hat, und sie sagt, dass wir meinetwegen ausgesehen hätten wie Bettler. Nicht genug, dass die Wohnung wegen meiner Faulheit und meiner Primitivität so schmutzig sei, ich hätte noch nicht einmal daran gedacht, mir das Gesicht zu waschen und den Trainingsanzug gegen etwas Anständiges zu wechseln. Sie wisse nicht, wo das Feuerzeug sei, aber sie finde diese Fatma schön. Gepflegt. »Was ist das für eine Geschichte mit ihr und deinem Vater?«, fragt sie, und ich sage, dass mein Vater mein Feuerzeug geklaut hat.

3

Ich habe die Schnauze voll. Ich wäre gern ein arabischer Akademiker geworden, der bei der Müllabfuhr arbeitet und damit dem Ruf des Landes schadet. Aber ich habe es nicht geschafft, mein Studium zu beenden, und um die Wahrheit zu sagen, so schlecht ist meine Arbeit gar nicht. Ich leide nicht wirklich unter ihr. Trotzdem wäre ich lieber ein armer Tellerwäscher in einem Restaurant und würde zum Beten in die Moschee gehen. Dass der Abfluss in der Toilette bis in die Küche überläuft. Dass am Feigenbaum im Hof ein Esel angebunden ist. Dass meine Kinder barfuß gehen und unaufhörlich schreien und dass meine Frau verschleiert geht.

Alle kehren reuevoll zur Religion zurück, nur mein Vater nicht. In jedem Ramadan schimpft meine Großmutter auf die Gottlosen. Sie überredet meinen Vater zu fasten, er verspricht es jedes Mal, hält das Versprechen aber nicht. Großmutter zählt die Zigaretten in Vaters Schachtel, um zu kontrollieren, ob er während des Fastens raucht. Wenn er nicht fastet, weigert sie sich aus Protest, die erlaubte Unterbrechungsmahlzeit zu essen. Bei jedem Ramadan versucht sie es wieder, aber mein Vater lehnt es ab, Vernunft anzunehmen. Sie erzählt, als er klein war, habe er sich gewaschen und gebetet und sei freitags in die Moschee gegangen. An allem sei meine Mutter schuld, ein Mann folge immer seiner Frau. Meine Mutter wolle nur schön sein, sie habe Angst, mit einem Kopftuch alt auszusehen. Sie verstehe einfach nicht, dass der Glaube an Gott das Gesicht glatt und schön mache.

In der letzten Zeit denke ich sehr viel an Gott. Alle kehren zur Religion zurück. Bei den Moslems ist das leichter als die religiöse Umkehr bei den Juden. Man kann weiter im selben Haus wohnen, man muss sich nicht von seiner Familie entfernen. Bei den Moslems können ein Imam und eine Hure im selben Haus wohnen. Um zur Religion zurückzukehren, muss man sich nur waschen und beten.

Ich habe schon vergessen, wie man betet. Früher bin auch ich zur Moschee gegangen, aber das ist lange her. Unser Religionslehrer in Tira hat allen Jungen gute Noten gegeben, die zur Moschee gegangen sind. Ich ging so lange zum Beten, bis man mir meine Schuhe stahl. Stundenlang habe ich in den Schuhhaufen gesucht und sie nicht gefunden. Ich fing an zu weinen und wartete, bis alle ihre Schuhe genommen hatten. Am Schluss blieben ein paar hässliche Plastiksandalen übrig, aber die wollte ich nicht anziehen und ging daher barfuß nach Hause.

A'del ist fromm geworden. Die Perestroika hat ihn zerbrochen. Er hörte auf, Kommunist zu sein, und entdeckte allmählich die Religion. Nach dem Studium blieb er in Jerusalem. Anfangs hatte er eine russische Freundin, aber als Gorbatschow an die Macht kam, verließ er sie. Er sagte, ein Jude bleibe ein Jude. Er habe darüber nachgedacht und sei zu dem Schluss gekommen, wenn ein Krieg ausbräche, würde er seine Freundin bestimmt nicht retten wollen. A'del heiratete schließlich eine Christin, denn es steht geschrieben, wer auch nur einen Menschen zum Islam bringt, dem ist das Paradies versprochen. A'del übernahm eine besonders schwere Aufgabe, eine Christin aus Nazaret, die mit dem größten Kreuz von der ganzen Universität herumlief und die noch dazu Susi hieß. Ihre Eltern wollten nicht, dass sie einen moslemischen Fellachen heiratete, deshalb warteten A'del und Susi, bis ihr Vater an einem Herzschlag gestorben war, danach heirateten sie.

A'del ist schon etabliert. Er ist Rechtsanwalt, er hat ein neues Auto und drei Kinder. Meine Frau kommt gut mit seiner Frau aus, deshalb sind wir wieder Freunde geworden. Er trinkt nicht mehr, und er versäumt kein Gebet. Wenn wir uns treffen, erzählt er mir immer, wie wunderbar der Islam sei, und sagt, nur das Gebet könne mir helfen, mit meinen Problemen fertig zu werden. Er bete zu Gott, dass er mir den Glauben ins Herz pflanze. A'del weiß, dass ich trinke, er weiß, dass ich nicht faste, und trotzdem laden er und seine Frau uns mindestens zweimal in jedem Ramadan zur Unterbrechungsmahlzeit ein. Susi ist zum Islam übergetreten. Sie sagt, sie sei überzeugt, dass der Islam die richtige Religion sei und Mohammed ein gerechter Prophet. Sie betet, sie fastet im Ramadan und feiert nur islamische Feiertage. Sie kann sich nicht mehr vorstellen, dass sie einmal im Kirchenchor gesungen hat.

Seit er zur Religion zurückgekehrt ist, spricht A'del anders und zieht sich anders an. Er ist viel ruhiger. Auf alles antwortet er »al hamdulilah«. Ich beneide ihn. Er unterstützt die islamische Bewegung und ihre Parole »Der Islam ist die Lösung«. A'del glaubt, dass am Schluss, so wie es der Islam verspricht, der Mahdi kommen und alle Moslems vereinigen wird und dass das islamische Imperium das stärkste der Welt sein wird. Genau wie zur Zeit von Omar Ibn Al Chattab. A'del sagt, je mehr Palästinenser von den Israelis ermordet würden, umso näher käme die Stunde des Mahdi. Je schlimmer die Situation würde, umso größer sei die Aussicht auf Erlösung.

A'del sagt, dass die Juden und die Amerikaner über technischen Fortschritt verfügten, aber nach dem, was im Koran stehe, werde der entscheidende Krieg mit Schwertern und mit den Händen geführt. Ihr Scheich in der Moschee habe gesagt, dass Gott den Ungläubigen eine schreckliche Kälte schicken und ihre Flugzeuge und ihre Waffen erstarren lassen würde. Deshalb hat A'del seinen Kindern Plastikschwerter gekauft, er sagt, sie müssten schon jetzt lernen, sie zu benutzen. Er hat aufgehört, mit seinen Kindern zum Arzt zu gehen, er gibt ihnen auch keine Medikamente, denn er sagt, bald würde eine Zeit ohne Antibiotika kommen und die Kinder müssten lernen, Krankheiten ohne solche Hilfe zu überwinden.

Als der Krieg ausbrach, erzählte A'dels Scheich, der Sufi, seinen Gläubigen, er habe den Mahdi in der El-Aqsa-Moschee getroffen. »Jetzt ist der Mahdi bestimmt schon in Mekka«, sagte er, »und bald wird er Jerusalem befreien und die Juden und die Amerikaner besiegen.«

A'del hat gesagt, er wolle nach Mekka fahren, um auf den Mahdi zu warten, er wolle einer seiner Soldaten sein und ihm von Mekka nach Medina folgen, wie es im Koran geschrieben steht, denn wer ihm folge, dem sei ein Platz im Paradies sicher. Und A'del hat auch gesagt, dass ich ihn begleiten solle, er würde mir das Fahrgeld bezahlen, er habe genug Geld. Er wolle nicht allein fahren. Er ziehe es vor, in Mekka mit einem Freund im Doppelbett zu schlafen, nicht mit irgendeinem seltsamen Moslem, der kein Wort Arabisch verstehe, denn man müsse davon ausgehen, dass er aus Afghanistan stamme. A'del hat uns beide zum »hadsch« eingetragen.

Es gibt kein Bier in Saudi-Arabien. Noch nicht einmal Malzbier. Die Frauen gehen von Kopf bis Fuß verschleiert, in schwarzen Kleidern und mit einem Stoffnetz, hinter dem sie ihre Augen verbergen. Eigentlich dürfen Frauen ihre Gesichter entblößen und ihre Hände und Füße zeigen, aber sie meinen, sie sind strenggläubiger, wenn sie sich ganz bedecken, dann wird ihre Schuld am Tag des letzten Gerichts geringer sein. A'del betet die ganze Zeit. Nach vierundzwanzig Stunden Fahrt in einem engen Bus will er keine Pause machen, um sich auszuruhen, sondern besucht sofort das Grab des Propheten in Medina. Er sagt, wir hätten nur zwei Wochen und er müsse so viel wie möglich beten.

Es gibt dort eine Ecke, zu der man sich in schrecklicher Enge stundenlang hindurchdrücken muss. Aber es zahlt sich aus, denn der Lohn für ein einziges Gebet dort, an dieser Stelle, ist so viel wert wie für eine Million Gebete an einer anderen. Das ist der Winkel, in welchem der Prophet Mohammed immer saß und den Koran las, und wer es schafft, dahin zu gelangen, sagt, man fühle sich wie im siebten Himmel, dem erhabensten des Paradieses.

Das Paradies gliedert sich in sieben Teile, und schon der unterste Himmel ist wunderbar – ein grüner Garten Eden mit Flüssen aus Honig und mit Bächen aus Obstsäften. Man bekommt dort alles, was man möchte. Du denkst an eine Birne, und sofort steht ein Birnbaum vor dir, ein Zweig neigt sich sogar und reicht dir die Frucht direkt in den Mund. Im Garten Eden sitzen die Menschen den ganzen Tag auf einer Wiese, wie in einem Park. Wenn du an Frauen denkst, kommen sie zu dir, und du kannst gleichzeitig an Essen und Frauen denken. Es ist nicht klar, ob du Frauen wie in Saudi-Arabien bekommst. Vermutlich nicht. Die Frauen im Garten Eden sind kleiner und jünger und weiß gekleidet. Sie ziehen sich nicht aus, weil es nirgendwo einen Platz zum Ausziehen gibt. Alle sitzen auf der Wiese und schauen nur. Im Garten Eden gibt es keine Häuser, noch nicht einmal Zelte, denn das würde die Umgebung verunstalten. Im Garten Eden gibt es keine technischen Dinge. Du kannst an einen Walkman denken, solange du willst, du wirst ihn nicht bekommen. Auch Autos und Flugzeuge gibt es nicht.

A'del sagt, dies ist meine letzte Möglichkeit, zum Islam zurückzukehren. Er bringt mich zum Grab des Propheten, und als ich sage, in mir sei es leer, ich hätte nur einen grünen Teppich gesehen, auf dem Suren aus dem Koran geschrieben seien, fängt er an zu weinen und schreit mich an. Zwei Tage hat er geweint und am Schluss beschlossen, mich in Ruhe zu lassen. Er hält mich für verloren und ist überzeugt, dass ich im Höllenfeuer brennen muss.

Auch die Hölle ist aufgeteilt, aber selbst in der besten Hölle gibt es nichts Gutes. Eine Million Mal am Tag stirbt man und wird wieder lebendig, und damit man richtig leidet, wird man in einem Feuer verbrannt, dessen Hitze unvorstellbar ist. Ich werde verbrennen, ich werde zerschmelzen, dann werde ich wieder lebendig sein und wieder verbrennen und zerschmelzen. Es gibt dort riesige Personen, die nie lächeln. Sie stehen über einem und verbrennen einem die Haut mit glühenden Eisen, wie man es bei Rindern tut. Wer in der Hölle landet, hat keine Aussicht, wieder hinauszukommen.

Am Tag des Jüngsten Gerichts wird die ganze Erde explodieren und eine dichte Wolke alles Leben ausrotten, und dann werden wir alle zu einem anderen Ort kommen. Alle Menschen werden dort aufgereiht stehen, in einer Linie, die dünner ist als ein Haar, alle Menschen aus allen Zeiten. Jeder, der einmal auf der Erde gelebt hat. Prähistorische Jäger werden neben Ärzten aus der »Hadassa« stehen. Die Taten jedes Einzelnen werden gewogen, und jede Tat kann den Ausschlag zu einem guten Ende oder zu ewigem Feuer geben. Am Tag des Gerichts erkennt man niemanden, weder Eltern noch Freunde, jeder steht für sich. Dein Vater wird erscheinen und sagt zu dir, bitte, ich war gut zu dir, mir fehlt nur noch eine gute Tat, um ins Paradies zu kommen, und du wirst nein sagen, denn wie kannst du wissen, ob das nicht die Tat ist, die dich rettet? Alles, was du in deinem Leben getan hast, vom Tag deiner Geburt bis zum Tag deines Todes, steht dir vor Augen. Der Engel, der auf der rechten Schulter sitzt, berichtet von den bösen Taten, und der auf der linken berichtet von den guten Taten, oder umgekehrt.

Ich habe versucht, an Gott zu glauben, ich habe versucht, ein Teil des großen Kreises weiß gekleideter Menschen zu werden, die unaufhörlich den Schwarzen Stein umkreisten. Ich habe versucht, ein Teil des wogenden Menschenmeeres zu werden, das sich auf die Moscheen zubewegt. Ich habe daran gedacht, wie ich als kleiner Junge gebetet habe, ich habe versucht, mir alles in Erinnerung zu rufen, was man mir in der Grundschule beigebracht hat. Es gab Momente, in denen ich Angst davor hatte, allein im Zimmer zu bleiben, und anfing zu weinen. A'del war fast immer in einer Moschee, und ich dachte an meine Frau und die Kleine. An den Abenden, wenn es in den Straßen ruhiger wurde, setzte ich mir den weißen Hut auf und ging hinaus, um Geschenke für meine Familie zu kaufen. Die Bürgersteige waren voller Frauen und kleiner Kinder, sie lagen, in Schuhen und Kleidern, auf zerrissenen Kartons. A'del hatte uns ein Zimmer in einem der besten Hotels von Mekka gemietet, gleich neben der Kaaba, und vom Fenster unseres klimatisierten Zimmers aus konnte ich den Schwarzen Stein und die Menschen sehen, die sich drängten und schoben, um ihn zu küssen. A'del schaffte es, er war groß und kräftig. Er verrenkte sich die Schulter, aber es gelang ihm, den Stein zu küssen. »Ein Duft wie aus dem Paradies«, sagte er, bevor er einschlief.

Unsere beiden Wochen in Mekka gingen zu Ende. Die Rückfahrt im Autobus war unerträglich. In Saudi-Arabien kaufen alle Leute große Wolldecken, weil sie billig und gut sind. Unser jordanischer Reiseleiter, der die Reisepässe von uns israelischen Staatsbürgern aufbewahrte und uns abends zählte, hatte gesagt, jeder dürfe nur zwei Decken kaufen, aber es gab Frauen, die mindestens zehn anschleppten. A'del und ich waren die Jüngsten im Autobus, wir mussten die lange Heimfahrt im Stehen zurücklegen. Während der ganzen Zeit sprachen wir fast kein Wort miteinander. Irgendwann wollte A'del mitten in der Wüste aussteigen, vom jordanischen Reiseleiter weglaufen und nach Mekka zurückkehren. Er war überzeugt, der Mahdi komme gerade jetzt und er würde ihn verpassen. »Vielleicht ist er schon in Jerusalem«, sagte er zu mir, als wir den Jordan erreichten, aber die israelischen Soldaten und die Grenzbeamten, die übertrieben höflich mit uns sprachen, machten A'del klar, dass der Mahdi noch nicht gekommen war.

4

Am Unabhängigkeitstag fühlte sich meine Frau nicht wohl, ich fuhr mit ihr ins Krankenhaus. Meine jahrelangen Anstrengungen, mich zu tarnen, brachen in einem einzigen Augenblick zusammen. Die Soldaten am Dorfeingang forderten mich auf, am Straßenrand stehen zu bleiben. Mich halten sie an? Der jüngste Araber, der ein richtiges »P« auszusprechen gelernt hat? Ich spreche fast akzentfrei Hebräisch. Man sieht mir nichts an. Ich habe Koteletten und eine runde Sonnenbrille. Sogar Araber kommen durcheinander und halten mich für einen Juden. Mit den Putzleuten spreche ich Hebräisch. Bestimmt liegt es an meiner Frau, denke ich, sie sieht ein bisschen arabisch aus. Manchmal, wenn wir einkaufen gehen oder so, hoffe ich, dass die Leute sie für eine Marokkanerin oder Algerierin halten und mich für einen Aschkenasi, der eine Vorliebe für orientalische Frauen hat.

Der Polizist will unsere Papiere sehen, und ich erzähle ihm, dass ich eine jüdische Freundin hatte, dass ich mit Juden in der Schule war und dass all meine Freunde Juden sind. Ich weiß, was Profil heißt, wie man ohne Vokalzeichen liest, ich kenne alle Abkürzungen der israelischen Armee, ich weiß alles. Ich halte den Mund und gebe ihm meine Autopapiere und den Führerschein. Andere Autos fahren an uns vorbei, manche mit Fahnen, manche ohne. Die Leute in den Autos werfen mir mitleidige Blicke zu, und ich fühle mich so blöd mit meinen Koteletten und mit meiner Sonnenbrille. Der Armeesender spielt israelische Musik. Ich fühle mich albern, weil ich geglaubt habe, ich hätte alles getan, um nicht verdächtig auszusehen.

Ich beeile mich, die Straßensperre schnell zu verlassen, ich mache das Radio aus und zische ein paar Flüche vor mich hin, über die Polizei, die Juden, den Staat, über Tira und meine Frau. Ich beschließe, meine Gereiztheit nicht an ihr auszulassen. Die Ärmste, bestimmt hat sie große Schmerzen, sie kann meine Dummheiten jetzt absolut nicht brauchen. Ich werde gut sein.

Ich frage, wie es ihr geht, und sie sagt, sie sei in Ordnung.

In der Notaufnahme sitzen nur Araber. Frauen, die älter aussehen, als sie sind, schleppen sich mit Kopftüchern und Plastiklatschen durch die Flure. Manchmal kauen sie an einem Zipfel ihres Kopftuchs, sie sind verloren, wissen nicht, wohin sie gehen sollen. Warum zum Teufel müssen sie so aussehen? Warum gehen sie überhaupt aus dem Haus? Und wieso werden solche Latschen eigentlich noch verkauft?

Sie sollen bloß nicht annehmen, dass ich zu ihnen gehöre, dass ich so bin wie sie. Hoffentlich wird der

Name meiner Frau nicht laut gerufen, wenn sie an der Reihe ist, oder gar durch den Lautsprecher angesagt. Manchmal, wenn mir so etwas passiert, stehe ich nicht sofort auf, als wäre das gar nicht mein Name, oder als wäre es ein Irrtum, als hätte man ihn an der Aufnahme falsch notiert, ihn so falsch ausgesprochen, dass Religion und Nationalität gewechselt haben.

Meine Frau versteht solch ein Verhalten nicht. Sie denkt an diese Dinge überhaupt nicht, das erstaunt und ärgert mich immer. Sie bringt es fertig, auch in einem vollen Fahrstuhl Arabisch mit mir zu sprechen, sogar am Eingang zu einem Einkaufszentrum, wenn man uns mit dem Metalldetektor abtastet. Sie spricht mit der Kleinen sogar auf öffentlichen Plätzen Arabisch. Ich kapiere es nicht, warum sie so stur ist. Die Kleine versteht doch sowieso noch kein Wort, weder auf Arabisch noch auf Hebräisch.

Meine Frau betritt den Untersuchungsraum, ich warte, so weit weg wie möglich, rutsche an die Kante der seitlichsten Bank. Ich nehme das hebräische Buch, das ich für solche Fälle immer dabeihabe, und fange an zu lesen. Es ist nicht irgendein Buch, sondern »Wittgensteins Neffe«. Sogar ein Arzt würde staunen, wenn er zufällig vorbeikäme. Ich schlage das Buch nicht am Anfang auf, sondern an einer Stelle weit hinten, damit ja niemand den Eindruck bekommen könnte, ich finge es gerade erst an zu lesen. Ich stiere nicht nur in das Buch, um meine Identität zu tarnen, sondern auch, um nicht den Blicken der anderen zu begegnen. Das hätte mir jetzt gerade noch gefehlt, dass irgendein nervtötender Typ auftaucht, mit dem ich mal in der Schule war, in einem zugeknöpften Hemd, mit einem schweren Schlüsselbund in der Hand, die zugleich das Handy und eine Zigarette hält. So einer soll jetzt ja nicht auftauchen, sich auf mich stürzen und mich küssen. Ich senke den Kopf, und ab und zu schlage ich die Beine übereinander und blättere um.

»Entschuldigung?« Jemand spricht mich an. Es ist eine junge Frau, dunkel und dick, und hinter ihr stehen zwei weitere Frauen. Alle sehen gleich aus, bestimmt sind sie Schwestern, sie tragen die Kleidung religiöser Frauen, die ihre Hässlichkeit ein wenig verbirgt. Die Frau spricht laut, betont. »Sie ist kurz vor dem Gebären«, sagt sie, und ich weiß nicht, wo ich mich verstecken soll.

Was soll ich ihr jetzt sagen? Soll ich ihr auf Hebräisch antworten? Manchmal tue ich das. Araber wenden sich auf Hebräisch an mich, und ich antworte ihnen auch auf Hebräisch. Woher soll ich denn wissen, dass sie Araber sind? Natürlich sieht man es ihnen an, aber wenn sie mich nicht erkannt haben, kann ich doch auch so tun, als hätte ich sie nicht erkannt. Aber bei diesen drei Frauen kann man sich nicht irren, sie sind Araberinnen, von Kopf bis Fuß. Vielleicht soll ich mit den Schultern zucken, ich habe keine Ahnung? Ich habe wirklich keine Ahnung, was sie von mir wollen. Warum haben sie sich überhaupt an mich gewendet? Warum fragen sie nicht jemanden in einem weißen

Kittel? Liegt es an dem Buch? Halten sie mich für einen Arzt, der gerade eine kleine Pause macht?

Ich senke die Stimme und flüstere ihnen auf Arabisch zu, sie müssten sich an eine Schwester wenden, und deute auf die Rezeption.

»Haaa«, sagt die junge Sprecherin und schreit auf Hebräisch: »Weil sie am Gebären ist.«

Ich fühle, wie mein Gesicht brennt, und versuche, es hinter dem Buch zu verbergen. Wenn meine Frau herauskommt, bringe ich sie um. Nur ihretwegen gerate ich in solche Situationen. Als hätte ich die Kraft, so etwas jetzt auszuhalten. Wenn sie herauskommt, werde ich ihr ein Gesicht zeigen, dass sie es nie wieder wagen wird, mit mir in Krankenhäuser zu fahren.

5

Die Straße nach Tira führt zwischen zwei Reihen von Zypressen hindurch. Die Bäume stehen eng nebeneinander. Plötzlich sind die Bäume verschwunden, und die Felder erstrecken sich bis zu einem geraden Horizont, dahinter tauchen ungeordnete Häuser auf, krumm und bedrohlich. Bäckereien, Restaurants, Gemüsegeschäfte, Autoreparaturwerkstätten, Geschäfte für Ersatzteile, Uhrenläden. Alles sieht billig aus, eng, leer.

Die Juden, die auf dem Weg nach Zur-Jigal und nach Kochaw-Ja'ir fahren, halten nicht mehr an, um etwas zu kaufen. Es gibt Krieg. Zum Teil haben sie Angst, zum Teil wollen sie uns bestrafen. In Tira ist alles für sie gebaut worden, und nun bleiben sie weg. Man sieht sie nicht mehr, auch nicht an den Samstagen. Man sieht weder ihre Frauen mit den kurzen Hosen noch die Mädchen mit den bauchfreien Oberteilen. Jahrelang haben sie am Schabbat das Dorf erobert, man konnte sich kaum mehr rühren. Nur die Ladenbesitzer verließen ihre Häuser an den Wochenenden, die anderen versteckten sich. Heranwachsende Jungen liefen zum Markt, um Jüdinnen zu sehen. Auch ich habe manchmal eine Runde gedreht. Jetzt sind alle Juden verschwunden, mit ihrem Geschrei, ihren Tüten, ihren dicken Bäuchen, mit ihren Autos, ihren Schlüsseln, ihren Hüten und Sandalen. Jetzt gibt es wenigstens keine Staus mehr.

Man braucht sie nicht mehr. Die Leute im Dorf sind reich genug geworden. Sie werden es schaffen, diesen Krieg durchzustehen, ohne zu verhungern. Sie bauen noch ein Stockwerk auf ihre Häuser und noch eines, sie kaufen teure Autos, Jeeps, Lastwagen, sie kaufen ihren Kindern Computer, schicken sie in die Ferien. Manche schicken ihre Kinder sogar zu jüdischen Gruppen. Einer hat sich ein Schwimmbad neben dem Haus gebaut und seinem kleinen Sohn einen Ferrari mit einem Dach zum Aufklappen gekauft. Alles von den Samstagsgewinnen. Manche Leute aus dem Dorf arbeiteten nur einen Tag in der Woche, am Schabbat, und lebten wie Könige. Jetzt trauen sich nur noch jüdische Drogenabhängige und Drogendealer, nach Tira zu kommen und etwas zu kaufen.

In den Hebräischbüchern wird noch immer von kleinen Dörfern erzählt. Eine Frage heißt: »Was arbeiten die Leute in deinem Dorf?« Und die richtige Antwort lautet noch immer: »In der Landwirtschaft.«

Die Leute heiraten weiterhin, sie bekommen weiterhin Kinder. Die Frau meines älteren Bruders, der nach den russischen Raketen Sam genannt wurde, ist schwanger. Mein Bruder, der zwei Jahre jünger ist als ich, hat schon Fliesen für das Badezimmer gekauft. Wenn alles gut geht, wird er seinen Rohbau bald beenden und heiraten. Dann ist nur noch ein Rohbau übrig.

Meine Eltern haben drei Rohbauten aufgestellt, obwohl wir vier sind, denn der Vierte würde das Haus bekommen, in dem sie selbst leben. Aber sie wissen, dass zumindest einer von uns nicht zurückkommen wird. Jetzt haben sie Angst, dass auch mein jüngster Bruder, der sechs Jahre jünger ist als ich, in Tel Aviv bleiben könnte. Er macht dort seine Ausbildung, zusätzlich arbeitet er aber auch, er betreut Schwerkranke in einer Klinik. Er hat sich von ihnen gelöst, er lässt sich die Haare wachsen, trägt Ohrringe, zieht sich anders an, hört andere Musik. Manchmal telefonieren wir miteinander. Als wir das letzte Mal miteinander sprachen, hatten wir verabredet, uns in Tira zu treffen. Er hatte gemeint, es sei endlich an der Zeit, dass er die Kleine sehe. Aber er kam nicht, er rief an und bat mich, ihr einen dicken Kuss von ihm zu geben, und ich solle ihr den Hörer ans Ohr halten, damit sie seine Stimme kennen lerne.

Ich und der Kleine kommen sehr gut miteinander aus. Manchmal denke ich, dass er mich hasst wegen der Dinge, die ich ihm angetan habe, als ich klein war. Ich hoffe, ich war klein genug. Wenn ich mir wieder mal Sorgen mache, rufe ich ihn an und bitte ihn um Verzeihung und frage ihn, ob er mich hasst. Doch er sagt immer, er liebe mich mehr als alles in der Welt.

Ich bin sechs Jahre älter als er, aber wenn er vor mir nach Tira zurückkehren wird, wird er den dritten Rohbau bekommen und ich das Haus meiner Eltern. Weil das Haus alt ist und das nicht gerecht wäre, vererben meine Eltern mit diesem Haus ein größeres Grundstück, damit es nicht zu Problemen kommt. Mein Vater sagt immer: »Wehe euch, wenn ihr miteinander streitet, das ist das Schlimmste.« In Tira wird schon seit fünfzig Jahren um den Boden gestritten. Brüder gegen Brüder, Vetter gegen Vetter. Es gab auch schon Tote, und die übrig Gebliebenen rächen sich weiter. Die Leute, die heute am reichsten sind, sind jene, denen es gelungen ist, zwei Quadratmeter auf dem Schabbatmarkt zu ergattern.

Heute sind fast alle bewaffnet. Als mein Vater seinen Auspuff reparieren ließ, hat man ihm ein Jagdgewehr für tausend Schekel angeboten. Fast hätte er es gekauft, zur Verteidigung.

Der kleine Ajub wurde festgenommen, sagt meine Mutter, der Sohn der Nachbarn. Ich erinnere mich an ihn als schüchternen siebenjährigen Jungen. Meine Mutter sagt, er sei Waffenhändler, letzte Woche sei die ganze Staatsmacht hier gewesen. Sie sperrten die Straßen, drangen ins Haus und rissen die Fliesen einzeln heraus. Meine Eltern haben die ganze Zeit gewusst, dass Ajub mit Waffen handelte. Erst glaubten sie, er würde nicht verhaftet werden, weil er mit dem Staat zusammenarbeitete. Er besaß eine Uzi, und fast jede Nacht feuerte er eine Salve ab. »Brrr«, sagt meine Mutter, »automatisch.« Sie sagt, sie habe ihn nicht für so dumm gehalten, dass er die Waffen zu Hause versteckt, aber genau das hatte er getan. Es wurden viele Waffen gefunden, meine Mutter stand am Zaun und schaute zu und sagte, es seien vielleicht fünfzig Gewehre gewesen. Die Polizisten und die Soldaten waren den ganzen Tag da, sie suchten jeden Winkel ab. Sie waren auch in unseren Garten gekommen, mit Hunden und Metalldetektoren, aber da fanden sie nichts. Die Hunde rochen an jeder Blume, sie suchten Drogen. Meine Mutter sagt, die Polizisten seien auch in die Häuser meiner Brüder gegangen, sogar in meinem Rohbau hätten sie gesucht. »Wann baust du das Haus endlich fertig?«, fragt sie. »Wann kommst du zurück?«

6

Meine Eltern haben riesige rosafarbene Sofas in ihrem Wohnzimmer stehen. Ich versinke in einem davon und zünde mir eine Zigarette aus der Schachtel an, die mein Vater auf dem Tisch liegen gelassen hat. Ich bewege den Kopf, versuche, den Rauch gleichmäßig wie ein Rasensprenger zu verteilen. Unser Haus ist hässlich. An den Wänden des Wohnzimmers sieht man die elektrischen Leitungen. Es gibt eine Türglocke, die noch nie angeschlagen hat. Daneben hängt eine Wanduhr aus vergoldetem Plastik, die aussieht wie eine Löwenmähne. Neben der Uhr hängt der Kopf eines Rehbocks, auch aus Plastik. Früher hingen da zwei kleine Schwerter, aber sie sind schon längst zerbrochen. An der Wand mir gegenüber befinden sich, geschmacklos aufgehängt, drei Tafeln aus braunem Holz, auf denen mit schwarzen Buchstaben »Allah« steht. An der linken Wand hängt ein Bild von Ismail Shamut, auf dem steht »uda«, Rückkehr. Daneben hängt ein Bild von einer Frau mit einem Säugling, über der schwarze Raben kreisen.

Meine Mutter hat den hässlichen Gobelin im Wohnzimmer selbst gestickt: Zwei japanische Frauen im Kimono, sie sitzen an einem blauen See, auf dem weiße Schwäne schwimmen. Diesen Gobelin hat sie gestickt, als sie am Lehrerseminar in Haifa war. Sie sagt immer, sie sei die erste Frau gewesen, die außerhalb des Dorfs eine Ausbildung machte, und sie ist jetzt wirklich die älteste Lehrerin in Tira.

Als ich noch an der Universität war, hatte ich Jossi zum Mittagessen bei meinen Eltern eingeladen. Jossi war mein erster jüdischer Freund nach dem Internat. Er wurde zu einem Wendepunkt für mich, ein Beweis, dass ich nicht mein ganzes Leben lang nur mit Arabern herumhängen musste. Nach dem Essen lachte er darüber, dass unser Waschbecken im Wohnzimmer war, obwohl ihm die Idee gefiel, dass man während des Rasierens Fußball anschauen konnte. Als wir uns gerade erst kennen gelernt hatten, hatte Jossi gesagt, es falle ihm schwer, das Wort »Araber« auszusprechen, weil es sich wie ein Fluch anhöre. Danach wurden wir gute Freunde.

Jetzt liegt mein Vater auf dem großen Sofa, den Oberkörper an zwei Kissen gelehnt. Mit der einen Hand kratzt er sich an der Nase, oder er popelt, in der anderen hält er eine Zigarette. Meine Mutter wäscht irgendetwas in der Küche. Mein älterer Bruder und seine Frau kommen herein und setzen sich an ihren Platz. Die Frau ist schwanger, schon im fünften Monat, und sie wissen noch nicht, ob es ein Sohn oder eine Tochter sein wird. Mein zwei Jahre jüngerer Bruder unterhält sich über das Handy mit seiner Verlobten. Das heißt »Familienaktion«, man kauft zwei Handys und kann umsonst miteinander telefonieren.

Die Nachrichten fangen an. Mein Vater stellt den Fernseher lauter, nimmt die Hand von der Nase, drückt seine Zigarette aus und zündet sich eine neue an. Meine Mutter stellt einen Teller mit Erdbeeren auf den Tisch und setzt sich vor meinem Vater auf den Teppich, denn mein Vater hat drei Sitzplätze in Beschlag genommen.

»In Hebron gibt es keine Männer«, sagt mein Vater. Er kommentiert immer alles, was man im Fernsehen sieht, gibt seine Erklärungen mit lauter Stimme ab, damit man ihn ja versteht. Meine Mutter stößt manchmal »aza, aza« aus – oh weh –, und manchmal sagt sie »mug'rimin«, Verbrecher. Mein Vater sagt, wenn es in Hebron richtige Männer gäbe, wären sie alle auf die Straße gegangen und hätten die Siedler vertrieben. »Wie viele können sie schon umbringen? Sollen sie schon hunderttausend töten, am Schluss werden sie sie vertreiben. Fünfzig Verrückte versetzen eine ganze Stadt in Angst. Nieten sind sie, nichts wert.«

Heute ist der »Tag der Erde«. Meine Frau und ihre Eltern sind am Morgen zu Besuch in ihr Dorf gefahren, nach Miske, nicht weit von Sde Warburg. Sie haben mit anderen zusammen für die Fahrt einen Bus gemietet. Das tun sie jedes Mal am »Tag der Erde« und am Unabhängigkeitstag, als wäre es ein Jahresausflug. Männer, Frauen und Kinder ziehen sich schön an, nehmen Essen und Grillgeräte mit, Fleisch und alkoholische Getränke und fahren zu ihrem Dorf. Es gibt dort noch immer Reste der Schule und der Moschee. Die Frauen pflücken Weinblätter und suchen in den Feldern nach Thymian, die erwachsenen Männer spielen Backgammon in den Trümmern der Moschee, und die Jungen trinken Bier und rauchen Joints in den Trümmern der Schule.

Mein Vater sagt, er verstehe nicht, warum sie überhaupt dorthin fahren. Wenn sie ihr Dorf wirklich lieben würden, wären sie doch überhaupt nicht von dort geflohen. Diese Feiglinge sind es doch, die schuld an den heutigen Schwierigkeiten sind. Es ist besser, auf der eigenen Erde zu sterben. Und warum haben sie ihren Boden dort verkauft? Wenn enteigneter Boden den Juden verkauft wird, nennt das mein Vater »Liquidation der Erde«. Wer verkauft, verzichtet. »Und das wollen Männer sein?«

Am Abend stoße ich zu meiner Frau und der Kleinen im Haus ihrer Eltern. Sie sind schon von ihrem Picknick in Miske zurück. Mein großer Bruder hat mich mit seinem Auto zugeparkt, er kommt heraus und gibt mir seine Schlüssel. Ich fahre sehr gern mit seinem Auto, da funktioniert wenigstens das Radio. Der Weg ist zwar nicht weit, aber es ist doch eine der wenigen Möglichkeiten, in Tira Musik zu hören. Ich hoffe, dass er den Militärsender eingestellt hat, ich komme mit diesen Radiogeräten nämlich nie zurecht. Ich drücke auf den Knopf und höre, was es gibt. Mein Bruder macht sich nicht viel aus Autos, er fährt auch miserabel. Ich bin ein paar Mal mit ihm gefahren, und es hat immer mit Streit geendet. Ich habe Schwierigkeiten mit meinem älteren Bruder.

Im Radio kommt »Abu Al Khalil«, und ich kann es nicht glauben, dass ich dieses Lied höre. Wie ist es möglich, dass dieses Lied so viele Jahre überdauert hat? Wir haben es immer gehört, wenn wir mit meinem Vater gefahren sind, um Thymian in den Bergen zu pflücken. Früher kannte ich den Text auswendig, und jetzt stelle ich fest, dass ich mich noch immer ganz gut an die Worte erinnere. Ich singe die Melodie mit, als hätte ich sie nicht jahrelang nicht gehört. »Ja amna, ja abu al khalil« … öffne uns das Tor von Jaffo, damit all unsere Leute einziehen. Dann kommt noch ein Lied, das ich geliebt habe, über das Ende der Scham und die Wiedererlangung der Ehre, mit Hilfe von Steinen und Blut, über Kinder, die keine Angst haben. Jetzt lache ich über die Qualität der Aufnahme, über die Qualität der Musik.

Ich stelle die Musik leiser und fahre durch die Straßen von Tira. Es ist Freitag und schon spät, aber die Straßen sind noch immer voller Menschen. Viele junge Leute fahren mit Autos oder gehen zu Fuß, ich denke, wohin gehen diese Leute nur, noch dazu am Abend des »Tages der Erde«. Es hätte ein Generalstreik stattfinden sollen, aber die Ladenbesitzer machten ihre Geschäfte schon vormittags auf, sie können es sich nicht erlauben, Geld zu verlieren, und außerdem machen diese Streiks den Juden Angst, die auf ihrem Weg nach Zur-Natan und nach Kochaw-Ja'ir durch das Dorf fahren. Sie sind gute Kunden.

Im früheren Zimmer meiner Frau hängt ein Bild von Nelson Mandela hinter Gittern an der Wand. Dieser Mandela ist jung und stark, mit einem vollen schwarzen Bart. Auf das Foto sind Hammer und Sichel gemalt, dazu die rote Fahne der Sowjetunion. Neben Nelson Mandela hängen Fotos von Models und Schönheitsköniginnen und von ägyptischen Sängern wie Ihab Taufik und Amr Diab. Bilder von Frauen in Badeanzügen und in Kleidern der achtziger Jahre. Das neueste Foto im früheren Zimmer meiner Frau und ihrer fünf Schwestern zeigt Brandon von den »Beverly Hills«. Sie hat es aufgehängt, als sie im Gymnasium war. Alle Schwestern sind bereits verheiratet, und wir benutzen das Zimmer mit den abblätternden Tapeten an den wenigen Wochenenden, an denen wir Tira besuchen.

Meine Schwiegermutter hat in einer Ecke zwei Betten zusammengestellt, unter den Bildern der israelischen Popsänger Ofra Haza und Tami Ben-Ami. Seit unserer Hochzeit vor zwei Jahren erwartet uns dasselbe Bettzeug, dieselben dicken Kissen, schwer wie Steine, und dieselbe Wolldecke, die so kratzt, dass man sogar in den heißesten Sommernächten in Kleidern schlafen muss. In Tira ist es sehr heiß. Früher haben die Leute während des Sommers auf ihren Dächern geschlafen, aber heutzutage haben sie Angst, es zu tun, es gibt keine Sicherheit mehr. Heutzutage darf man auch sein Haus nicht mehr verlassen, ohne es abzuschließen. Das ganze Dorf ist voller Räuber, Verbrecher und Vergewaltiger. Vor allem jetzt, da sie Kollaborateure hergebracht haben, sie und ihre Gewehre.

Das frühere Zimmer meiner Frau macht mir jedes Mal wieder Lust, plötzlich fühle ich mich zu meiner Frau hingezogen, als hätten wir uns gerade erst kennen gelernt. Sie trägt immer einen der verblichenen Kittel ihrer Mutter, und ich kann der Verführung nicht widerstehen. Wir schlafen in ihrem Zimmer miteinander und liegen die ganze Nacht umarmt im Bett. In ihrem Zimmer füllt sich mein Herz mit Liebe zu ihr. Sie erscheint mir so schön wie früher, als wir uns gerade erst kennen gelernt hatten. Sie sieht wie eine ganz andere Frau aus, nicht wie die, die ich kenne. Meine Frau nimmt mit Freuden meine Werbung an, sie wartet darauf. Sie sagt immer, das seien unsere besten Momente, hier in Tira.

Ihre Eltern wollen das Haus bald renovieren und das Zimmer abreißen lassen. Das Haus war immer in schlechtem Zustand. Meine Frau hatte geweint, bevor wir, meine Eltern und ich, zum ersten Mal dort zu Besuch kamen, weil ich um ihre Hand anhalten wollte. Sie schämte sich so sehr, weil wir sehen würden, wo sie wohnte. Sie hoffte die ganze Zeit, dass niemand von uns den Wunsch äußern würde, auf die Toilette zu gehen, dort war es am schlimmsten. Über dem Waschbecken hatte ihr Vater zehn dicke Nägel eingeschlagen und die Schwämme daran gehängt, und über die Nägel hatte er die Namen aller Familienmitglieder geschrieben. Es waren keine Schwämme, die man kauft, sondern selbst gemachte, aus Luffa. Sieben Nägel waren schon leer, nur die Luffaschwämme meiner Schwiegereltern und des Bruders meiner Frau hingen noch da. Er ist zwei Jahre jünger als wir. Er studiert schon seit Jahren Betriebswirtschaft an einer Hochschule, es besteht Aussicht, dass er im nächsten Jahr sein Diplom macht. Er hat ein eigenes Zimmer im Souterrain des Hauses, ein Zimmer, das früher als Schuppen gedient hatte. Dort wurden Oliven und Öl aufbewahrt, außerdem stand auch der Backofen darin. Als der Junge größer wurde, stellten sie ihm ein Bett hinein, und er schlief dort. Auch er bedeckte die Wände mit Fotos. »Chicago Bulls«, rote Halstücher des Fußballvereins Po'el Tel Aviv, Michael Jackson, Fairuz, Lenin und Poster vom »Tag der Erde« – ein alter Mann, der unter einem Olivenbaum sitzt und seinen blonden Enkel, in ein Palästinensertuch gewickelt, auf dem Schoß hält, und darunter steht: Hier bleiben wir.

Jetzt richtet man ihm gerade das obere Stockwerk her, und die Eltern bekommen ihren Schuppen zurück. Ihnen reiche das, sagt meine Schwiegermutter, und es würde Zeit, dass ihr einziger Sohn eine Wohnung habe. Damit er sich verloben konnte, heiraten und Kinder bekommen.

7

Mein kleiner Bruder hat sein Schicksal mit einer anderen Welt verbunden. Er hat sich vom Dorf entfernt, so wie ich, ist aber nicht von den Juden verschluckt worden. Er hat keine Freunde, weder im Dorf noch in Tel Aviv. Mein kleiner Bruder spricht nicht, das war immer typisch für ihn. Er kann ganze Tage verstreichen lassen, ohne ein Wort zu sagen. Seine Lehrer im Dorf glaubten immer, er kapiere nicht, was vor sich ging, weil er sich im Unterricht nie beteiligte und sich nie meldete, um eine Frage zu beantworten. Manchmal, nach dem Elternsprechtag, schrie mein Vater ihn an: »Was bist du, eine Frau, dass du dich so schämst?« Und mein kleiner Bruder hörte ihm zu und antwortete nicht. Seine Noten waren immer gut, deshalb haben sie ihn in Ruhe gelassen.

Mein kleiner Bruder mochte Menschen nicht, vor allem keine Fremden. Wenn jemand an die Tür klopfte, ging er sofort in sein Zimmer, auch wenn er allein zu Hause war. Und wenn er aus der Schule kam und aus unserem Haus fremde Stimmen drangen, wartete er immer draußen, unter einem Baum, bis die Gäste gegangen waren. Um niemanden treffen zu müssen, war er bereit, stundenlang in Hitze und Regen auszuhalten.

Mein kleiner Bruder geht auch nicht ans Telefon. Deshalb haben meine Eltern es schon aufgegeben, ihm Bescheid zu sagen. Wenn das Telefon klingelt, läuft er in sein Zimmer und zieht sich in seine Musik zurück, in seine nichtjüdische und nichtarabische Musik.

Aus irgendeinem Grund glauben meine Eltern, mein kleiner Bruder liebe mich. Sie halten uns beide für etwas seltsam und anders, deshalb bitten sie mich manchmal, wenn ich nach Hause komme, ich solle doch versuchen, mit ihm zu reden, nachzuschauen, wie es ihm geht. »Frag ihn, wie es mit dem Lernen geht«, bittet meine Mutter manchmal, »und ob er Freunde hat, ob er Geld braucht, ob er mit dem Essen und mit seinen Kameraden zurechtkommt.« Wenn man ihm Fragen stellt, nickt er die ganze Zeit, und es ist schwer zu ergründen, was wirklich in ihm vorgeht. Aber er schickt den Eltern seine Zeugnisse mit der Post, damit sie beruhigt sind, damit sie wissen, dass er klarkommt.

Mein kleiner Bruder ist Maler, er zeichnet Porträts und Stillleben. Diese Bilder zeigt er niemandem. Manchmal, wenn ich nach Hause komme, wühle ich in den Schubladen und in seinen Heften und betrachte mir seine Zeichnungen. Er möchte Kunst studieren, aber die Eltern haben gesagt, das sei nichts Richtiges, ein Mensch brauche erst einmal eine Arbeit, einen Beruf, Kunst sei ein Hobby, mit dem man im Leben nichts werden könne. Mein kleiner Bruder hat nicht diskutiert. Meine Eltern betrachteten seine Noten und beschlossen, Krankenpflege sei der richtige Beruf für ihn, und schickten ihn zu einer Ausbildung.

Seither ist er kaum mehr nach Hause gekommen. Tagsüber macht er seine Ausbildung, nachts arbeitet er. Am letzten »Tag des Opferfestes« nahm er sich einen Tag von der Arbeit frei und fuhr ins Dorf, um meine Tochter kennen zu lernen. Seit ihrer Geburt waren schon neun Monate vergangen, und er hatte sie noch nicht gesehen. Er lächelte sie an, versuchte, sie auf den Arm zu nehmen, und wusste nicht, wie man das tat. Er versuchte mit ihr zu spielen, gab es aber gleich wieder auf, weil er von vornherein wusste, dass es nicht klappen würde. Er wollte die Kleine nicht zum Lachen bringen, nicht vor allen anderen, das passte nicht zu ihm. Er starrte sie an und nahm sie schließlich mit in sein Zimmer. Mir ist nicht klar, was er dort mit ihr machte, bestimmt setzte er ihr Kopfhörer auf, als er sie zurückbrachte, lächelte sie jedenfalls.

Ich und mein kleiner Bruder waren die Einzigen im Haus, die gern Fußball spielten. Einmal stieß ich ihn beim Spielen um, und er brach sich einen Vorderzahn ab. Er hörte auf, aus dem Haus zu gehen, und verkündete meinen Eltern, er wolle nicht mehr lernen. Er weigerte sich sogar, zu einem Zahnarzt zu gehen. Fast ein Jahr lang verließ er das Haus nicht und traf keinen anderen Menschen. Wegen des Zahns hörte er auch auf zu sprechen, er wollte den Mund nicht mehr aufmachen.

Und da er sich von den Menschen fern hielt, hielt

er sich auch von den Friseuren fern. Das Ganze ist schon zehn Jahre her, und seine welligen Haare hängen ihm fast bis zum Hintern. Er pflegt sie und bindet sie mit einem Gummi zusammen. Meine Eltern haben es aufgegeben, sie versuchen schon nicht mehr, ihn zu einem Besuch beim Friseur zu überreden. Nur ich sage zu ihm, dass mir seine Frisur gefällt, denn seine Haare sind wirklich schön. Er liebt es, vor dem Spiegel mit seinen Haaren zu spielen, er zieht das Hemd aus, betrachtet prüfend seinen großen, schmalen und muskulösen Körper und versucht, ihn hinter seinen Haaren zu verstecken. Sein Zahn ist noch immer abgebrochen. Deshalb hat er auch aufgehört zu lachen, obwohl er manchmal mit geschlossenem Mund lächelt. Wenn er die Lippen gerade zieht, versteht man, dass er lächelt.

Ab und zu kaufe ich ihm neue CDs. Bevor er zur Ausbildung wegfuhr, hatte ich ihm einen CD-Player gekauft, ich wusste, dass er ohne Musik nicht überleben konnte. Er zog die Lippen gerade und sah sehr erfreut aus.

Mein kleiner Bruder muss jetzt zur Arbeit zurückfahren, bevor die anderen kommen, bevor irgendjemand wegen des Festes zu Besuch kommt. Er ist in seinem Zimmer und packt den Koffer, und ich gehe mit der Kleinen zu ihm. »Süße«, sagt er, und ich sehe seinen abgebrochenen Zahn, der schon gelb geworden ist. Ich habe ihn lange nicht gesehen. Aus irgendeinem Grund habe ich mir eingebildet, er sei nicht mehr abgebrochen, mein kleiner Bruder hätte die Sache überwunden und habe ihn richten lassen, aber er ist noch nie bei einem Zahnarzt gewesen. Er versucht, den Zahn hinter der Hand zu verstecken, tut, als spiele er mit seinen Haaren oder kratze sich an der Nase, ballt die Hand zur Faust und spricht ruhig hinein.

»Wie geht es dir?«, frage ich.

»Alles in Ordnung.«

»Wie geht es mit dem Lernen?«

»In Ordnung.«

»Und mit der Arbeit?«

»Auch in Ordnung.«

»Malst du noch?«, frage ich.

Er nickt. »Ich male bei der Arbeit«, sagt er.

Mein Bruder arbeitet in einem Krankenhaus in Petach Tikwa, in der Inneren Abteilung. Er sagt, er liebe seine Arbeit sehr. Sie halte ihn am Leben und am Lernen. Mein Bruder schämt sich jetzt nicht mehr wegen seines Zahns. Er sieht, dass ich ihn nicht anschaue, dass ich ihm zuhöre, dass ich mich wirklich dafür interessiere, was er sagt.

Er hat eine gute Arbeit. Er sitzt die ganze Nacht auf einem großen ausklappbaren Sofa, so einem, wie man sie bei reichen Leuten sieht. Er hört Musik und zeichnet. Er sitzt auf dem bequemen Sofa in einem Dreibettzimmer, dem letzten der Station B. Seine Aufgabe ist es, zu warten, bis die Patienten sterben. Sie sprechen nicht, sie rühren sich nicht, sie sind mit Schläuchen an Beatmungsgeräte angeschlossen. Manchmal hebt sich bei einem die Brust, und das ist dann die einzige Bewegung im Zimmer. Im Allgemeinen sterben sie innerhalb von einem oder zwei Tagen, nachdem sie in das Zimmer meines Bruders gebracht worden sind, aber es hat einen gegeben, der zwei Monate im Zimmer lag, bis er starb.

Mein Bruder sagt, man sieht, wie sie sterben. Sie zucken. Er bewegt den Körper und zeigt mir, wie die Menschen sterben. Wenn jemand gestorben ist, ruft er die Nachtschwester und einen Arzt. Der stellt den Totenschein aus, der Verstorbene wird von den Geräten abgekoppelt und bekommt einen Zettel mit seinem Namen auf die Brust oder auf den Kopf gepappt. Das ist alles, was mein Bruder tut. Manchmal legen sich die Nachtschwestern hin und bitten ihn, sie nicht zu wecken, wenn jemand stirbt, dann bleibt er mit dem Toten bis zum Morgen zusammen. Fast in jeder Schicht stirbt ein Patient. In einer Nacht starben alle drei, und er wurde depressiv, denn dadurch war seine Schicht früh zu Ende, und er wusste nicht, was er tun sollte.

Mein Bruder zeichnet die Leute nur, wenn sie tot sind. Er macht die piepsenden Geräte aus und zeichnet die Leichen, bevor er einem Arzt und den Schwestern Bescheid sagt. Sie liegen vor ihm, alt, mit schrecklichen Druckwunden. Er sagt, dass es im Zimmer stinke, aber er habe sich daran gewöhnt. Die Schwestern und die Pfleger haben den Auftrag, die Kranken jeden Tag zu waschen. Aber mein kleiner Bruder sagt, es wäre viel anständiger, sie überhaupt nicht zu waschen. Er sagt, dass die Pfleger ihre Füße benutzen, um die

Kranken während des Waschens von einer Seite auf die andere zu drehen. Manchmal zeichnet er die Pfleger. Ekelhaft, sagt er. Vor allem die arabischen. Mein Bruder redet nicht mit ihnen, er sagt ihnen noch nicht einmal guten Tag. Er ist nur für die Kranken verantwortlich.

Er hat in seinem Koffer das Bild einer Frau, die gestern gestorben ist, aber er wird es mir nicht zeigen. Er sagt, es ist eine schöne Zeichnung, eine, die er besonders liebt. Er nennt das Bild »Die reiche Frau«, weil all ihre Zähne Implantate sind.

8

Der Krieg ist zur Gewohnheit geworden, und ich versuche einzuschlafen, indem ich an Kriegsspiele denke. Ich sehe mich selbst als Kommandeur einer ganzen Einheit, ich teile sie alle in einen Hinterhalt ein und sage ihnen, dass sie sich ohne Befehl nicht vom Platz bewegen dürften. Am Morgen wache ich auf und weiß, dass ich wieder einmal den Krieg verloren habe, dass man auf mich geschossen hat und meine ganze Einheit tot ist. Der Krieg begleitet mich überallhin, er verlässt mich auch nicht, wenn ich schlafe. Manchmal wache ich mitten in der Nacht auf und kontrolliere, wer auf das Schlafzimmer und auf die Kleine schießt. Manchmal klingelt das Telefon, und es dauert ein paar Minuten, bis ich kapiere, dass es keine Bombardierung ist.

Zuweilen denke ich daran, zum Judentum überzutreten, und dann glaube ich wieder, ich müsste mich selbst in die Luft sprengen oder die Soldaten an der Kreuzung Ra'anana überfahren. Ich fahre immer häufiger nach Tira, um eine Antwort zu finden, ich möchte wissen, was Leute wie ich, mit einem blauen Ausweis, vorhaben. Ich möchte herausfinden, ob es noch einen Funken Hoffnung gibt. Ich nehme die Einladungen zu Hochzeitsfeiern von Verwandten an, ich besuche Wöchnerinnen und gehe in Trauerhäuser. Ich muss zurückkehren. Meine Mutter sagt, vielleicht würde man jedes Dorf einzeln auf Lastwagen laden, uns würde man von Beit Zafafa nach Jordanien bringen und die Leute von Tira in den Libanon. Meine Mutter sagt, wir müssten unbedingt auf denselben Lastwagen steigen, die ganze Familie.

Meine Mutter sagt, am schlimmsten wäre es, wenn man uns nach Ägypten bringen würde, dort sei die Situation besonders schlecht. Sie sind gerade diese Woche von einem Besuch in Ägypten zurückgekommen, und diese Reise habe sie beide sehr deprimiert, sagt sie. Vor allem meinen Vater, der den Glauben an die arabische Welt verloren hat. Er sagt, die Leute dort hungern, sie haben keine Kraft, an den Zionismus zu denken, an eine panarabische Idee und an Krieg. Erst jetzt versteht mein Vater, dass Nasser tot ist und kein neuer Nasser aufstehen wird.

Auf der Rückfahrt ist mein Vater an der Grenze bei Taba zwei Stunden lang zurückgehalten worden. Meine Mutter erzählt es mir flüsternd, denn er sagt ja nichts, und sie will nicht, dass er sie vom Schlafzimmer aus hört. Meine Mutter sagt, die Grenzsoldaten hätten seinen Namen in den Computer eingegeben und ihn wüst angeschrien. Sie zittert, beherrscht sich, dass das Wasser, das ihr in die Augen tritt, nicht zu Tränen wird. Sie haben ihn grob angeschrien, er solle an der Seite sitzen bleiben. Kleine Jungen seien es gewesen, die

»Schweig!« geschrien und ihn in ein anderes Zimmer gebracht hätten. Meine Mutter sagt, das hätte Vater nichts ausgemacht, wären da nicht noch andere Leute gewesen, die ihn angestarrt und ein mitleidiges Gesicht gemacht hätten. Sie sagt, sie verstehen nicht, dass er mehr wert ist als tausend von ihnen. Nach Ansicht meiner Mutter ist mein Vater klüger und wertvoller als die ganze Welt.

Seit der Fahrt nach Ägypten will mein Vater nicht mehr kämpfen. Er schaut sich weiterhin die Nachrichten aus der ganzen Welt an, aber er hat aufgehört, nach Lösungen und Antworten zu suchen, er hat aufgehört, Kommentare abzugeben, er interessiert sich nicht mehr für eine Revolution, für Gleichheit, für den Boden und für einen freien Staat. Mein Vater hat aufgegeben. Er sagt, die anderen Palästinenser müssten ebenfalls aufgeben. Wenn er der Führer der Palästinenser wäre, würde er den Befehl geben, die El-Aqsa-Moschee zu zerstören. Sie erst mit Dynamit sprengen, dann Planierraupen hinbringen, die jede Erinnerung an den Islam und das Arabertum zerstören. Mein Vater sagt, das wäre die Rache der Palästinenser für das arabische und islamische Schweigen angesichts ihres Leids. Und wenn die Saudis und die Iraner, die Syrer und die Ägypter, wenn zweiundzwanzig arabische Staaten, wie die Zionisten sagen, die Moschee El-Aqsa wollten, wenn sie El-Quds, die Stadt ihres Mohammed, wollten, sollten sie doch kommen und sie schützen. Mein Vater sagt, er habe die Nase voll, er könne nicht mehr, alle müssten sich unterwerfen, so wie wir, so wie die israelischen Araber.

Mein Vater sagt, für unsere Verwandten in Tulkarem, Ramallah, Nablus und Bakat el-Chatb sei es am besten, wenn sie, wie er, einen blauen Ausweis bekämen. Dass sie siebtklassige Bürger in einem zionistischen Staat würden. Er sagt, das sei besser, als ein erstklassiger Bürger in einem arabischen Staat zu sein. Mein Vater hasst Araber, er sagt, es ist besser, Sklave bei einem Feind zu sein statt Sklave eines Führers aus dem eigenen Volk.

Nadja (genannt nach der rumänischen Turnerin Nadja Comaneci), die Frau meines Bruders Sam (genannt nach den ägyptischen Raketen am Jom Kippur), bekam den ersten Sohn der Familie. Mein Vater will nicht, dass man ihn nach ihm nennt. Er sagt, das sei ein schlechtes Omen und der Junge würde ihm auch gar nicht ähnlich sehen. Mein älterer Bruder sucht einen bedeutungsvollen Namen. Sie haben an Bisan gedacht, das heute Beit Sche'an heißt. Sie haben an Izadin gedacht, wie Izadin al-Khassam, sie haben an Che Guevara gedacht, an Nelson Mandela, an Castro, an Nasser, an Sabra. Sie haben überlegt, ihn Watan (Heimatland) zu nennen, wie mein Vater mich am Anfang nennen wollte. Sie haben an Ard (Erde) gedacht und an Iyar (Mai), weil mein Bruder Sam am ersten Mai geboren wurde und meine Mutter damals von der Entbindungsklinik in Kfar Saba ein Geschenk bekommen hatte.

Am Schluss akzeptierten sie den Vorschlag meines kleinen Bruders Machmud und nannten den Jungen Dani. Machmud sagte, so ein Name würde dem Kind viele Schwierigkeiten ersparen. Vielleicht würde man ihn in der Schule von Tira auslachen, aber er sei sicher, an der Universität, bei der Arbeit, im Autobus oder auch nur so in Tel Aviv wäre Dani besser als die anderen Namen.

Seit die Eltern meiner Frau angefangen haben, ihr Haus für die Heirat ihres Sohnes zu renovieren, schlafen meine Frau, ich und die Kleine auf Matratzen im Zimmer meiner Großmutter. Sie hört und sieht fast nichts mehr, steigt aber weiterhin jeden Tag beim Morgengrauen aus dem Bett und betet im Sitzen. Ich mache immer die Augen auf, wenn Großmutter wach wird. Meine Frau und die Kleine schlafen weiter. Ich sehe, wie Großmutter im Sitzen zur Toilette und zur Dusche kriecht. Ich höre, wie sie sich erbricht. Ich stehe schnell auf und gehe zu ihr. Sie sitzt auf dem Boden, versucht vergeblich, mit dem Kopf zur Kloschüssel zu kommen, und erbricht sich auf ihre Kleidung. »Was hast du, Großmutter?«, frage ich.

»Geh schlafen, mein Schatz. Das ist nichts. Es ist jeden Tag so.«

Ich umarme sie, ich küsse ihren Kopf, versuche, das Weinen zurückzuhalten. Jetzt verbirgt sie ihre Augen mit dem weißen Kopftuch und sagt, sie weine nicht wegen des Sterbens. Im Gegenteil, sie sei schon müde und wolle meiner Mutter und meinem Vater nicht zusätzlich zur Last fallen. Sie sagt, sie weine nur, weil sie einmal gedacht hatte, sie würde in ihrer eigenen Erde begraben werden. »Erinnerst du dich, wo der Schlüssel zum Schrank ist?«

Und wir weinen beide.